DU MÊME AUTEUR

Au Mercure de France

NULLE PART OÙ POSER SA TÊTE

LE CHEMIN DU RETOUR

JJ Bola

LE CHEMIN DU RETOUR

ROMAN

Traduit de l'anglais
par Johan-Frédérik Hel Guedj

MERCVRE DE FRANCE

BIBLIOTHÈQUE ÉTRANGÈRE
Collection dirigée par
Marie-Pierre Bay

Titre original :

THE SELFLESS ACT OF BREATHING

À ceux qui ont lâché prise, et à ceux qui tiennent encore bon.

PREMIÈRE PARTIE

Memento mori

1

LONDRES, TERMINAL 2 DE L'AÉROPORT D'HEATHROW ; 9 H

J'abandonne mon poste, j'emporte les économies d'une vie – 9 021 dollars – et quand il ne restera plus rien, je me supprimerai. Le vol est dans une heure. Il est parti largement assez tôt pour arriver à l'aéroport à l'heure, et pourtant, il a perdu du temps ; hésitation, peur, anxiété. Autour de lui, des corps se déplacent en tous sens. Il reste immobile, lève les yeux vers le panneau d'affichage pour repérer son comptoir d'enregistrement. Il voit une jeune mère blonde, son enfant dans les bras. Il y a derrière eux un homme de grande taille vêtu d'un sarouel, les yeux fermés, écouteurs dans les oreilles, cheveux noués en dreadlocks, qui porte un sac à dos et une guitare, l'air de partir à l'aventure dans le but de se trouver. Deux pilotes et un quatuor de personnels de bord traversent le hall d'un pas glissant, coordonné, il émane d'eux une lueur, comme si la voie sous leurs pieds était éclairée, et ils sont suivis de deux amoureux aux jeans délavés assortis, qui se tiennent délicatement bras dessus-bras dessous.

Il se précipite vers la file d'attente. 9 h 15. Il arrive devant le comptoir et tend son passeport bordeaux à l'employée de l'enregistrement. Ce passeport, objet tant espéré, bénédiction, prière, peut sauver une vie, la créer, mais aussi l'ôter. Ce passeport, partagé entre le rouge et le bleu, entre terre et mer, entre espoir et désespoir. *Ce passeport, sans lequel je n'ai aucun foyer digne de ce...*

« Bonjour, monsieur », fait-elle, en arborant son sourire décompté à l'heure.

Il marmonne une politesse, en pianotant sur le comptoir.

« Quelle est votre destination, monsieur ?

— San Francisco. »

Elle tape sur le clavier, le regard vide. Elle appelle sa collègue, qui entre-temps a déjà enregistré trois passagers. Elles consultent toutes les deux l'écran, avec zèle.

« Que se passe-t-il ? demande-t-il avec un agacement palpable.

— Je suis désolée, monsieur », fait la collègue, et son visage au maquillage chargé le dérange (nez souligné, lèvres peintes en rouge sombre), « apparemment, on ne trouve pas votre réservation.

— C'est pas possible ! J'ai réservé le vol moi-même. Mon nom est forcément là. Michael Kabongo. Je ne peux pas le louper. Regardez mieux », s'exclame-t-il, haussant le ton, ouvrant grands les bras, et pointant l'écran du doigt. Il attire l'attention. Elles lèvent les yeux vers lui, sans réagir à ses éclats de voix, puis échangent un regard.

« Je m'excuse vraiment, monsieur, vous êtes au mauvais comptoir d'embarquement. Vous devez aller au... »

Son cœur cogne, la voix de la femme s'estompe. Il regarde dans la direction qu'elle lui indique. Il récupère son passeport d'un geste brusque. 9 h 20. Il court au milieu de la foule, les poumons contractés, le souffle court. Il a trop chaud, pour cette fraîche matinée d'automne. Sous son manteau, il sent sa peau brûlante. Son écharpe l'étouffe. Il se met à transpirer. Il arrive à l'extrémité d'une longue file d'attente qui serpente en forme de « S ». 9 h 22. Il trépigne sur la pointe des pieds avec le même air pressé qu'un enfant qui ne retient plus son pipi. Il marmonne à mi-voix, ce qui amène d'autres voyageurs à le dévisager d'un œil soupçonneux. Quelqu'un au premier rang de la file parle fort, se lance dans une conversation sans fin, se répand en amabilités et perd du temps.

« Dépêchez-vous, le vieux », éructe Michael. Il sent déjà le jugement des autres voyageurs, sur ce mode très caractéristique : ils font mine de ne pas l'avoir vu. *Je ne peux pas revenir en arrière. Je ne peux pas manquer ce vol.*

Une voix d'homme s'élève.

« Y-a-t-il quelqu'un ici pour le vol A01K23 à destination de l'aéroport international de San Francisco ? »

Michael se rue aussitôt, et une femme qui attendait quelques rangs derrière lui en fait autant ; son visage exprime le même soulagement que le sien. On les conduit en tête de la file. L'homme aux cheveux bruns derrière le comptoir lui prend son passeport et tape sur son clavier d'ordinateur.

« Des bagages à enregistrer ? »

Michael pose son sac à dos sur la balance.

« Vous voyagez léger ? » lui fait l'employé en souriant, à quoi il ne réagit pas. « Vous êtes enregistré, monsieur. Mais il faut vous dépêcher. L'embarquement va commencer dans très peu de temps. Veuillez vous diriger vers les contrôles de sécurité le plus vite possible, je vous prie. »

De nouveau, Michael court. Il arrive à la sécurité où il voit un essaim de passagers qui patientent à la queue leu leu comme à l'entrée d'un stade de football. Il arpente la salle en tous sens, essaie de trouver un moyen de leur passer devant. Il aperçoit une employée du terminal qui filtre les voyageurs, deux à la fois.

« S'il vous plaît, l'implore-t-il, mon vol est à 10 h. Il faut que je fonce, tout de suite ! »

Elle lève les yeux vers le panneau d'affichage et le laisse aussitôt avancer. 9 h 35. La porte ferme quinze minutes avant le décollage. *Il me reste dix minutes.* Ses jambes se contractent, tremblent, ses mains sont saisies de crampes. Il fait tomber son passeport et sa carte d'embarquement, les ramasse avec des gestes maladroits. Il ôte en vitesse son manteau et son écharpe, sa ceinture, son sac à dos, vide complètement ses poches et jette le tout dans un plateau.

9 h 39. Il franchit le portique détecteur de métaux et l'alarme sonne. L'officier de sécurité s'approche, baisse les yeux, observe ses pieds, l'invite à retirer ses baskets montantes et à repasser. Il se retourne et dénoue non sans mal les lacets attachés autour des chevilles, aussi emmêlés et entortillés que du lierre autour d'un arbre. Il ôte ses baskets et repasse par le portique. L'officier de sécurité lui fait signe d'y aller. Il attrape ses affaires et se remet à courir, à courir, encore et toujours. Porte 13. 9 h 43.

9 h 44. Il sprinte, traverse la zone de boutiques en duty-free, chacun de ses pas martèle le sol avec assez de force pour y laisser son empreinte. 9 h 45. Il aperçoit la porte 13, loin devant lui. 9 h 46. Il y est enfin. Il n'y a personne. Il se courbe en deux, tombe à genoux, haletant. Quel gâchis, putain. Peut-être que rien de tout ça n'était censé se réaliser. Il lâche une bordée de jurons.

Une femme apparaît derrière le comptoir comme un ange gardien et fait taire ses vociférations.

« Carte d'embarquement, monsieur ? »

Michael la lui tend, l'autre main crispée sur la poitrine.

« Juste à temps, monsieur. Je vous en prie, respirez un bon coup, vous pouvez y aller.

— Merci », répète-t-il plusieurs fois, débordant de gratitude.

Il franchit la porte de l'appareil, accueilli par les visages souriants du personnel de bord. Il sourit à son tour. C'était donc censé se réaliser. Il avance parmi les rangées de passagers en classe affaires, qui ne lèvent pas les yeux vers lui, et continue en classe économique jusqu'à son siège près de la fenêtre. Il s'assied à côté d'un homme dont le ventre pousse sur la ceinture de sécurité et d'une femme déjà à moitié somnolente sous l'effet d'un tranquillisant qu'elle a avalé. Il s'effondre, le calme s'installe en lui. Le soleil est en suspension sur un horizon lointain. C'est le commencement de la fin.

2

COLLÈGE GRACE HEART, LONDRES ; 10 H 45

« Du calme, du calme. »

La classe a fait silence. Quelque voix excitées persistent encore.

« Il reste un quart d'heure. Si vous n'avez pas terminé votre travail, vous passerez votre déjeuner avec moi, et vous m'aiderez à classer ma collection de timbres. »

La classe de seconde a poussé un gémissement.

Sous les rayons du soleil d'automne, j'ai regardé les élèves baisser la tête et griffonner dans leur cahier. Tous sauf un : Duwayne. Il fallait s'y attendre. Dans ses meilleurs jours, il venait en classe, s'asseyait sur une chaise et regardait par la fenêtre. Avec de la chance, il se pouvait qu'il réponde à une question. Dans le pire cas de figure, quelqu'un notifait l'école, ou même la police, de la bêtise qu'il était en train de commettre. Duwayne était tout au fond de la classe, dans le coin, de travers sur sa chaise, la tête appuyée contre le mur, les yeux à la dérive vers le monde extérieur.

« C'est l'heure de ranger vos affaires. » Ils se sont activés, ils ont fourré leurs cahiers dans leurs sacs. La cloche a sonné. Les plus rapides ont tenté de foncer par la porte, mais j'ai donné de la voix. « Ce n'est pas la cloche qui vous autorise à sortir, c'est moi ! », ce qui les a stoppés net. Ensuite, j'ai ajouté : « Vous pouvez y aller », et le flot des élèves tout contents et excités s'est déversé hors de la salle de classe. Duwayne a traîné, bon dernier.

« À plus tard, Duwayne. »

Il a hoché la tête, sans me regarder, mais il a au moins eu ce geste. J'ai sorti mon téléphone de ma veste pendue au dossier de ma chaise et j'ai envoyé un SMS à Sandra.

> Femme-de-boulot, où es-tu ?
>
> Je suis de service, sur le terrain de football. Je n'ai rien mangé depuis ce matin... m'a répondu Sandra.
>
> C'est ta façon de me proposer de déjeuner ?
>
> Mon mari-de-boulot connaîtrait déjà la réponse à cette question.

« Un sandwich au thon ? Vraiment ? C'est tout ce que tu m'as apporté ? a-t-elle protesté quand je l'ai rejointe sur le terrain de sport de l'école.

— Thon et maïs doux, en fait, lui ai-je précisé, les hurlements des enfants à l'arrière-plan. Avec mayonnaise », ai-je ajouté.

Elle me l'a arraché des mains.

« Rien... avec des épices ?

— Regarde un peu où nous sommes. Dans un endroit pareil, tu t'attends à quel genre d'épices ?

— Hum, tu es censé me cuisiner des plats et me les

apporter. » Elle m'a tendu la main, paume vers le ciel, comme pour me demander pourquoi je n'avais pas essayé, ni aujourd'hui, ni jamais. « Tu sais, comme le ferait un mari-de-boulot dévoué, a-t-elle continué.

— Ça, c'est le travail de ton petit ami...

— Ah, vraiment ? a-t-elle soufflé.

— Et de toute manière, je crois que tu t'égares, ai-je dit avec un sourire pincé. Je ne suis pas convaincu que cette histoire de mariage-de-boulot fonctionne. Je devrais divorcer. Te prendre la moitié de ton argent...

— Mais tu n'auras rien parce que je suis fauchée, bébéééé...

— Bonjour, monsieur. »

Une voix flûtée a interrompu la conversation, s'est approchée de nous, dans notre dos. Je savais qui c'était. Nous le savions tous les deux. Et nous le redoutions l'un et l'autre.

« Je te parie qu'elle va nous demander de garder nos distances », a chuchoté Sandra en vitesse.

« Bonjour, Mrs Sundermeyer », avons-nous tous deux répondu, l'un d'une voix de basse, et l'autre de ténor, en harmonie. Mrs Sundermeyer était la directrice. Elle imposait sa présence partout dans l'établissement, vêtue d'un tailleur, après s'être hissée au sommet de l'échelle savonneuse de l'ascension sociale et en avoir percé le plafond de verre. Les jours de tenue décontractée, elle portait un T-shirt avec cette phrase imprimée : « Qui dirige le monde ? Les filles ! », et n'hésitait jamais à rappeler à tout un chacun que son mari était « à la maison, où il s'occupe des enfants ».

« Comment ça se présente par ici ? » nous a-t-elle demandé, une question dont elle connaissait déjà la réponse. Elle ne posait que des questions dont elle connaissait déjà la réponse.

« Tout va bien », a assuré Sandra, avec quelques hochements

de tête destinés à remplir les vides laissés par ce qu'elle était incapable de dire. J'ai opiné moi aussi.

« Magnifique », a fait Mrs Sundermeyer, de la voix haut perché qu'elle prenait chaque fois qu'elle manifestait son contentement. Elle s'est penchée plus près pour ajouter : « Cela vous ennuierait d'aller vous mettre chacun d'un côté du terrain, juste pour que les enfants aient le sentiment que l'encadrement est bien présent ? Je vous remercie.

— Bien sûr », a fait Sandra et elle m'a regardé d'un œil courroucé, l'air de dire *je t'avais prévenu*, en se dirigeant vers l'autre extrémité. La cloche a sonné.

« Nous devons nous centrer sur la réalisation des objectifs ; nous travaillons à transformer la vie de ces jeunes gens. À leur transmettre les compétences qui leur permettront d'acquérir la maîtrise de leur avenir... » Mrs Sundermeyer s'exprimait à la tribune, lors de la réunion d'équipe, après les cours. Sa voix s'estompant en bruit de fond, j'ai regardé autour de moi et j'ai vu tout le monde opiner, l'air emballé, et prendre des notes.

« Nous possédons tout le potentiel pour devenir la meilleure école du quartier, et même de la ville. Nous sommes en bonne voie pour devenir un établissement d'exception et, avec votre passion et votre travail acharné, nous y parviendrons. » Elle avait quelque chose de sacerdotal, de ministériel, mélange d'enseignante, de prédicatrice et de politicienne. Assis à ma place, peu convaincu, je me demandais si les autres percevaient des propos qui m'échappaient, une vérité que je n'aurais pas entendue mille fois précédemment. Il n'empêche, je gardais encore bon espoir d'agir comme il fallait, d'apporter du changement, même si l'on avait de moins en moins cette impression. Il y avait à côté de moi Mr Barnes, le dernier bouton de sa chemise défait et la cravate dénouée, penché en avant, comme attiré par une force irrésistible. Mr Barnes. Je l'ai toujours appelé Mr Barnes, jamais par son prénom. Entre collègue et ami, la ligne de démarcation est ténue, et personne ne sait réellement quand, où et comment cette ligne est franchie. Je préférais qu'elle reste claire et visible, comme cela, au cas où elle s'estomperait et s'effacerait, je la retracerais : Mr Barnes. Quand je l'appelais par son nom, il répondait invariablement : « C'est bien moi, et c'est de là que je viens. » Cette même réplique dont il usait avec ses élèves. Pourtant, en un sens, je l'appréciais. J'admirais son audace, son aptitude à être lui-même, malgré tout ce que cela pouvait avoir d'ennuyeux et d'agaçant.

Après la réunion, je suis retourné dans ma classe, en regardant filer des nuages gris menaçants. Une légère pluie tombait du ciel chargé, formant des rigoles qui dégoulinaient au bas du châssis de la vitre. Londres devait être la seule ville au monde capable de vous offrir toutes les saisons en une journée. Trop déprimant. Le vent couchait les branches des arbres de part et d'autre, leur imposant un mouvement de balancier qui les faisait paraître comme en adoration devant un dieu invisible. J'avais mis de la musique classique, au diapason de mon humeur, et je continuais de corriger mes copies. J'ai senti deux mains sur mes épaules, cela m'a fait sursauter, non sans légèrement relâcher aussi une tension en moi dont je ne m'étais pas rendu compte.

« Ah, c'est toi.

— Six heures et demie, et tu es encore ici. Tu ne m'as pas vue entrer ? a répondu Sandra.

— Non.

— Tu paraissais perdu dans ton monde. Qu'est-ce que tu écoutes ? »

Elle m'a retiré le casque des oreilles et l'a mis sur les siennes. J'ai vu son visage se fermer, se contracter, l'air perdu.

« C'est Frédéric Chopin.

— Tu es tellement bizarre. Tu ne peux pas écouter de la musique normale, comme les gens normaux ?

— Chopin... Prélude en *do mineur*, opus 28, numéro 20, c'est de la musique normale... une tuerie garantie.

— Beurk. Pourquoi tu restes si tard ?

— Je suis prêt à y aller, quand tu veux. »

D'un bout à l'autre de l'établissement, tout était calme, silencieux, paisible. Le collège semblait s'être assoupi, couché sur le flanc, les deux mains glissées sous la joue, les jambes contre la poitrine, et rêver maintenant à des lendemains apaisés. Les habitués du pub attendaient à l'accueil : les enseignants qui allaient rituellement boire des verres au bar du coin rien que pour se plaindre de leur gueule de bois le lendemain. En tout cas, cela leur fournissait un sujet de conversation quand ils se croisaient, gênés, dans la cuisine de la salle des profs, en attendant le long bip du four à micro-ondes.

Cameron, le prof d'éducation physique qui se présentait partout en short (même le jour de son entretien d'embauche), a été le premier à nous remarquer dès notre arrivée à l'accueil. J'ai eu un regard vers Sandra et je l'ai vue réprimer un cri silencieux. Nous nous sommes dirigés vers le groupe mais nous aurions aimé trouver le moyen de rétrécir et de disparaître.

« Tiens, vous allez où, vous deux ? » nous a demandé Cameron, sur un ton suggestif. Chez lui, tout était suggestif.

« À la maison », ai-je répondu. Cameron a haussé les sourcils. « Je rentre chez moi, ai-je ajouté, afin d'effacer toute insinuation.

— À plus tard, jeunes gens.

— Il est vraiment lourd », m'a chuchoté Sandra, alors que nous nous éloignions.

Le soleil couchant a fait se lever un vent frais qui nous gelait jusqu'aux os. Des réverbères s'étiraient au-dessus de nos têtes comme des fleurs géantes flétries, projetant une morne lumière qui éclairait à peine l'allée devant nous. Dans un silence partagé, nous marchions dans ce petit parc, avec son herbe fanée, ses arcades de brique rouge et ses bancs en métal où les vagabonds, les sans-abris et ceux qui cherchaient de la compagnie se réunissaient et vidaient des canettes dans le puits sans fond de leur corps. Nous sommes passés devant la ruelle où s'agitaient des silhouettes fantomatiques, encapuchonnées, nous avons longé les tours d'habitation, chacune prenant au piège mille rêves brisés derrière les barreaux qui les maintenaient enfermés, nous sommes passés devant le pub où un homme fumant cigarette sur cigarette vous dévisageait et vous mettait au défi d'entrer, devant le marchand de volailles, puis à côté et en face du même marchand de volailles, devant le petit café, avec son menu à base d'avocats et de potiron aux épices, devant le prêcheur qui brandissait sa bible au coin de la rue, en quête d'âmes à sauver, devant l'arrêt de bus où une congrégation de corps fatigués attendait que leurs dieux les ramènent chez eux, et où se trouvait un homme qui, tous les jours, entre 15 h 30 et 19 h 30, braillait : « Bonne chance ! Bonne chance ! » à tout le monde et en même temps à personne, devant les feux de circulation du carrefour, où les voitures attendaient rarement le vert, devant la bouche de métro qui murmurait doucement une berceuse ou une chanson, nous appelant à la maison.

« Bon, alors, on est vendredi soir, où est-ce que tu vas ? Tu sors en ville ? » m'a demandé Sandra. Elle m'a regardé, avec de grands yeux, les pupilles dilatées, comme si elle apercevait une lumière éclatante qu'elle avait envie de faire entrer en elle.

« Je rentre chez moi », ai-je répondu, sachant que ce n'était pas l'invitation qu'elle avait espérée.

« Très bien. Alors, passe un bon week-end », a-t-elle dit, déçue, en se refermant sur elle-même.

La tension entre nous devenait palpable, aussi épaisse que la fumée d'un incendie de forêt. Je l'ai embrassée et je suis parti.

3

CITÉ PECKRIVER, LONDRES ; 20 H 15

J'ai respiré à fond et j'ai ouvert la porte. Il faisait sombre et silencieux, à part le clair de lune qui brillait par la fenêtre du couloir. Je suis entré tout droit dans ma chambre et me suis affalé sur le lit, laissant mon corps s'écraser comme un sac de briques. J'ai senti mes épaules se raidir et se resserrer comme si deux pinces géantes s'étaient refermées sur elles. Je suis resté allongé, à observer le plafond, en flottant à moitié entre mes rêves éveillés et le sommeil, entre la berceuse et la chanson, entre le moment présent et un temps à venir.

« Je suis si fatigué », ai-je gémi. J'ai fermé les yeux et, dans l'obscurité, j'ai vu flotter des gouttelettes de lumière disséminées dans la pièce, une constellation de lucioles, les scintillantes Ceinture d'Orion et Cassiopée. Une voix m'a fait sursauter le corps, a résonné dans la chambre tout entière, en m'appelant par mon nom.

« Oui, Mami », ai-je marmonné. Elle a frappé et elle est entrée.

« *Tu dors* ? » a-t-elle chuchoté. Je suis resté silencieux, répondant d'un signe de tête, puis j'ai fait mine de me rendormir, comme pour la convaincre. Elle est restée figée un instant, puis elle est ressortie de la chambre. Je me suis lentement levé et me suis servi du clair de lune pour me guider. Je suis assis dans le fauteuil d'angle près du bureau. J'ai laissé les lumières éteintes. Je me sentais lourd comme le plomb, comme sombrant dans un bassin d'eau stagnante et odorante. L'écran de mon téléphone s'est allumé, un rectangle brillant sur le bureau, dans l'obscurité qui enveloppait tout.

Qu'est-ce que tu fais ce soir ? On sort. On va se chercher à boire. Viens.

Salut, qu'est-ce que tu fabriques ?

Bien. Bon, tu ne réponds pas. Tu me laisses en plan...

Est-ce que ça va ? Je n'ai plus eu de nouvelles de toi.

Mon frère, j'ai besoin de ton aide, mec.

Les messages tombaient comme un déluge. Je me sentais sombrer de plus en plus profond après chaque SMS, je me noyais. J'ai pris mon téléphone et je l'ai éteint, puis j'ai attrapé le pack de K Cider que je m'étais acheté sur le chemin du retour. Juste un. Et encore un autre. J'étais assis dans le confort de l'obscurité, et je l'ai sentie m'étouffer. Une amante possessive.

Je suis arrivé tard, mais au moins j'y suis allé. Il y avait à la porte d'entrée quelques nouveaux visages qui m'ont accueilli avec empressement, comme si j'étais un inconnu égaré. Je me suis assis dans la dernière rangée de sièges, derrière les bancs d'église. Le pasteur Baptiste était à l'autel, les yeux levés vers les nuages, comme si la salle n'avait pas de plafond. Le groupe jouait : un batteur à la Phil Collins dans un box isolé, un claviériste qui pianotait en se balançant à la Stevie Wonder, le guitariste solo enchaînait des riffs édulcorés d'un sous-Jimi Hendrix et le guitariste acoustique grattait ses cordes avec la passion d'un Ray LaMontagne. Ils accompagnaient un chœur de jeunes mené par une sœur Deloris, enfin, c'était ainsi que je l'appelais, car je ne retenais jamais son vrai nom. Son interprétation de *Oh Happy Day* était pour le moins insolite, et, à l'extrême, on aurait cru assister à une répétition du film *Sister Act III*. J'ai remarqué Mami au premier rang, elle frappait dans ses mains levées en un geste de louange, au rythme des chansons. Le pasteur Baptiste a pris mollement le micro. Il parlait d'une voix lente et feutrée, mais avec une tonalité de basse pleine d'assurance.

« Aujourd'hui, nous lirons un passage des Romains, chapitre dix, versets neuf et dix. Nous allons entamer notre lecture au nom du Père, et du Fils et du Saint-Esprit : "En effet, si de ta bouche, tu déclares que Jésus est Seigneur et si dans ton cœur, tu crois que Dieu l'a ressuscité des morts, tu seras sauvé, car celui qui croit dans son cœur, Dieu le déclare juste; celui qui affirme de sa bouche, Dieu le sauve". »

Il a achevé sa lecture et refermé sa bible. La congrégation a attendu. J'ai regardé l'immobilité s'emparer de la salle, une immobilité à laquelle je me sentais extérieur.

« Mes frères et sœurs, laissez-moi vous parler de ce temps où j'ai été sauvé par le Seigneur... Ceux qui me connaissent savent que j'ai été un homme perturbé. Je me suis laissé entraîner et j'ai mené une vie au service de l'égoïsme, de la cupidité et des désirs les plus primaires. Mon chemin vers la foi n'a pas été dénué d'épreuves, mes frères et sœurs, mais l'œuvre du Seigneur n'est jamais exempte d'épreuves.

— Amen, s'est écriée une voix solitaire, suivie par d'autres.

— Mais c'est une promesse : ceux qui travaillent pour le Seigneur dans le présent seront abondamment récompensés dans l'au-delà.

— Amen ! », a repris la congrégation tout entière, en chœur.

Le pasteur Baptiste a continué : « C'était par une froide soirée d'automne, peut-être même la nuit. Tout ce dont je me souviens, c'était que l'obscurité était tombée depuis longtemps, et le vent hululait comme une bête sauvage. J'étais assis dans une ruelle froide, appuyé contre un réverbère, dans la souffrance et le désespoir absolus. Sexe, alcool, drogue, dette, violence, tout ce que vous voudrez, j'ai tâté de tout cela. À ce moment-là, j'ai entendu une voix, claire et distincte, qui a percé le vacarme comme un diamant fend une vitre. Je serais incapable de vous répéter ce qu'elle disait, mais je l'ai entendue et je l'ai ressentie. Je savais que je ne pouvais plus continuer ainsi, ou alors j'en mourrais.

« Mes frères et sœurs, à bien des moments de nos vies, nous savons où est le bien, mais nous n'allons pas vers le bien. Et ce n'est qu'au comble du désespoir que nous acceptons d'être secourus. Mais sachez simplement que le Seigneur ne vous abandonnera jamais ; sa lumière veille sur vous, où que vous soyez, et où que vous alliez. »

Des applaudissements frénétiques ont empli la salle, ponctués d'acclamations et de vivats enthousiastes ; un soleil éclatant transperçait les vitraux de ses rayons, baignant la congrégation d'une lumière multicolore.

J'ai attendu dehors que les fidèles se déversent lentement dans la pièce voisine, où ils allaient converser, ou plutôt échanger des commérages devant un thé et des biscuits. J'ai fait semblant d'être sur mon téléphone afin d'éviter les regards et les conversations importunes, mais lorsqu'on fait semblant de consulter des pages de réseaux sociaux, l'exercice a des limites, avant qu'on ne soit obligé de relever les yeux ; quand votre batterie passe dans le rouge, cela commence déjà à vous énerver, et vous vous rendez compte que tôt ou tard vous allez devoir passer aux mondanités.

Mami ignorait que je venais. J'avais envie de lui faire la surprise, qu'elle sente que j'étais venu parce que je l'avais voulu. Elle fréquentait cette église depuis quelques années, après être passée d'une paroisse à une autre. Trouver la bonne, c'est comme trouver l'équipe sportive qu'on a envie de soutenir : il faut être convaincu que les autres joueurs ont autant envie d'être là que vous. Ce n'était pas ainsi qu'elle m'avait présenté les choses, mais selon moi c'était une raison à peu près aussi valable que toutes celles qu'elle avait pu me donner – le chœur, la musique, le prêche – ou que j'aurais moi-même invoquée – la nourriture. J'étais heureux qu'elle ait enfin trouvé un lieu où elle s'était confortablement installée dans un rôle informel de conseillère paroissiale. Elle était disponible, pour tout le monde, que ce soit au téléphone ou en personne. Et cela se sentait à la manière qu'elle avait d'attirer tous ces gens à elle.

Mami se trouvait à l'entrée, avec quelques fidèles sur le départ, en pleine conversation. Je me suis approché et je lui ai fait une petite tape sur l'épaule. Elle s'est retournée, et elle en a eu le souffle coupé. Sa réaction m'a surpris ; cela faisait-il si longtemps que je n'étais plus venu à l'église ? me suis-je étonné. J'oubliais qu'elle m'avait longtemps demandé si je viendrais ou non assister au service. Je trouvais toujours un moyen détourné de lui répondre non, sans lui dire non. Elle refusait de me parler de toute la semaine, et, à son regard, c'était comme si je n'étais plus son fils unique, comme si elle en avait un autre de rechange qui, lui, ne la décevrait pas. C'était peut-être sa manière de montrer qu'elle tenait à moi.

Elle a lâché un petit glapissement d'allégresse, ce qui a fait se retourner d'autres fidèles. « C'est mon fils. » J'ai été accueilli par les regards intrigués de quelques dames et des hochements de tête approbateurs de quelques messieurs. Mami m'a pris par la main et m'a fait retraverser l'église, jusqu'au pasteur Baptiste, qui était entouré d'un groupe de fidèles ravis de se trouver en sa présence, et qui le buvaient du regard comme des chevaux s'abreuvant à un ruisseau.

« Pasteur, j'aimerais te présenter mon fils.

— Bonsoir, je crois que nous nous sommes déjà rencontrés, ai-je fait, me souvenant de la dernière fois que Mami m'avait traîné avec elle pour me le présenter dans les mêmes termes.

— Loué sois-tu, mon frère. C'est un plaisir de te revoir.

— Intéressante, l'histoire que vous avez racontée tout à l'heure.

— Je ne suis qu'un portevoix, c'est Lui – et le pasteur a regardé en l'air –, qui raconte l'histoire. »

Moi aussi, j'ai regardé en l'air, sans être certain de ce que l'on me désignait.

J'ai dit au revoir à Mami : nous nous sommes embrassés, puis séparés. Je me suis retourné, je les ai vus s'éloigner, le pasteur Baptiste et elle, le pasteur a pris doucement sa main dans la sienne. Je suis parti en sachant qu'au moins j'avais gagné un peu de temps. Sachant qu'on ne me demanderait pas si j'allais à l'église, si j'avais dit mes prières, si je m'inquiétais de finir en enfer ou de sauver mon âme, toutes choses qui ne me concernaient guère. Traversant la grande rue pleine de monde, j'ai sorti mon téléphone.

« Hello, c'est moi. J'ai fini, je peux passer ? »

4

AÉROPORT INTERNATIONAL DE SAN FRANCISCO, CALIFORNIE ; 13 H 15

L'eau est d'un bleu clair et lumineux sous un alignement de gratte-ciel pointés comme des doigts tendus. Le soleil ricoche sur les surfaces, qu'il émaille de petites étincelles d'or. Des voitures minuscules se suivent à touche-touche sur un pont gris argenté miniature, et juste derrière, en retrait, l'autre pont rouge vif le surplombe comme un grand frère qui veut se faire remarquer. *Ils sont si nombreux à s'être confrontés à leur destin, là-bas, sur ce Pont, mais le mien se décidera ailleurs ; même destin, autre voyage.* L'avion entame sa descente vers la piste et se pose avec la douceur d'une feuille d'automne.

« Bienvenue à l'aéroport international de San Francisco », annonce une voix. Le cœur de Michael éprouve un discret soulagement, car il sait pourquoi il est arrivé ici. Il enfile son long manteau noir d'hiver, noue son écharpe et met son sac à dos à l'épaule. Il marche en direction de la sortie et un tourbillon d'accents étrangers se déclenche d'un coup et l'assaille, comme un concentré de toutes les émissions de télé qu'il a pu regarder. *J'ai la sensation de marcher dans la vie d'un autre, et pourtant, en un sens, c'est aussi la mienne.* Il sort et sent une vague de chaleur fondre sur lui. Son front ruisselle de sueur.

« Taxi ! » crie-t-il et il fait signe à un véhicule qui vient vers lui. Il jette son sac à dos sur la banquette arrière et se relâche.

« On va où, mec ? » demande le chauffeur, en le regardant dans le rétroviseur. Il a un fort accent californien, à la tonalité presque exagérée, comme s'il l'avait appris ailleurs avant d'arriver ici.

« Une seconde, je dois juste chercher l'adresse, répond Michael, et le visage du chauffeur se détend.

— Tu es d'où ? » demande-t-il.

Michael farfouille dans son sac, à la recherche de son carnet.

« Londres. »

Je ne suis de nulle part.

« Londres ! » répète le chauffeur.

Michael a trouvé son carnet, arrache la page où l'adresse est écrite et la lui tend.

« Oui.

— Non mais allô, m'sieur. » Le chauffeur glousse sous cape. « Tu as pris le thé avec la Reine ? » demande-t-il encore, et Michael rit avec lui. Un rire forcé.

J'avais entendu parler de ce phénomène, de cette fascination, des Américains et de leur manie de demander aux touristes anglais s'ils avaient pris le thé avec la Reine. J'ignore où cette scène du thé avec Sa Majesté aurait eu lieu. À Buckingham Palace ? Un endroit que je n'avais plus visité depuis notre voyage en famille, et que j'avais pris pour un musée, et non pour un domicile. Dans un café ? Probablement du côté de Kensington, un de ces petits commerçants qui étalent ses douze variétés de fromage derrière une vitre. Certainement pas une enseigne appartenant à une chaîne ; respectueux de son statut, quand on lui demanderait son nom pour l'inscrire sur sa tasse, je lui éviterais d'avoir à répondre « la Reine » et d'ensuite devoir s'entendre appeler « la Reine » lorsque sa commande serait prête ; « On se sentirait si gênée », l'imaginais-je me dire, et je lui répondrais : « Vous êtes la Reine, vous ne pouvez pas vous sentir gênée », et on s'esclafferait en buvant une petite gorgée de notre tchaï-je-ne-sais-quoi. Ou alors un kawa ; un vrai café, mais sans l'accent français, et tout cela se passerait à une époque où les gens n'entraient pas encore dans ce genre d'endroit avec leur ordinateur portable et leur casque sur les oreilles, pour « écrire ». Un véritable café, quelque part dans Finsbury Park, avec des ouvriers du bâtiment vêtus d'un gilet de chantier jaune fluo, un journal étalé devant eux, leur casque posé à leurs pieds, et de gros souliers de travail couleur fauve à bout ferré, qui s'écrieraient : « Très bien, Vot'Maj' », à notre entrée dans les lieux. Et qui m'ignoreraient, très certainement.

« Non, je n'ai pas pris le thé avec la Reine », répond Michael. Le chauffeur rigole.

Ils traversent la ville, des rangées et des rangées de bâtiments, tous soigneusement alignés, comme des blocs de Lego. Cette cité est lumineuse. C'est peut-être une autre espèce de soleil qui brille par ici. Tout paraît net et affûté, comme filtré. Michael écoute le chauffeur qui n'arrête pas de parler, en ponctuant juste ce qu'il faut, en acquiesçant d'un « oui » ou en signalant sa surprise d'un « vraiment ? », histoire d'entretenir la conversation.

« Et voilà, on y est. » Le chauffeur s'immobilise le long du trottoir et arrête le compteur. « Ça fera quarante dollars. »

Michael sort son argent de la poche de son jeans, on dirait des billets de Monopoly, et il lui tend la somme. Le chauffeur lui souhaite bon vent et ajoute : « Te déchaîne pas trop pendant que t'es ici... ou alors, vas-y, à fond ! », ce qui ne fait éclater de rire que lui.

Je suis là.

Il envoie ce SMS en attendant devant une porte entre deux boutiques, faisant en sorte d'être bien visible.

« Salut ! » Une voix surgit. Il se retourne et voit une femme devant lui. Elle a exactement l'allure de sa voix : énergique, enthousiaste, emballée par la vie, comme s'il y existait des choses méritant d'être vécues et dont il ne saurait rien.

Elle lui tend sa main libre et lui dit son nom, mais il ne prend pas la peine de le retenir. À quoi bon retenir de nouveaux noms ? À quoi bon se souvenir de quoi que ce soit ? Son autre main tient un grand gobelet en plastique au logo d'une chaîne de cafés (prononcé avec l'accent aigu du français) et un jeu de clefs ballantes. Il lui serre la main.

« Suivez-moi. »

Elle le précède, il la suit, il avance d'un pas quand elle en fait trois. Ils entrent dans un immeuble. Des mèches blondes éclairent ses cheveux brun-roux et elle porte un jeans délavé, déchiré et décoloré. Ils parlent de la météo, il n'avait pas pensé qu'il ferait si chaud. Elle lui parle de la sécheresse en Californie, en admettant que ce serait super qu'il pleuve. Il lui répond qu'à Londres il pleut tout le temps, elle suggère qu'ils devraient échanger leurs deux climats pour une journée, il va plus loin en l'envisageant même peut-être pour une semaine, ce qu'après mûre réflexion ils jugent tous deux infaisable, la raison principale étant que les populations des deux villes concernées ne tarderaient pas à se plaindre.

« Alors, voilà, c'est ici. »

Ils entrent dans l'appartement. Il est spacieux, un seul volume complètement ouvert, ça fait très artiste, avec des tableaux de silhouettes aux membres étirés, et très créatif, avec des tournesols dans des bocaux en verre recyclés.

« Et ça, c'est vos clefs. » Elle les lance en l'air, se fiant aux réflexes de Michael, et d'un geste instinctif il tend la main et les attrape. « Faites comme chez vous, installez-vous à votre aise. Il se peut que je passe à l'occasion prendre quelques affaires, mais je vous appellerai toujours avant pour être sûre que cela ne vous dérange pas. »

Il sort de l'appartement en T-shirt. Le soleil éclatant l'aveugle, lui assaille les yeux, lui fatigue la vue. Il en ressent la chaleur : il a la peau parcourue de petites décharges d'électricité. Sa respiration est régulière, équilibrée, apaisée. *C'est la quintessence de la vie – être quelque part, n'importe où, excepté là où j'ai déjà été précédemment ; être présent, fixé dans l'ici et maintenant.*

Il s'avance, va traverser le boulevard, regarde sur sa droite, une voiture klaxonne, deux fois, fort, et file en le frôlant. Il lève les mains en l'air, exaspéré ; s'exclame « T'as failli me tuer, espèce de connard ! », puis il se rend compte qu'il regardait du mauvais côté. Le simple fait de traverser la rue perd aussi de son automaticité, mais là où une chose se perd, une autre se gagne. Le trottoir d'en face semble trop loin pour qu'il passe ; il songe que chez lui, ce genre de chaussée large, à trois voies, est réservé aux autoroutes. Chez lui. Il entend ces mots, qui se répètent en écho : chez lui, chez lui, chez lui.

Il entre dans la boutique, il est accueilli par les visages souriants des employés, un sourire décompté à l'heure. « Bonjour, monsieur, bienvenue chez Target », fait l'une d'elles, d'une voix enthousiaste, haut perchée, chantante. Il pose les yeux sur une femme menue, un mètre cinquante-cinq tout au plus, les cheveux sombres teints en rouge. Il a l'impression d'avoir déjà vu son visage, si tel était le cas, ç'aurait été dans un clip vidéo ou un magazine, elle aurait pu poser en tenue glamour haute couture, pas dans l'uniforme qu'elle porte à l'instant, chino kaki et

T-shirt rouge terne. Il l'imagine travaillant ailleurs qu'ici, vivant l'existence d'une autre.

« Bonjour », répond-il, le souffle court. Elle continue de sourire et il traverse la salle en direction du rayon multimédia avec ses écrans de télévision grand format, où s'étalent les couleurs vives de visages heureux présentant un produit après l'autre... après l'autre... et vers le rayon vêtements, avec ses pantalons camouflage, ses jeans évasés et ses T-shirts de coupes et de tailles diverses, du S jusqu'aux multiples XL.

Il est épuisé ; ses pieds lui font l'effet d'avoir marché sur du sable brûlant. Il a le bas du dos parcouru d'élancements douloureux. Il voudrait s'asseoir. Il regarde autour de lui. Il n'y a que par terre. Il prend une boîte de biscuits aux pépites de chocolat, du thé vert, des bananes et quelques autres articles.

« Bonjour, monsieur, comment allez-vous aujourd'hui ? lui lance la caissière avec enthousiasme.

— Ça va, merci », répond-il et il dépose ses achats sur le comptoir. Elle a la peau couleur olivâtre, les pommettes saillantes, son visage rond s'adoucit et se détend. Son scanner bipe.

« C'est tout ? demande-t-elle, en se penchant vers lui, observant sa bouche.

— Jc ne cherche pas à claquer mon argent et à tout dépenser d'un coup. »

Il rit nerveusement.

« C'est bon, fait-elle, cette fois en le regardant fixement. J'apprécie une tasse de thé, mais je suis plutôt café. »

Son ton de voix laisse entendre qu'il est censé considérer cela comme une information digne d'intérêt.

« Certaines personnes préfèrent le thé, d'autres le café », répond-il. Elle sourit poliment.

« Ça fera dix-neuf dollars. » Il sort les vingt dollars de sa poche arrière et les lui tend. Elle lui rend la monnaie : un billet d'un dollar tout neuf, qu'il glisse dans son portefeuille.

« Passez une bonne journée », fait-elle. En réponse, il lui adresse un sourire.

Il range ses achats dans un sac et se dirige vers la sortie. Deux vigiles de sécurité, entièrement vêtus de noir – bottes rutilantes d'un noir de jais, chaussettes noires, chinos militaires aux poches latérales volumineuses – le tancent d'un air sévère, l'œil soupçonneux. Il se rappelle être entré au supermarché du quartier, après le travail, en chemise blanche à carreaux, une cravate en tricot à pois rouge, un pantalon à pinces et une paire de richelieus, avec Sandra, et le vigile l'avait suivi de rayon en rayon, et bien que ce ne fût absolument pas plaisant, cela l'avait laissé perplexe. Il avait ri sous cape et quand le vigile s'était rendu compte qu'on l'avait repéré, il était reparti dans une autre direction. Il se souvenait encore de la réaction de Sandra : *tu te prends trop la tête*. Il se souvient de Sandra. C'est la première fois, depuis son départ, qu'il repense un tant soit peu à elle. Il est parfois plus facile d'oublier que de guérir. Ce fardeau pèse sur son mental, alors il le refoule, en fermant des rideaux sur le monde extérieur à son esprit.

Il marche lentement, d'un pas hésitant, et, au bout de quelques mètres, sort du magasin. Il se retourne vers les vigiles. Ils le regardent encore, le dévisagent; à ce qu'il semble, certaines manières d'être sont universelles.

8 806 dollars.

5

EMBARCADERO, SAN FRANCISCO, CALIFORNIE, 12 H 50

San Francisco est une ville où l'on trouve de tout : bâtiments et monuments, tous différents les uns des autres. De tout : de grands arbres très verts alternant avec de hauts réverbères. De tout : des collines et des plateaux, des plateaux et des collines. De tout : des expressions artistiques lumineuses, colorées sur les sols, les murs et autres endroits impossibles à atteindre. De tout : poésie et musique, nourriture et boisson, joie et chagrin. De tout : un effilochement d'individus, le récit de millions d'histoires.

13 h. Michael marche entouré de gens qui ont l'air en mission sans bien en connaître la nature. Chemises blanches, cravates quelconques, pantalons gris et mocassins noirs, reproduits à l'infini, ces personnes sont toutes aussi anonymes les unes que les autres. Il ressent une profonde impression de *sonder*[1], cette sensation que la vie de chacun de ces individus est aussi

1. Terme inventé par John Koewing en 2012 : la prise de conscience que toute le monde a une histoire, que tous les passants autour de soi ont une vie émotionnelle aussi riche que la sienne.

complexe que la sienne. À quelque distance de là, il aperçoit un grand édifice, mélange de fusée et de pyramide, aussi pointu qu'une aiguille à son sommet, aligné sur les autres bâtiments. Cette tour semble avoir quelque chose de particulier, comme si elle gardait un secret, comme si cet édifice, c'était lui.

Il s'écarte de la foule des citadins qui regagnent leurs bureaux et prend la prochaine à gauche. Il lève les yeux et voit cette rue continuer de monter, monter, et monter encore, former un palier entre chaque pente, avant de monter encore plus haut, plus loin, comme si ceux qui avaient construit ces rues avaient décidé de s'accorder des pauses programmées tout du long. Il se met au défi d'atteindre le sommet. Il avance, il marche, avec régularité, d'un pas ferme après l'autre.

Le ciel paraît d'humeur confuse, d'un bleu clair éclatant mêlé de lugubres nuages gris, la lumière du soleil flirtant avec la pluie. Tout y mène, vers ce ciel, en haut de cette montée : les voitures en stationnement, les arbres, les réverbères. Il marche, il se rapproche du sommet, traverse les odeurs alléchantes des restaurants du quartier, passe devant un immeuble d'angle couleur bleu pétrole, une rangée d'arbustes en face d'un grand arbre de l'autre côté de la chaussée, il double un long camion garé devant des ouvriers et observe leurs bouches, essaye de s'imaginer ce qu'il peut bien en sortir, se demande s'ils disent ici les mêmes choses qu'ils disent chez eux, dans leur pays, devant des immeubles hérissés de rambardes et d'échelles extérieures. Une moto file et le frôle. Il sent le déplacement d'air. Au sol, au milieu de la chaussée, il aperçoit une plaque d'égout circulaire, imagine des Tortues Ninja surgir de ce trou d'homme et se porter à la rescousse. La chanson du générique retentit dans sa tête : « Quatre tortues d'enfer dans la ville / Chevaliers d'écailles et de vinyle ». Il croise un couple, un homme et une femme âgés en chinos kaki, aux sacs banane en cuir élimé assortis, ils prennent des photos avec leurs appareils aussi bruyants que protubérants, « des touristes », s'esclaffe-t-il, avant de se souvenir qu'il en est un lui aussi... à sa manière. À côté de la chaussure ordinaire, d'un blanc immaculé, du vieil homme, le trottoir porte gravé à l'or terni le nom de « Jack Kerouac », coiffé d'une inscription; les vers d'un poème résonnent dans sa tête. Il lève les yeux et voit ces mots s'afficher là-haut dans un bandeau noir et jaune : « City Lights Books », à côté d'une peinture murale de paysage aux tons bleu-vert. Il entre dans la librairie.

« Une librairie est le jardin de votre esprit où les fleurs ne se cueillent pas, mais se cultivent : si une chose vous plaît, ne l'arrachez pas à la terre pour en prendre possession; au contraire, arrosez-la, donnez-lui de la lumière, reculez de quelques pas et regardez-la pousser. »

Michael lit cet écriteau en passant devant le comptoir, accueilli par les sourires des libraires. Il leur sourit à son tour et regarde autour de lui les fleurs de ce jardin qui s'épanouissent sur les rayonnages. Il hume leur parfum, c'est un parfum ancien, mais pas celui de la sénescence, non, plutôt celui de ce qui a vécu, de ce qui a connu l'expérience, de ce qui s'est plongé dans l'histoire de l'être, quelque chose de gravé en profondeur dans la mémoire du monde. Il se dirige vers une porte dans le fond, après un miroir carré à l'épais cadre de bois accroché au mur. Pour la première fois depuis longtemps, il se voit : ses yeux, ses oreilles, son nez, sa bouche. Il voit son visage : moitié celui de sa mère, et pour l'autre un souvenir vide. Papa. Il monte l'étroit escalier aux marches couleur de grès entre des murs blancs, remarque sur l'une de ces marches ces mots, « salle des poèmes », écrits en noir, et se radoucit.

Dans ce jardin, la « salle des poèmes », se trouve la fontaine d'où l'eau s'écoule pure et vraie; elle donne sans relâche, elle prend forme et consistance autant que nécessaire, nourrissant tout, apportant la subsistance et la vie. Michael imagine ce que ce devait être de vivre à une autre époque – Allen Ginsberg, *Je ne supporte plus ma propre raison* –, d'abattre des mondes entiers avec ses mots, et d'en reconstruire ensuite de nouveaux. Il imagine les publics inconnus qui remplissaient des salles et ouvraient leurs oreilles, mais surtout qui ouvraient leurs cœurs.

Partout dans la pièce, des photographies de visages solennels qui vous observent du haut des murs tels des dieux antiques. De brèves formules sont notées sur des bouts de papier blanc ordinaire, tels des commandements sur des tablettes de pierre : « Assieds-toi ici et lis », « Éduque-toi », « Lis ici quatorze heures par jour ».

14 h 30. Il descend au sous-sol rempli d'ouvrages. Chaque pièce est la découverte d'un nouveau monde, d'une nouvelle dimension. Ici, il y a des endroits où se reposer. Dans un jardin, ce serait la véranda. Il sent ses pieds le lancer comme s'ils distendaient ses chaussures en cuir brun, et va s'asseoir sur la chaise la plus proche. Entouré de divers volumes, de l'histoire des Amérindiens à celle de la Seconde Guerre mondiale, il en découvre un sur le bouddhisme, écarlate et chatoyant, tout en bas de l'étagère, comme s'il avait attendu son arrivée. Il ouvre une page au hasard.

Respire. Tout est toi. Tout vient à toi. Il n'est rien que tu ne saches pas, que tu n'aies toujours su. Tu n'es pas le corps, tu n'es pas l'esprit, tu n'es rien, et tu es tout, éternel et actuel, distant et proche. Libère-toi de tout attachement, de toute possession, de toutes choses qui te lient, et mène-toi toi-même à la liberté.

17 h. Des heures se sont écoulées. Le temps est lui-même devenu intemporel, comme s'il n'existait pas, comme s'il

s'agissait d'une présence ésotérique, magique, d'un tableau de Paul Lewin, portrait d'un ancêtre apportant des présents dans un rêve.

Il repart de la librairie avec deux nouveaux livres. Sur la gauche, il voit une volée d'ouvrages suspendus en l'air comme une nuée d'oiseaux planant le long des fils électriques en hauteur. Derrière, peint sur le mur au-dessus d'un restaurant, un homme mélancolique joue solennellement du piano, profondément enfoui dans sa solitude. San Francisco est une ville où l'on trouve de tout.

Il monte de plus en plus haut, au sommet d'une colline. Le silence se fait. Il y a peu de gens par ici, assez peu pour que s'échangent de chaleureuses salutations : un sourire, un signe de la main, un bonjour. Il continue de monter et la pente se fait plus raide, d'une raideur spectaculaire, à tel point que les voitures stationnées en épi semblent prêtes à succomber d'un instant à l'autre à la gravité et à dévaler la pente jusque tout en bas. Il observe brièvement un type qui a du mal à se garer. Il monte une série de marches en béton. Il passe devant un portail métallique recouvert d'un buisson feuillu, à travers lequel on entrevoit une lampe à la faible lumière qui semble conduire vers un lieu enchanté. Il monte, avance, s'arrête sur le plat. Il se repose un instant, se retourne, regarde au loin, en contrebas.

Le ciel illuminé par le soleil couchant semble ponctué de coups de pinceau d'un or étincelant, enflammé de lueurs orange et bordeaux. Michael aperçoit la haute tour en forme de fusée, sa pointe effleurant le ciel, l'eau dans le lointain qui reflète le chant du soleil couchant, et un pont fendant le cadre à l'horizontale. Les rues partent en descente, jusqu'en bas, jusqu'à disparaître hors de vue, et il se demande l'effet que cela ferait de les dévaler sur un train de roues aux jantes ajourées. Il ferme les yeux. Il sent la vitesse, l'adrénaline, la liberté, le vent qui se rue vers lui, et lui qui crie dans le grand air. Liberté. Liberté. Libre.

De retour à l'appartement, Michael s'assoit dans le canapé, dans la solitude, regarde fixement par la fenêtre, l'obscurité qui ne cesse de s'effacer, excepté la brillance de la lune. Il mange le plat chinois à emporter qu'il s'est acheté sur le chemin du retour et il écoute l'âpre complainte de misère d'un barbu accompagné de sa guitare, qui se répète en boucle jusqu'à ce que tout se perde, jusqu'à ce que la musique s'estompe, jusqu'à ce que le monde tourne et que le soleil se lève à nouveau. *J'éprouve une sensation de calme que je n'ai jamais ressentie auparavant. Une acceptation de tout, un sentiment qui tend vers la paix.*

8 586 dollars

6

COLINDALE, LONDRES NORD, 18 H 15

J'ai frappé. Le silence régnait dans ce cul-de-sac, sous les ombres d'arbres automnaux dénudés, étirées telles des silhouettes fantomatiques. Des voitures passaient, peu fréquentes, avec un bruissement isolé. J'ai regardé sur ma gauche et ma droite, pas une seule lumière n'a scintillé, pas une seule âme n'a bougé.

« Toiiiiiiiiiiiiii ! » s'est écrié Jalil derrière la porte. Il l'a ouverte d'un coup et il a écarté tout grands les bras.

« Toiiiiiiiiiiiiii ! » ai-je répliqué, avec autant d'enthousiasme. La longueur de nos « oi » signalait combien nous étions excités de nous revoir. Nous nous sommes étreints, un peu plus longuement que nous ne l'aurions fait en temps normal. Jalil rentrait à peine d'un long voyage en Afghanistan, où il était allé rendre visite à sa famille. Ses déplacements comportaient souvent une part de travail bénévole auprès d'un orphelinat, d'une école, d'un centre de crise, d'une base d'aide humanitaire, ou l'exploration d'une nature sauvage, sans aucun contact avec le monde extérieur, afin de se trouver lui-même.

« Viens, mec. Viens », a-t-il insisté, alors que j'entrais et retirais mes chaussures. Il vivait dans une maison sur deux niveaux, avec un jardin et un garage. Il était enfant unique. Sa mère, une Anglaise, était décédée avant qu'il n'entre dans le secondaire, et son père, après avoir attendu que Jalil obtienne son diplôme universitaire et puisse subvenir à ses besoins, était reparti dans son village se remarier, ouvrir une petite école et fonder une nouvelle famille, en laissant Jalil seul dans cette maison. Il portait une longue dichdacha qui flottait sur son grand corps de plus d'un mètre quatre-vingts, à la peau olivâtre, d'où dépassaient de longs pieds pointure 48.

« Je suis rentré la semaine dernière, m'a dit Jalil alors que nous passions dans la cuisine.

— C'était comment ?

— Tu sais ce que c'est. » Il m'a regardé avec solennité et sérénité. « Ça remet vraiment les choses en perspective », a-t-il ajouté, la musique de sa voix passant d'une tonalité majeure à une tonalité mineure. « Alors, et toi, qu'est-ce que tu racontes ? » a-t-il repris avec entrain. La bouilloire sifflait et il nous a servi un thé vert. C'était le genre d'individu qui, lorsqu'il posait cette question de savoir comme tu allais, le pensait sérieusement. Il avait vraiment envie de t'entendre dire la réalité des choses, le bon et le mauvais, le terrible et le merveilleux. Cela ne facilitait pas du tout la réponse à la question, du moins pas pour moi. En effet, qu'étais-je censé dire ? Bien ? Super ? Alors que j'avais l'impression que tout partait en vrille.

« Tout va bien », ai-je répondu, sans savoir si c'était lui ou moi que j'essayais de convaincre.

Il m'a dévisagé avec curiosité, l'œil inquisiteur. J'ai détourné le regard.

« Juste le boulot et les tracas habituels », ai-je ajouté. J'avais envie de lui parler de ce sentiment croissant d'isolement, de désespoir, d'accablement. J'étais un fardeau pour le monde, pour tous autour de moi. Une grisaille envahissante s'infiltrait des recoins de mon être jusqu'au noyau. J'étais incapable de dire si c'était imaginaire ou réel, mais je savais que c'était là.

Jalil et moi sommes passés au salon, où il dort, mange et lit, qu'il appelle « la Grotte, celle de Platon, pas celle de Batman », où il fait jouer les reliquats de ses diplômes de philosophie, de science politique et d'économie obtenus à Oxford comme un homme ses muscles devant un miroir dans une salle de sport, et d'autres fois « la Grotte, celle du Prophète, évidemment, la paix soit avec lui », selon qu'il porte ou non la dichdacha. Il s'est affalé dans le large canapé-lit, ce qui a fait tressauter l'ordinateur portable, et moi dans le fauteuil poire au milieu du parquet. J'ai jeté un œil sur la pièce : on aurait pu décrire son intérieur comme le musée d'un collectionneur d'objets vintage : bandes VHS, cassettes audio, console de jeux avec ses cartouches, tourne-disque dans un angle, étagères d'ouvrages classiques sous leur reliure cartonnée d'origine, une paire de Nike Air Jordan et diverses œuvres d'art.

« Où est-ce que tu as dégotté ça ? lui ai-je demandé en pointant ma tasse de thé vers un tableau, une planète flottant devant un fond de constellations et d'étoiles filantes, un vaisseau spatial filant à toute vitesse.

— C'est à moi.

— Ça, je sais, je te demande où tu l'as eu.

— Non, je veux dire, c'est moi qui l'ai fait.

— Quoi ? » Je me suis levé pour examiner l'œuvre de plus près. « C'est tellement détaillé. Quand est-ce que tu as peint ça ?

— Il y a un petit moment. J'ai suivi des cours d'art.

— Mais non ! Waouh ! Ce secret-là, tu l'as bien gardé ! »

Il a réagi d'un haussement d'épaules, a attrapé l'ordinateur portable et l'a ouvert. Ses doigts ont voleté avec rapidité sur le clavier, avant une frappe bruyante ; volètement des doigts, frappe, répété en cadence, comme s'il ajoutait chaque fois un point final à une longue phrase.

« Frère, je me fais vieux. »

Cet épanchement existentiel inopiné m'a fait glousser.

« Ah bon ?

— J'ai dû m'inscrire à ce site de rencontres. Regarde. » Il m'a brièvement montré l'écran du portable, pas assez longtemps pour que je puisse vraiment regarder. « C'est un site pour musulmans célibataires qui cherchent à se marier.

— À se marier ? Tu essaies de transformer une hijabi en femme au foyer ?

— Euh, ouais, un truc dans ce genre. Il est temps pour moi de passer aux choses sérieuses. J'ai presque trente ans.

— Tu es sûr que c'est la seule raison ?

— Bon, c'est ça, et le fait que Baba n'arrête pas de me stresser. Il me prévient que si je ne me trouve pas bientôt quelqu'un, il va me coller avec une fille du village.

— Ce ne serait pas forcément une mauvaise chose. Et si elle est jolie, cette fille ?

— Il m'a montré des photos... »

Je l'ai observé, j'ai guetté une réaction. Et il attendait que j'ajoute quelque chose.

« La beauté, c'est une question de perception.

— Eh bien, d'après ce que j'ai vu sur ces photos, ma perception est nulle », m'a-t-il rétorqué, et il a ri, d'un rire gêné, le souffle court.

« Tu as sûrement vu quelques belles villageoises, quand tu es retourné là-bas ?

— Frère, je ne pouvais pas m'empêcher d'en voir.

— J'en suis sûr.

— Non, je veux dire, elles étaient toutes belles. C'est un autre genre de beauté. Ton regard s'adapte, c'est tout. Tu les vois d'un autre œil. Idéal de beauté non eurocentrique... tu décolonises, tu saisis ?

— Alors pourquoi tu ne leur as pas dit bonjour, pourquoi tu n'es pas allé leur parler ?

— Ça ne marche pas comme ça. » Jalil a ri de ma naïveté. « Ce n'était pas comme si je pouvais aller en voir une et lui dire : "Salut, bébé, comment tu vas ?" Il y a une tradition et une culture à respecter. Il faut que j'en parle à mon baba et mon baba doit aller parler à leur baba. Imagine que ton papa soit ton équipier.

— Enfin, bon, il faut bien que tu tentes quelque chose. Sans quoi, ton papa continuera de choisir à ta place.

— N'empêche, c'est très compliqué de faire la connaissance de quelqu'un. Sortir avec elle, c'est impossible. Tu rencontres une fille, tu dois lui faire toutes sortes de politesses et aller dans des endroits où on n'a aucune envie d'aller, ni toi ni elle. Avec de la chance, tu noues un lien, et ensuite la personne finit juste par ne plus donner signe de vie.

— Ou c'est toi qui finis par ne plus donner signe de vie. On dirait que tu as peur de t'engager... trouble de l'attachement.

— Ok, du calme avec tes analyses freudiennes. En réalité, enfant, j'étais pas mal câliné. La seule chose dont j'ai peur, c'est de m'engager avec la mauvaise personne. » Il s'est tu un moment, comme s'il scrutait un avenir qui le pétrifiait. « C'est pour ça que je crée ce profil, a-t-il continué. Une manière de trancher dans toute cette mélasse. Bon, je ne sais pas trop quoi mettre. Est-ce que je leur raconte juste que je roule à moto ?

— Alors là, tu vas te retrouver marié en un rien de temps.

— Sérieux ? »

Il s'est rapidement mis à taper.

« Non ! me suis-je écrié avec un geste des mains. Je pense

que les femmes recherchent un peu plus de profondeur chez un mari que de savoir s'il a ou non une bécane.

— Il n'empêche, ce qui compte vraiment, c'est la cylindrée du moteur, non ?

— Non. Arrête. Écoute, et si je te le rédigeais, ton profil ?

— Quoi ? a-t-il fait d'une voix perçante, paniquée.

— Ce serait logique. Réfléchis. Nous sommes très bons amis. Je te connais mieux que personne, parfois mieux que toi-même. Non ?

— Tu ne vas jamais me lâcher avec ça, hein ?

— Jamais de la vie.

— Bon, vas-y, alors. »

Il m'a lancé son ordinateur que j'ai vu flotter en l'air et retomber mollement dans le fauteuil poire, à la place libre à côté de moi. Je l'ai ouvert et j'ai déployé les doigts, dans un geste théâtral. J'ai levé les yeux et vu Jalil me dévisager avec curiosité et une nervosité mêlée d'excitation. Après avoir terminé, j'ai rabattu l'écran du portable et lui ai lancé à mon tour. Il s'est empressé de le rattraper en plein vol.

« "Salut, je m'appelle Jalil, j'ai bientôt trente ans, je suis voyageur, aventurier et je vis la vie à fond. J'ai une passion pour la politique et la philosophie, la découverte de cultures et de langues différentes (je suis capable de commander à manger dans cinq langues et je sais rire dans toutes), et pour les gens. J'aime peindre et sortir faire de longues promenades. Je cherche juste quelqu'un pour me rejoindre dans cette longue promenade de la vie." C'est pas mal, mon frère, bravo... Ah non, ce n'est pas fini. "Si rien de tout ça ne vous intéresse, j'ai une moto vraiment cool. Un gros cube." Ah ! Et que sont devenues toutes "les femmes qui recherchent un peu plus de profondeur chez un mari" ?

— J'essaie juste de te donner un maximum de chances. Tu ne possèdes pas tant d'atouts que ça. »

Jalil a fait grise mine, on aurait dit un mème. La pendule a sonné minuit.

« Il faut que j'y aille, demain matin j'ai du travail », ai-je dit, en m'endormant à moitié.

Dès que le réveil a sonné, j'ai compris que j'étais en retard. J'ai couru droit dans la salle de bains. Je me suis brossé les dents et j'ai pris une douche rapide. Je suis parti, j'ai claqué la porte, comme si je prenais la fuite pour avoir la vie sauve. Ma chemise claquait au vent, ma cravate voletait derrière mon épaule, mon sac à dos se soulevait entre mes omoplates. Une médiocre imitation de Clark Kent sorti d'une cabine téléphonique en Superman, mais sans ses pouvoirs. Et si Profman pouvait se changer en superhéros ? Sauver tout le monde sauf lui. Seigneur, ce que je déteste mon boulot.

8 h. J'ai envoyé un SMS à Sandra. Je n'ai pas attendu de réponse. J'ai dévalé l'escalator, mes pieds effleurant à peine les marches. Je me suis retrouvé bloqué un instant par une personne côté gauche, forcément un touriste, un de ces touristes agaçants de huit heures du matin qui aurait dû éviter l'heure de pointe. Je l'ai contourné. Le prochain train, dans quatre minutes. « Arrrgh ! » ai-je gémi, tout le monde autour de moi s'est figé, m'a dévisagé en silence, en faisant mine de n'avoir rien entendu, rien vu. Le train est arrivé et je suis monté en forçant le passage, entouré de mauvaises haleines, d'auréoles de transpiration et de bedaines envahissantes.

« DU CALME ! » À mon entrée dans la salle, la classe s'est tue immédiatement. Des élèves assis sur les tables sont retournés à leur chaise, un autre, une boule de papier fripée dans la main, a lentement baissé le bras, au beau milieu de son lancer.

Le visage de l'enseignante suppléante dont je n'avais pas pris la peine de retenir le nom a exprimé son soulagement.

« Merci, mademoiselle. Je vais prendre le relais. » Elle a souri. « C'est une classe de cinquième surexcitée », lui ai-je chuchoté. Elle était contente de partir.

« Vous auriez dû avoir l'intelligence de ne pas provoquer de chahut quand vous avez une professeure remplaçante. Vous valez mieux que ça. Et de toute manière, au bout du compte, rien ne m'échappe. N'est-ce pas ? Marlon ? Ruby ? Jasvinder ?

— Ah, monsieur, on peut pas tricher avec les autorités. Moi, c'est Jazz.

— Rien ne m'échappe, n'est-ce pas... Jasvinder ? ai-je répété, en plongeant mon regard dans le sien.

— Désolé, monsieur, a-t-il répondu, en marmonnant sa défaite.

— Maintenant, ouvrez vos livres. Nous allons consacrer le reste du cours à une lecture silencieuse. » La classe a poussé un gémissement, en chœur. « J'ai dit silence ! »

RIP Michael Kabongo

Heure de la mort : 11 h 35

Cause de la mort : inconnue – peut être liée à des cris d'enfants mal élevés et au stress.

Son épitaphe, sur sa pierre tombale : ci-gît un homme qui est mort comme il a vécu : fatigué.

Ah ! Ça, c'est trop drôle ! Où es-tu ?

Je meurs, et tu trouves ça drôle ? Quel manque d'égards. Où es-tu ??

Je ne vois même pas pourquoi ça m'étonne. Jamais je n'aurais dû m'attendre à autre chose de ta part. Où es-tu ??!!!

Je suis dans ma tombe.

OK, toute cette plaisanterie sur la mort, c'est mort. Où es-tu ?

Je suis en classe.

Ah, tu es arrivé, alors.

Oui. En retard. Tu n'as pas reçu mon SMS ?

Non.

Ah, c'est bizarre.

Tu ne sors pas prendre une pause ? Viens en salle des profs.

Pourquoi ?

J'y suis.

...

Bon.

Je suis trop fatigué. Ce sera déjà un miracle si je réussis à me lever de ma chaise, alors aller en salle des profs, sûrement pas. Et puis aujourd'hui je suis de permanence.

Tu veux que je te remplace ?

OMG, tu ferais ça ?

Non.

Ouah !

Oh, zut ! La cloche sonne ! Bonne chance !

Les couloirs se sont rapidement remplis des cris perçants et des hurlements d'élèves surexcités.

10 h 50. La journée est à peine entamée, et j'étais déjà prêt à ce qu'elle se termine. J'ai fait rouler mon fauteuil jusqu'à la porte.

« Euh, classe de seconde, vous êtes censés vous mettre en rang dans le silence », ai-je fait, en élevant la voix pour couvrir les leurs. Ils ont lentement formé la file, d'un pas traînant.

« Monsieur, pourquoi vous restez assis ? s'est enquis Alex l'As des A+.

— Je... je me suis fait mal à la jambe. »

Il m'a regardé comme pour dire « ouais, c'est ça », au point que je pouvais presque lire le jugement dans ses yeux. Ils ont pris place en classe.

C'est ça, la vie ?

Le cours a fini par se terminer. Les élèves de seconde ont remballé leurs affaires et sont allés déjeuner. La porte est restée ouverte. J'ai grommelé quelques mots de mécontentement à voix basse. J'ai roulé jusqu'à la porte pour la fermer. Sandra a fait son apparition et s'est mise à rire de moi. Quoique très tenté de la lui refermer au nez, j'ai décidé de la laisser entrer.

« Tu n'as pas répondu à mon message. »

Elle a posé un sandwich sur mon bureau.

« Tu m'as apporté à manger ?

— Eh bien, vu ton humeur de ce matin, et après avoir lu ton dernier message, j'ai pensé qu'il te fallait un petit remontant.

— Ouah, merci, femme-de-boulot ! Thon et maïs doux... mon préféré.

— Avec mayo. Ouais, ton préféré. Comment tu te sens ?

— Mes jambes me donnent l'impression d'être lardé d'un millier d'aiguilles minuscules. Depuis que je me suis assis, en première heure, je ne me suis pas levé de ce siège. Et je refuse de me lever pour le reste de la journée. »

Sandra a éclaté de rire devant ce nouvel épisode de ma « ridiculité dramatique », que je n'ai jamais trouvée ni ridicule ni dramatique, ni maintenant, ni jamais. J'ai remarqué combien son visage paraissait empreint de douceur quand elle riait, les pommettes saillantes, le menton relâché, les fossettes creusées, les paupières mi-closes et le coin des yeux plissé.

« Attends ! Tu n'es pas censé être de permanence ?

— Ohhhh... » J'ai gémi et gardé pour moi les quelques mots suivants. Je répète toujours aux gamins que lâcher des jurons est une limite du vocabulaire, mais que c'est parfois le parfait condensé d'une émotion, parce que lorsque vous êtes au travail avec l'envie de tout plaquer, les seuls mots appropriés, c'est « ras le bol de ce merdier ». C'était ce que je ressentais en cet instant. J'ai essayé de me traîner dehors, toujours sans me lever de mon siège, avec Sandra qui ricanait encore dans mon dos.

« Un quart d'heure s'est déjà écoulé. Si je ne m'en vais pas, est-ce que quelqu'un va s'en apercevoir ? »

Elle a réagi en haussant les épaules. J'ai fait rouler mon siège pour retourner derrière mon bureau.

7

COLLÈGE GRACE HEART, LONDRES. 14 H 45

Les élèves de seconde lisaient en silence. J'ai tenté de résister à mon envie de vérifier l'heure toutes les deux minutes. J'ai surveillé les aiguilles de la pendule murale, qui sont restées quinze minutes dans la même position, ou ce qui m'a semblé durer quinze minutes. Une mule têtue refusant de se laisser amadouer. Tiraillé par la faim, j'avais le ventre traversé de gargouillements, et ma tête s'est mise à me lancer, on aurait dit le sac de frappe d'un boxeur amateur plein d'agressivité refoulée après une rupture sentimentale. Je sentais mes jambes trembler et je me suis demandé encore combien de temps je devais survivre à cette folie.

Dans le fond de la classe, avachi sur sa chaise, Duwayne regardait fixement par la fenêtre. Il avait une main sur son pantalon d'uniforme scolaire, qu'il portait très descendu, révélant le bas de survêtement enfilé dessous. Nos regards se sont croisés. Il avait tellement l'habitude de n'être pas regardé, encore moins d'être dévisagé, qu'il s'est efforcé de dissimuler sa stupéfaction. J'ai eu un signe de tête vers sa main, et il l'a retirée de son pantalon. Je me suis demandé d'où venaient ces manies ridicules, et pourquoi les élèves n'arrêtaient pas de les reproduire, mais ensuite je me suis souvenu de l'adolescent que j'avais été, que nous portions nos pantalons de survêtements très bas, que nous en retroussions une jambe en laissant l'autre baissée, et que nous nous agitions en tous sens comme si nous mettions le feu au monde.

« Est-ce que ça va ? » ai-je chuchoté. Duwayne a imperceptiblement hoché la tête, cette fois en regardant par terre et non plus vers moi. « Tu as lu jusqu'où ? » lui ai-je demandé, sachant qu'il n'avait rien lu du tout. Le livre était posé devant lui, la couverture contre la table. Je l'ai pris, *The Lonely Londoners*. « Livre intéressant, ai-je remarqué et je l'ai ouvert.

— M'en fiche, il est pas à moi, m'a-t-il répondu alors que je reposais l'ouvrage sur la table.

— Tu ne devrais pas. Tu aurais intérêt à te renseigner sur la génération Windrush et sur la manière dont ton peuple est arrivé dans ce pays. »

Duwayne a haussé les épaules.

« Après les cours, tu vas rester. Je voudrais te parler un instant », ai-je ajouté. Son corps est resté immobile. Son âme a sombré un peu plus dans son siège.

La cloche a sonné alors que je regagnais ma place. Les élèves ont rangé leurs affaires en vitesse et attendu que je les libère, avant de se déverser hors de la classe dans les couloirs.

« Viens », lui ai-je fait, car il n'avait pas bougé. Il s'est levé non sans mal et s'est approché de mon bureau, d'un pas traînant, chaussé des dernières Nike Air Max, qui avaient l'air hors de prix et faites sur mesure.

« Est-ce que tout va bien ? »

Il a opiné.

« En fin de compte, tu as un peu lu ? »

Il a fait non de la tête.

« Et pourquoi non ? Ça ne t'a pas plu ? »

Il a haussé les épaules.

« Écoute, tu es en seconde, Duwayne. Tu vas passer ton examen. Ton épreuve de fin de secondaire. Je sais que l'année vient de commencer, mais il faut que tu te reprennes. Je n'ai pas envie de te voir échouer. »

Il a haussé les épaules.

« Il va falloir que tu parles, à la fin, ai-je ajouté, agacé.

— Je peux y aller ? » a-t-il lancé, bref, sec, staccato. J'en avais marre, je lui ai fait oui de la tête. Il est sorti en trombe, ouvrant grande la porte et la laissant béante. J'ai soupiré, ouvert ma boîte mail.

> De : Admin
>
> Objet : déjeuner de service
>
> Prière de fournir une raison à votre absence au déjeuner de service.
>
> Si vous ne fournissez pas de raison valable, ce sera déduit de votre paie.
>
> Sincères salutations,
>
> Admin

J'ai regardé fixement ce mail, d'un œil intense, courroucé. J'ai vu mon téléphone s'allumer sur la table : un message de Sandra.

> Tu es toujours mort ?
>
> Je crois que j'ai ressuscité.
>
> S'il te plaît, évite les blagues religieuses.
>
> Allons, jamais je ne ferais une chose pareille… par SMS.

Un jour, je vais craquer, et tu seras encore assez bête pour te demander pourquoi.

Je suis surpris que ce ne soit pas déjà fait. Tu ne dois pas être assez courageuse. #chocottes.

Celle-là, je vais l'oublier (pour le moment). Comment tu te sens ?

Déjà fatigué comme un jeudi, mais on n'est que lundi.

Bon, tu as intérêt à trouver de l'énergie parce que nous avons une réunion d'équipe.

QUOI ? Pas question !

Enfin, pas ce soir. Demain. Je t'ai bien eu, deux fois dans la même journée. Ça ne te ressemble pas. J'aurais payé cher pour voir ta tête. Tu n'es pas à ton max, mon bonhomme.

Ne m'appelle pas mon bonhomme ! Alors, il n'y a pas de réunion ? OMG. Un jour, je vais craquer et...

Et ça n'aura aucun rapport avec moi !

J'ai eu un petit rire et rouvert ma session d'ordinateur, retour à mes mails. Cliquer. Supprimer.

Je suis entré dans la cacophonie et j'ai cherché un endroit où m'asseoir. Après avoir essayé d'ignorer Mr Barnes en faisant semblant de ne pas l'avoir vu, j'ai fini à côté. Il m'a fait signe et m'a avancé une chaise pour que je me joigne à lui.

« Salut, merci, mon vieux. L'espace d'une seconde, je ne vous avais pas vu.

— J'espère que vous vous sentez au top ce matin, m'a-t-il répondu, alors que je hochais la tête, sans m'arrêter. Je me demandais... » Et juste avant qu'il ne puisse continuer, Mrs. Sundermeyer est entrée et l'assistance a fait silence. Elle s'est dirigée vers le centre de la salle, ses talons ont claqué sur le plancher.

« Bonjour à tous, a-t-elle dit, d'un ton ferme, plein d'assurance, certaine de recevoir une réponse.

— Bonjour », ont-ils répondu à l'unisson. Je suis resté silencieux, mon silence absorbé par le chœur.

« L'année n'a commencé que depuis quelques semaines, et c'est un excellent début jusqu'à présent. Nous devons rester motivés et garder la maîtrise des choses, inciter à l'excellence ceux qui marchent bien, encourager ceux qui ont besoin d'être un peu poussés, tuer dans l'œuf toute désobéissance ou la moindre velléité d'écarts de comportement. » Elle s'exprimait comme si elle était sur scène, comme si d'autres personnes que celles présentes dans cette salle la regardaient. J'admirais son enthousiasme et sa passion, mais je les détestais aussi – cela me fatiguait, parce qu'ensuite je me demandais pourquoi chez moi cet enthousiasme et cette passion étaient absents. Mr Barnes prenait des notes, à côté de moi. Je l'ai observé un moment, avant de regarder ailleurs. Après quelques déclarations d'autres membres de l'équipe, qui pour la plupart tentaient d'affirmer une autorité tout à fait hors de leur portée, la cloche a sonné, et les enseignants se sont dispersés en direction de leur classe.

J'avais une matinée libre, alors j'ai marché dans les couloirs, et regardé des enfants agités se diriger vers leur salle. Je me suis senti submergé par une vague de nostalgie. Tout me rappelait une époque révolue. C'était comme si cette même école qui me faisait défaut faisait aussi défaut à ces enfants. Faisant son apparition depuis la cage d'escalier, Mr Black a rempli toute la largeur du couloir. À mesure qu'il s'approchait, son corps allait s'élargissant, et j'ai dû lever les yeux, obligé d'étirer la nuque pour lui dire bonjour. Il se dressait du haut de son mètre quatre-vingt-quinze, au moins, et il était presque aussi large que grand. Il était vêtu en guise d'uniforme d'une impeccable chemise blanche à manches courtes tendue sur ses biceps, assortie d'une cravate rouge et d'un pantalon gris ardoise. Je l'imaginais possédant une garde-robe entière de cette même tenue, prête à être portée.

« Bonjour, monsieur », a fait Mr Black, d'une voix de soubassophone répercutée par les murs. C'était le genre de personnage auprès de qui vous vous sentiez en sécurité, en toute circonstance ; si subitement le bâtiment s'écroulait, les briques tomberaient loin de lui comme si elles avaient elles aussi trop peur d'entrer en contact avec lui. Nous avons parlé de la finale du championnat NBA de l'été dernier, nous demandant si les Warriors auraient gagné si Irving et Love n'avaient pas été blessés, et de la saison à venir, de l'équipe de basketball du lycée et du London Schools Championship qu'il était fermement déterminé à remporter. Autant de sujets sur lesquels j'avais très peu d'avis, mais qui fournissaient une conversation digne d'intérêt. Pendant ces quelques instants, cela faisait l'effet de deux types qui traînaient dans un bar après le boulot. J'avais toujours cru voir en lui un homme marié et fidèle, qui souhaitait aux autres ce à quoi il avait accédé lui-même, cette paix éternelle, ce bonheur. À bien des égards, il me rappelait mon père tel que je me l'imaginais ; un homme que je n'ai jamais connu. Ah, et cet accès de solitude qui vous tombe subitement dessus, déclenché par un souvenir.

Mr Black m'a flanqué une petite tape sur l'épaule, m'agrippant de sa main de géant, et m'a ainsi tiré de ma chute libre, me ramenant à la réalité.

« Bien, on va se remettre au travail », a-t-il ajouté avant de s'éloigner.

J'ai regagné ma salle de classe et j'étais assis à mon bureau, occupé à répondre à des mails en écoutant de la musique classique – Vivaldi, *Les Quatre Saisons* – quand j'ai entendu des voix étouffées en provenance de la salle voisine. C'était une nouvelle enseignante, Mrs Kaptch... Mrs Kap, je ne me souvenais pas, mais je sais que je l'appelais Mrs K, pour abréger ; à quoi elle souriait, acceptant ainsi mon excès de familiarité. Elle enseignait l'une des sciences sociales, je n'ai jamais fait l'effort de me souvenir de laquelle.

Ces grognements de voix ne cessaient de se répondre, comme deux chiens qui aboient, comme de l'eau portée à ébullition. Mrs K. a crié quelque chose d'inaudible et j'ai bondi de mon siège, me précipitant vers la salle. J'ai ouvert la porte et je l'ai vue, debout, devant la classe, figée, les mains tremblantes de panique. Les élèves vociféraient, en chœur, en transe, « Frappe ! Frappe ! Frappe ! ». Ils étaient tous agglutinés, formant un octogone autour des deux corps qui se débattaient au sol, poussant des Ooooh ! et des Aaaah ! à chaque coup de poing, à chaque coup de pied, à chaque collier de force. Je me suis frayé un passage en enjambant et en contournant les chaises, hurlant « DÉGAGEZ ! » au milieu du groupe.

« Duwayne ! Alex ! » me suis-je écrié, sous le choc, alors que le premier bloquait la tête du second qu'il avait cravaté, ses longs bras enroulés autour du cou et du crâne tels des tentacules de poulpe, les jambes enserrant le torse. Alex a eu le souffle coupé, il manquait d'air. Je me suis rué à terre, pour essayer de desserrer la prise de bras de Duwayne, de lui faire lâcher la tête de son adversaire, sans résultat. Ses bras étaient plus fermement verrouillés que la chaîne d'un vélo de prix dans une ville de voleurs. Ensuite, exerçant une force brute invisible, Alex a roulé sur le ventre, remonté les genoux, s'est soulevé de terre avec Duwayne plaqué contre son dos, s'est retourné et laissé retomber en aplatissant son adversaire au sol. Le crâne de Duwayne a basculé en arrière avec un cognement sourd de grosse caisse, ce qui l'a aussitôt contraint à relâcher son inexpugnable collier de force et à se prendre la tête à deux mains avant de rouler à l'écart. Alex s'est relevé, il le dominait de toute sa stature, et avant qu'il ait pu tenter quoi que ce soit d'autre, je me suis interposé. Ensuite, une grande ombre est apparue au-dessus de moi comme un nuage noir, barrant la morne lumière du jour qui filtrait par les fenêtres. Mr Black. Il a soulevé Duwayne du sol, d'une main, comme il l'aurait fait d'une poupée ou d'une marionnette.

« Bien, jeune homme. Tu viens avec moi ! » a-t-il ordonné et il est sorti de la salle d'un pas vigoureux, un Duwayne sous sa coupe se traînant derrière lui. Je me suis levé et, avec une autorité mimétique, d'un signe, j'ai invité Alex à me suivre.

« Et pour le reste d'entre vous, ai-je grondé, vous êtes priés de vous asseoir et de vous taire ! Je ne veux plus entendre un seul bruit en provenance de cette salle. »

Ils se sont empressés de regagner leurs places d'un pas traînant, en silence. J'étais moi-même surpris de mon coup de colère, mais cela avait marché.

« Mrs K., si vous avez besoin de moi, je serai juste à côté. » Elle m'a de nouveau regardé, le visage vide, comme si elle venait de voir un ex-amant, un parent décédé, un rêve raté, tout ce qui pouvait la hanter.

À notre entrée dans la classe, j'ai maintenu la porte ouverte pour Alex. Je l'ai dévisagé. Il regardait par terre, les épaules affaissées, le dos voûté, les bras ballants. Il s'est assis près de la rangée du fond, devant la fenêtre, et il a regardé dehors.

« Alex... Alex l'As des A+. » Il n'a pas répondu, pas bronché, même pas un clignement d'œil. J'ai ouvert mon ordinateur et me suis mis à taper avec furie, frappant le clavier si vite que mes mains ont été bientôt saisies de crampes.

« De ta part, je m'attendais à mieux. » Nous sommes restés assis là, dans un silence pesant, jusqu'à ce que la cloche retentisse. Alex s'est permis de partir en se levant moins d'une seconde après la sonnerie, et il est sorti en traînant son sac par terre.

C'était la fin de la journée. J'étais de nouveau à mon bureau, j'avais l'impression de m'être complètement vidé de tout ce que j'avais en moi, mon énergie, ma passion, mon enthousiasme répandus à terre, comme si j'avais été poignardé, saignant profusément, trop fatigué pour panser ma blessure. C'était le milieu de la semaine et j'avais du mal à voir comment j'allais arriver au bout. C'est souvent pour cela que nous vivons : les vendredis, les week-ends, la chance de se détendre et d'être qui l'on veut être en n'étant pas forcé d'être celui qu'on doit être. Mais qu'en est-il si vous entrevoyez à peine la journée du lendemain, et encore moins la fin de la semaine ? Alors il s'impose, ce sentiment pesant, léger mais lourd, absent, puis soudain et tout à coup présent. Plus je pensais à tout ça, au fait d'être ici, à cet instant, dans cette salle de classe, plus je me sentais le souffle court et la poitrine serrée. Dehors, il pleuvait, et sans trop savoir comment, je sentais même la texture de l'air changer : plus chargé, plus noir, plus sombre. J'ai respiré. Je me suis rendu compte que j'avais la tête ailleurs et que maintenant je regardais fixement le fond de la classe. Mr Barnes a fait son apparition.

« Bonjour, monsieur, m'a-t-il dit en passant d'abord la tête à la porte avant d'entrer, comme s'il demandait la permission.

— Est-ce que ça va ? Entrez, ai-je répondu, lui signifiant à contrecœur que c'était bon, il pouvait.

— Comment s'est passée votre journée ? » m'a-t-il demandé, bien intentionné. J'avais envie de lui répondre qu'elle s'était mal, franchement mal passée, que j'étais fatigué, qu'avant même d'avoir commencé de faire cours j'avais dû interrompre une bagarre, que lors de la dernière heure j'avais mis tellement d'enfants dehors que c'était comme si je m'étais donné cours à moi-même, et que je n'avais qu'une envie, me rouler en boule et m'endormir, un long, très long moment.

« Elle s'est bien passée, ai-je répondu. Et la vôtre ?

— Un peu rude. » Il a lâché un profond soupir, puis s'est assis sur le coin de la table en face de moi. « Il y avait une drôle d'atmosphère, aujourd'hui. »

J'ai hoché la tête et me suis cantonné dans mon royaume de silence.

« Je pensais boire un verre vite fait après le travail. Vous voulez vous joindre à moi ? m'a-t-il proposé, souriant, les sourcils levés, des rides se dessinant sur son front.

— Je regrette, je ne peux pas... Pour moi, cela fait tard, j'ai trop de travail. » J'ai eu beau répéter je ne sais combien de fois « non », il a continué d'insister, ce que d'un côté j'admirais, mais d'un autre, cela m'exaspérait.

« Pas de souci, camarade. » Il semblait abattu, à plat même, mais espérait encore. « Peut-être la prochaine fois.

— Vous rentrez chez vous à vélo ? ai-je demandé, tâchant de me rattraper après mon refus.

— Oui, m'a-t-il répliqué.

— Faites attention. Dehors, il s'est mis à pleuvoir. »

8

SAN FRANCISCO, CALIFORNIE. 21 H 39

Michael est assis, le regard plongé au fond de son verre. Son quatrième verre. La boisson lui réchauffe les os et le délasse. Pourtant, il est incapable de s'extraire suffisamment de lui-même pour parler à quiconque. Le barman lui tend sa note – cinquante dollars – et le considère d'un œil méfiant. Le bar baigne dans une musique sourde qui cogne fort, des corps s'entrechoquent dans le son et la danse, il est assis au milieu de tout ceci, l'œil du cyclone, le noyau d'une cellule, et il sombre. D'autres clients arrivent, passent devant lui en l'effleurant comme s'il était un fantôme. Il songe à s'en aller, mais il serait plus difficile de sortir que d'être assis là et d'attendre. Alors il reste assis, en silence, sans bouger, se demandant même pourquoi il est venu. Cette manière que nous avons d'être vus ou de ne pas être vus, cette manière d'être invisibles en ce monde ; et cette manière de désirer être vus, et ensuite, finalement, de ne pas l'être. Nous luttons pour être vus, pour que le monde sache que nous sommes là, tout cela pour être oubliés, pour redevenir invisibles ; la différence relève de notre choix, entre être vus ou ne pas l'être, nous nous redonnons ce pouvoir. Mais en notre absence, le monde poursuit sa course. Le monde poursuit toujours sa course. *Et il poursuivra sa course sans moi.*

Les pensées de Michael vont à la dérive. Il consulte son téléphone, s'arrête sur les photos qu'il a prises plus tôt, d'un lieu à l'autre. On n'a jamais vu un touriste malheureux. Si nous éprouvons une telle joie à quitter le domicile, pourquoi donc y restons-nous ? Il apprend à se relâcher davantage, à être quelqu'un qu'autrement il ne serait pas.

« Eh, elles sont sympas, ces photos ! » Il lève les yeux de son téléphone et voit deux yeux vert noisette, des boucles blondes et souples et un grand sourire. Devant sa beauté, il reste le souffle coupé, bouche bée, la gorge débordante de désir.

« Tu ne dois pas être d'ici... » Elle lâche un petit rire. « Je m'appelle Sara. » Elle regarde le siège à côté du sien et s'y invite. « Qu'est-ce qui t'amène dans la Baie ? lui demande-t-elle, avec un geste.

— Oh – il se sent désarçonné, décontenancé, pris au dépourvu –, je suis juste ici en voyage.

— Pour affaires ou pour le plaisir ? » poursuit-elle, taquine. Il ne répond pas. « Bon, affaire ou plaisir, ça n'a pas trop l'air de te ravir. »

Il la regarde, à court de mots, ou plutôt en retrait, de peur de se trahir. Ils continuent, et elle remarque son accent, ses mots aux inflexions différentes des siens et qui portent un poids. Elle lui pose une main légère sur l'épaule et lui prodigue toutes les attentions que sont censées se prodiguer deux personnes qui se rencontrent : se montrer attentif(ve), écouter, s'ouvrir à l'autre, lui accorder une place où il puisse exister, et lui laisser entendre qu'il est en lieu sûr.

« Cela ressemble à un rencard... ? dit-il.

— Vraiment ? répond-elle, avec le rire nerveux d'une adolescente dont on lit le journal intime à voix haute. C'est comme ça que tu invites une fille ? » ajoute-t-elle. Et là, il rit. Elle attrape une serviette en papier sur le bar et écrit son numéro de téléphone. Il pose les yeux dessus, avec prudence et curiosité. Elle lui plante un baiser sur la joue, avant de disparaître à nouveau dans la salle obscure saturée de corps et de lignes de basses qui s'entrechoquent. Il plie la serviette dans sa poche.

Michael rentre chez lui, il a pris le BART, le train rapide de la Baie : Montgomery, Embarcadero. Il se tourne vers le siège à côté du sien, y voit un homme assis qui tire la même tête que lui : fatigué, lassé, fourbu, aucune envie d'être ici alors qu'il y est quand même. Michael connaît bien cette sensation. Il le regarde et leurs yeux partagent les mêmes larmes invisibles. Se sentant incapables de scruter trop longtemps le miroir de leurs visages respectifs, ils détournent rapidement la tête. West Oakland, 19e Rue, Oakland, MacArthur.

Il descend et marche en direction de la navette qui le ramènera à son appartement. Quelques personnes attendent à l'arrêt et quand ils s'aperçoivent que le bus ne circule plus, à travers la musique dans ses écouteurs, il entend leur exaspération en forme de grognements et de menues obscénités. Il continue, passe devant comme s'il n'avait jamais eu l'intention de monter dans ce bus. Il prend à droite, puis encore à droite, et se retrouve dans une rue faiblement éclairée où règne un silence étrange ; les ombres des réverbères s'étirent comme des membres biscornus, et l'avant des voitures l'observe comme autant de visages qui le fixeraient.

Minuit. Il coupe la musique de ses écouteurs et observe attentivement les formes qui enflent et retombent autour de lui. Il entend des pas résonner derrière lui et son cœur se met à palpiter. Leur martèlement se rapproche, il est incapable de dire si ce sont ces pas ou son cœur, mais quelque chose bat de façon incontrôlable. Il voit une ombre se dresser et le rattraper. Il ralentit et serre les poings, prêt à surmonter sa peur. *C'est toi ou moi.* Il voit un jeune homme s'arrêter à sa hauteur, aussi grand que lui, aussi noir que lui, tête baissée, les cheveux recouverts d'un durag, T-shirt trop ample, short chino camouflage et baskets.

« Ça roule, mon frère ? » lui lance le jeune homme.

Pourquoi ai-je eu peur ? se demande Michael, après avoir répondu à l'interpellation du jeune type. On n'a fait que se croiser. Il sent son cœur ralentir, cesser de cogner, revenir au repos. Son pas s'apaise, et le jeune homme passe. Michael s'arrête devant une vitrine. Une affiche attire son regard : un Malcolm X souriant, à côté de posters de Marcus Garvey, Harriet Tubman et nombre d'autres personnages historiques, au faîte d'une gloire qu'il lui reste encore à connaître. Ils ressemblent bien moins à des posters qu'à des tableaux ; de l'art qui prend vie. Il pose les mains sur la vitre et tout l'incite à entrer. La porte est fermée à clef. Il y a là des rangées et des rangées de livres : *Les Contributions de la vallée du Nil à la civilisation*, *Avant la traite des esclaves*, *Civilisation ou barbarie*, et d'autres œuvres d'art et ornements ésotériques qui sont accrochés au mur, divinités et dieux d'une époque révolue. Il recule, jette un œil à l'enseigne au-dessus du magasin et laisse derrière lui cette histoire qui est inscrite dans ses os.

Il descend la 40e Rue sous un ciel d'un bleu éclatant. Il plonge la main dans la poche gauche de son jeans, celui qu'il portait déjà la veille au soir. La serviette en papier est toujours dedans. Après une longue hésitation, il sort son téléphone et compose le numéro. Ça sonne. Au moment où il va raccrocher, quelqu'un répond.

« Allô ?

— Salut, c'est Sara ? demande-t-il, tendu.

— Oui...

— Salut, on s'est rencontrés au bar hier soir. Tu m'as donné ton...

— Je sais qui tu es. Je me souviens. En plus, tu es le seul type que je connaisse avec un accent anglais aussi mignon. »

Il éclate de rire, en étoffant son timbre de voix d'une couche de basse supplémentaire.

« Voilà, je me demandais si on ne pourrait pas sortir ensemble, un de ces jours ?

— Bien sûr, j'adorerais, lui répond-elle avec un enthousiasme auquel il n'est pas habitué. Tu avais une idée en tête ?

— Je pensais qu'on pourrait peut-être aller manger un morceau et se faire un cinéma...

— Ça me paraît super.

— À L.A. ?

— *Quoi ?* s'écrie-t-elle d'une voix perçante. À L.A... là-bas ?

— Ouais, la Cité des Anges.

— Los Angeles.

— Ouais.

— Mais j'ai cours... et je travaille.

— Eh bien, tu manques quelques jours parce que t'es malade. Où est le problème ?

— La circulation est du genre démente, la route est vraiment longue, et je n'ai pas assez d'argent pour...

— Quelle route ? Dans le ciel, il n'y a pas de circulation. Et ne t'inquiète pas, je me charge de tout. »

Elle toussote.

« Je crois que tu as raison. Il y a une saleté qui circule ». Elle tousse encore. « Je crois bien que je suis malade, ajoute-t-elle.

— C'est super ! Je te rappelle dès que je suis rentré à mon appart et on peut tout organiser plus tard. »

Il met fin à l'appel, fait des bonds en l'air et brandit son poing serré dans un mouvement de bielle comme Michael Jordan après avoir marqué le poing gagnant du match. Les spectateurs et les passants le dévisagent, médusés, et certains l'acclament et l'encouragent : « Fonce, mon gars ! »

« Je n'arrive pas à croire qu'on soit à L.A.

— Hmm, ce n'est pas moi qui devrais dire ça ? Moi, c'est ma première fois. Toi, tu vis déjà en Californie.

— Je sais, mais je veux dire, je n'arrive pas à croire qu'on soit à L.A., là, maintenant », répète-t-elle en riant. Elle plisse les yeux, retrousse légèrement les commissures, révélant une rangée de dents bien alignées. « Je devrais être assise à mon bureau, répondre à des mails, prendre des appels – “Bonjour, Bright Assurance, que puis-je faire pour vous aujourd'hui ?” – et rejeter les avances de mon boss libidineux.

— Tout ça dans une journée de travail ordinaire ?

— Ouais, si tu tiens le choc.

— Donc tu ne détestes pas ton boulot ?

— Non, bien sûr, même pas en rêve...

— Je connais cette sensation. »

Ils interrompent cette conversation pour savourer leur déjeuner. Il fait chaud, une musique pop entraînante flotte dans l'air, et un match des Lakers se joue sur le grand écran mural.

« Merci d'être venue, quand même.

— Ce ne serait pas à moi de te remercier de cette invitation ? Tu as payé les billets d'avion et ce minuscule appartement un peu bizarre où nous sommes logés...

— Bizarre, oui, mais aussi excentrique et unique en son genre, non ?

— La douche et la cuisine sont dans la même pièce.

— Ça, c'est franchement unique en son genre. On peut sauver la planète en se servant de l'eau de la douche pour la faire chauffer dans la bouilloire…

— Beurk. Non, non, non. Tu aurais dû me laisser réserver. Je connais L.A. mieux que toi.

— Ah, il n'est plus question de "Je n'arrive pas à croire qu'on soit à L.A." ?

— Et il n'est plus question de "Je n'aime pas trop parler, en réalité, je préfère écouter" ?

— Touché.

— J'avais besoin d'évasion, j'ai vécu des choses pesantes, ces derniers temps. Et je sais que nous sommes pratiquement comme deux étrangers… je rectifie… nous sommes deux étrangers, sourit-elle, mais je te fais confiance. Il y a quelque chose en toi qui me rassure. J'aime bien ça. »

Elle laisse le sourire de ses lèvres éclairer ses yeux.

Le serveur s'approche. C'est un homme grand, mince, hâlé, le cheveu noir et la moustache épaisse.

« Vos plats vous plaisent ? » demande-t-il avec un accent mexicain très chargé. Ils hochent tous deux la tête.

« Et c'est une bonne chose, continue Sara, qu'on ait pu passer quelques jours ensemble avant et que tu m'aies permis de voir tous tes amis, tes photos et tes statuts sur Facebook. Ça m'a surpris, cela avait un côté très philosophique. Parce que tu n'as pas l'air d'être le type à te poser des questions, du style pourquoi-on-est-là et quel-est-le-sens-de-tout-ça. C'est cool. »

Je devrais supprimer tous mes contenus sur les réseaux.

« Pas aussi cool que ce statut. »

Il lève les yeux de son téléphone et lui montre l'écran.

« "Atterri à L.A.-ville". Vraiment ? Tu es sûr ? demande-t-elle.

— Ouais, comme Chi-ville pour Chicago… L.A.-ville.

— Littéralement personne ne dit ça. » Elle tente de lui prendre son téléphone. « Donne-moi ça. Il faut que tu supprimes ce post avant de te ridiculiser. »

Il éloigne l'appareil et le pose, l'écran contre la table, en agitant l'index.

Il demande l'addition, et quand la note arrive il met quarante dollars pour la payer. Histoire de savoir si un pourboire est obligatoire ou non, ils ont une brève discussion dont il sort perdant, et il laisse cinq dollars de plus, auxquels elle en ajoute encore cinq, en remarquant : « Grâce à moi, tu te fais déjà mieux voir. Merci pour le déjeuner. »

Sara a un geste vers lui et sa paume douce effleure délicatement son avant-bras, hérissant tous les petits poils qu'il a sur la peau. Elle pose sa main sur la sienne. Son contact lui envoie une décharge dans le corps, comme si cela le ramenait à la vie.

Ils sont dans la voiture de location, sur la route, ils traversent un quartier de L.A. qu'ils ne connaissent bien ni l'un ni l'autre, et même pas du tout.

« Ok, bordel. Toi, t'es Mr Formule 1, c'est ça ? » remarque-t-elle, en commentant la vitesse à laquelle il roule, et ils rient tous les deux. Elle pose délicatement sa main sur la sienne, et remonte le long de son bras, jusqu'à ses cheveux, qu'elle caresse avec tendresse. Michael a du mal à se concentrer sur la route.

Venice Beach, Hollywood, Walk of Fame, Beverly Hills. Aujourd'hui, ils ont tout vu, tout fait (sauf aller assister à un match des Lakers au Staples Center), la banquette arrière remplie de sacs d'achats, le siège avant plein de désir, et pourtant Michael se sentait insatisfait. *J'ai envie de voir le L.A. qui me ressemble, qui marche comme je marche, et qui parle comme j'aimerais parler si j'étais de cette ville.*

Il est tard. La lune risque une timide apparition derrière un lent défilé de nuages. Ils ralentissent, s'arrêtent, coincés dans la circulation sur un pont, pare-chocs contre pare-chocs, la ligne d'horizon des gratte-ciel s'étirant derrière eux. Une voix à la radio interrompt la musique avec les dernières infos sur le trafic.

« Bouchon ! » s'écrie Sara en se tassant dans son siège, et elle coupe la radio. « Bon, c'est vrai, ils disent bien que tu ne connais pas L.A. tant que tu n'as pas fait cette expérience.

— Qui dit ça ? s'étonne Michael.

— Qu'est-ce que tu entends par "qui dit ça" ?

— Je veux dire : qui ? Tu viens de parler de "ils". Qui est-ce, "ils" ?

— Eh bien, "ils", ce ne sont pas des gens réels, c'est ce que les gens disent.

— Donc "ils" ne sont pas réels, ce qui signifie qu'en réalité personne ne dit ça.

— Ce n'est pas comme s'ils patientaient dans une pièce, pour réfléchir à des choses à dire avant de les transmettre au monde ! Putain, Michael ! Ce n'est pas vraiment la balade en bagnole que j'imaginais », ajoute-t-elle. Elle gémit et tape sur son siège, exaspérée. Une sortie se présente devant eux, et dès qu'ils l'atteignent Michael la prend. « Est-ce que tu sais où tu vas, au moins ?

— Ce ne doit pas être si compliqué de trouver la route du retour. Avancer, ça vaut mieux que de rester bloqué dans le bouchon... à ce qu'"ils" disent. »

À sa mine satisfaite, Sara oppose un sourire ironique. Ils roulent sur une longue route mal éclairée, aux arbres penchés comme s'ils hantaient les rues.

« Je suis impatiente de rentrer et d'essayer tous ces vêtements que nous avons achetés. Et ensuite, pourquoi pas, aussi de les retirer. »

Elle glisse un regard à Michael et lui sourit. Elle baisse les yeux sur le tatouage de papillon qu'elle a au poignet.

« Tu ne vas pas me montrer le tatouage que tu t'es fait faire ?

— Non.

— Alors, ça, c'est pas gentil. C'était ton idée. Je t'ai montré le mien. »

Ils s'arrêtent à un feu rouge. Le moteur ronronne doucement.

« Le tien, c'était un papillon. Ça ne veut rien dire.

— Pour moi, ça veut dire quelque chose.

— D'accord, très bien. Alors, ça veut dire quoi ?

— Quand j'étais enfant... »

Ensuite, la voiture est secouée d'un violent fracas, par l'arrière, qui les projette vers l'avant. Michael, qui tient le volant, résiste à l'impact. Sara subit le coup du lapin ; elle se tient la nuque, saisie d'angoisse. La voiture s'immobilise dans un crissement.

« C'était quoi, ça ? » Il sent son cœur battre de peur. On tape à la vitre, le bruit très net du métal contre le verre.

9

LOS ANGELES, CALIFORNIE. 0 H 23

« Sortez de la caisse, bordel. »

Une voix étouffée émerge de l'autre côté, un visage caché sous un bandana et un sweat à capuche. La portière s'ouvre et Michael est tiré au-dehors. Aussitôt, de l'autre côté, Sara également. Ils sont traînés de force sur le trottoir, obligés de s'asseoir. Le moteur tourne. Ce sont deux types, deux jeunes gars, en fait, qui ressemblent à ses anciens élèves. Michael pense à eux, à Duwayne. Une lueur sombre et métallique scintille à leur ceinture mais il est incapable de dire ce que c'est.

« File-moi tout ce que t'as, enculé. Dépêche. »

Michael voit la terreur sur le visage de Sara. Des larmes qui se forment sous ses yeux, comme des lacs. Il hésite.

« Alors quoi, t'es sourd ? » rugit le jeune type. Michael soupire puis vide ses poches, à contrecœur : portefeuille, téléphone et argent liquide, les billets de cent dollars. Putain de merde. L'autre ramasse leurs achats posés sur le plancher et compte l'argent. Les deux types échangent un signe de tête. Mission accomplie. Le second regagne leur voiture en courant et démarre précipitamment, tandis que son comparse monte dans celle de Michael et Sara.

« Et c'est tout ? » hurle Michael. L'homme s'arrête, le regarde, puis Sara, et lui de nouveau. À son coup de colère, Sara grimace, mais Michael n'en tient aucun compte.

« Qu'est-ce que tu dis ? éructe le type.

— Tu m'as entendu, espèce de petit con. J'ai dit "et c'est tout" ?

— Qu'est-ce que tu racontes, bordel ?

— Ouais, qu'est-ce que tu racontes ? Ferme-la », s'écrie Sara, qui ne pleure plus. Elle flanque à Michael une tape sur le bras, comme pour lui remettre les idées en place. L'homme qui porte du métal luisant à la ceinture ressort de la voiture. Michael voit bien de quel métal il s'agit, maintenant. Le type fait le tour, revient vers lui et le frappe au visage, de toutes ses forces, avec la semelle de sa chaussure, l'expédiant à terre. Sara retient un cri.

« T'es pas dingue ? » hurle le type.

Michael se redresse en position assise et vérifie si son visage ne saigne pas. Il lâche un profond soupir, comme si quelque chose le dérangeait, comme lorsque quelqu'un vous double dans la file d'attente ou vous marche sur le pied devant tout le monde.

« Écoute, j'essaie juste de t'aider à t'en sortir, reprend-il, comme s'il dispensait un cours. Le temps que tu essaies d'utiliser les cartes de crédit, il y aura opposition. L'argent liquide sera vite dépensé dans des factures et ta pauvre coupe de cheveux. Au fait, c'est ça que t'appelles un dégradé ? Et tu vas encore te retrouver dans la rue, plus vite que tu ne le penses, à attendre dans le noir, de nuit, de voler une autre voiture. Moi, ça me semble juste une perte de temps. Tu peux mieux faire.

— Tu essaies de jouer au coach personnel ? Dans le quartier ?

s'esclaffe l'autre. Faut que tu comprennes, à l'heure qu'il est, tu as de la chance d'être en vie. Je pourrais te tuer, ajoute le type, en portant la main à sa ceinture.

— Alors vas-y », vocifère Michael. Il se lève, il ouvre grand les mains et son corps, comme pour offrir une meilleure cible. « Vas-y ! J'en ai rien à foutre. Abrège mon malheur. » Il soupire, avec impatience. Il sème la peur dans le cœur du type, comme si c'était lui qui portait une arme. « Tu ne peux pas tuer un homme qui est déjà mort, chuchote-t-il. Regarde..., poursuit-il en plongeant la main dans sa chaussette, voilà cinq cents dollars, prends-les et rends-moi mon portefeuille. De toute manière, ces cartes, tu ne pourras pas les utiliser, elles ne te serviront à rien. Mais moi, j'ai besoin de ce portefeuille. »

Le type ouvre le portefeuille et ne trouve rien de valeur à l'intérieur.

« Eh, espèce de dingue ! Y a rien là-dedans, pas dix balles. »

Un bruit se fait entendre au loin, qui se rapproche. L'homme jette le portefeuille à Michael et lui arrache son argent de la main. Il court à la voiture, grimpe dedans, emballe le moteur, fait crisser les pneus, démarre en trombe et prend la fuite, les laissant dans le froid et le noir de la nuit. Sara dévisage Michael, incrédule.

Il est allongé, il regarde le plafond. L'obscurité l'entoure. Des heures se sont écoulées depuis qu'ils sont rentrés. Pourtant, l'agitation s'insinue sous sa peau, s'attarde dans ses os, le tient éveillé. Sara dort dans le canapé, celui du salon de l'appartement qu'ils ont loué. Elle n'a pas dit un mot à Michael, l'a à peine regardé. Dès leur retour, elle a reposé sa tête et s'est endormie. Il l'a fixée du regard un moment, en se demandant à quoi elle pensait, avant de passer dans la chambre. C'est calme, ici. L'écho des rails s'entend au loin et il se demande si ce sont des trains qui arrivent ou qui partent. Le sommeil le fuit. Ses pensées le submergent.

N'y a-t-il aucune issue? Aucune sortie hors de l'esprit? Hors de cette prison, de cet enfer, moins encore, de ce purgatoire – de cette décharge du néant? Où rien ne vit, où rien ne respire. Et dire que le seul moyen d'échapper à l'esprit, c'est d'échapper au corps. Et moi, qui suis de corps et d'esprit, je ne recule plus face à l'anéantissement. Je ne recule plus face à la mort. Je marche vers elle, je cours, même. Je veux marcher dans l'oubli de mon être, la désintégration de mon existence loin de ce monde. Comme la poussière, balayée par le vent, dans les airs, en tornade, en ouragan, en tempête. Écoutez mes mots, je veux mourir, pourtant je ne parle pas en homme qui veut mourir, mais en homme qui veut vivre, et mourir est le seul moyen que je connaisse pour y arriver.

Le plancher a grincé sous des pas qui le mettent en alerte, qui appellent toute son attention. Ses yeux restent fixes, qu'ils soient ouverts ou fermés, ce qu'il voit devant lui est tout aussi obscur. Le bruit se rapproche. La porte pivote lentement et se referme. Tous les mouvements se font en silence, dans le calme, comme dans une bibliothèque, ou dans un temple. Sara. Il sent son poids se déplacer sur le lit.

Dans ses mouvements à elle, il n'y a aucune hésitation. Il sent le contact de sa peau contre la sienne lorsqu'elle s'allonge à côté de lui. Sa chaleur l'enveloppe. Il tremble. Ils restent couchés en silence un moment.

« Tu dors? » chuchote-t-elle. Il secoue la tête. Elle lève les yeux vers lui, dans l'obscurité, tentant de discerner son visage. « Qu'est-ce qui t'arrive, Michael? Qu'est-ce qui s'est passé, là-bas? »

Il laisse échapper un soupir épuisé.

« Tu sais, tu n'es pas obligé.

— Obligé de quoi ?

— De jouer les héros.

— Je n'ai pas joué les héros.

— Alors c'était quoi ?

— Quoi ?

— Tu aurais pu nous faire tuer.

— J'aurais pu me faire tuer.

— Mais pourquoi, Michael ? Qu'est-ce qui te pousse à agir ainsi ? Ce n'est pas un jeu.

— Parce que j'en ai envie.

— Tu en as envie...

— Oui. J'ai envie de mourir. Je me fous de ma vie, je me fous du monde.

— Oh, Michael, souffle-t-elle d'une voix brisée.

— Si je n'étais plus là, ça vaudrait mieux. »

Elle s'approche de lui, en le serrant plus fort qu'avant. Comme si elle pouvait lui insuffler un peu de vie. Il reste raide, immobile.

« Je te dis ça seulement parce que, franchement, je ne te connais pas. Et après ça, je ne te connaîtrai plus, dit-il.

— Mais nous pourrions...

— Non. Ce n'est pas de ça qu'il s'agit.

— Alors de quoi s'agit-il ?

— Je n'en sais rien. J'essaie juste de vivre, de traverser les quelques derniers instants de mon existence avant de... » Il s'interrompt, et laisse encore échapper un soupir de lassitude.

Elle se penche pour l'embrasser. Ses lèvres lui effleurent la joue, avec délicatesse. Ses mains se mettent à le caresser, à explorer le doux corps de sa terre. Il l'arrête.

« Je ne peux pas. Je ne suis plus capable de ça... depuis un certain temps. Tu vois, j'ai toujours tenu tout le monde à distance, en respect, sans jamais m'ouvrir, sans jamais laisser pénétrer personne. Non parce que j'ai peur des émotions, d'être blessé, ou de ma vulnérabilité, mais parce que tout au fond de moi, j'ai toujours su que je voulais mourir, et c'était une manière de leur épargner la douleur et le tourment qu'ils endureraient quand je mourrais. »

Elle garde le silence mais il voit bien qu'elle pleure. Ils sont tendrement couchés dans l'obscurité, ils s'étreignent, tandis que le point du jour se transforme en aube. *J'ai commis une erreur. Je ne peux laisser personne d'autre s'approcher autant de moi. Je ne peux le faire savoir à personne d'autre. Cela ne fait n'accroître la blessure, et la douleur, et je ressens trop souvent les leurs comme si c'était les miennes. J'ai beau désirer vivre une intimité, désirer être touché, étreint, je resterai dans ce monde tel que j'ai l'intention de le quitter : seul.*

Demain, ils effectueront leur voyage de retour, comme s'ils prenaient le deuil. Sans rien se demander l'un à l'autre que des banalités : tu as fait ton bagage, le taxi est là, tu as faim, je peux m'asseoir près du hublot. Ils vont retourner à la normalité de leurs vies, à leur relative obscurité. À l'aéroport où ils atterriront, ils s'embrasseront, se diront au revoir d'un signe de la main et redeviendront les deux étrangers qu'ils étaient auparavant.

6 621 dollars.

10

COLLÈGE GRACE HEART, LONDRES ; 10 H 23

As-tu jamais aimé, en sachant que cela prendrait fin, mais en donnant néanmoins de tout ton cœur ?

Christelle est venue à moi comme la vague d'une rivière, comme la onzième heure, en dispensatrice de vie : elle m'a insufflé cette vie. Dès l'instant où j'ai vu son visage, j'ai su que c'étaient ses yeux que les miens voulaient voir, jusqu'à la mort ou la cécité, sans redouter laquelle des deux viendrait en premier. Elle avait le visage levé, en évidence, comme un objet que l'on expose. Une œuvre d'art ou un sanctuaire sacré. Nous avons commencé, de façon banale, par des messages : j'essayais de faire étalage de mes traits d'esprit ; elle en faisant autant, et nous ne laissions pas l'autre dans l'attente. Ensuite, nous sommes passés aux coups de téléphone. J'ai remarqué son accent, qui gardait les traces des différentes régions du monde où elle avait élu domicile. J'avais envie de connaître son périple, et si elle était déjà arrivée à destination, si je pouvais marcher à ses côtés. Nous parlions des heures, souvent jusqu'à ce que la seule conversation qui subsiste soit une respiration silencieuse.

À notre premier rendez-vous, nous nous sommes retrouvés

près de la rivière. Je suis arrivé avec une demi-heure d'avance, pour me blinder les nerfs. Cela a fonctionné, seulement jusqu'à ce qu'elle arrive. Ensuite, mes nerfs ont éclaté comme si quelqu'un m'avait allumé un feu d'artifice dans les veines. Nous marchions, invisibles au milieu d'une masse de gens – dans notre monde, une découverte récente, il n'y avait que nous. Nous sommes entrés dans une librairie et nous sommes créés un nouveau sanctuaire où nous pourrions nous échapper tous les deux. Elle aimait les livres différemment de moi ; ils la ramenaient dans le monde, quand ils m'aidaient à m'en échapper. Elle parlait de son texte préféré, *Le Petit Prince*, et je voyais son regard s'illuminer, une étincelle au coin des yeux. Je n'avais pas lu ce livre, mais je l'adorais déjà, car si c'était ce qui allumait cette lumière en elle, alors ce texte méritait d'être aimé. Je voulais être cet ouvrage ; j'avais envie de faire sortir cette lumière qu'elle avait en elle.

Nous avons pris place pour dîner, moi en face d'elle, contemplant la galaxie de ses yeux, elle en face de moi, une fleur qui s'ouvrait. Nous avons parlé de tout, d'art, de culture, de musique et de tradition, de l'avenir et de la place que nous pensions y occuper. Le restaurant s'est transformé, les éclats de rire tapageurs des autres dîneurs se réduisant à rien que nous deux, flottant dans l'océan de notre silence. Nous avons flâné le long de la rivière, éclairée par de sombres réverbères, et un musicien ambulant nous a donné la sérénade, une chanson pour les cœurs. Deux fois, nos mains se sont effleurées, côte à côte, d'abord par accident, allumant une étincelle, ensuite à dessein, entrelacées. Le temps s'est suspendu, tout autour de nous se déplace au ralenti et nous passons à la vitesse de la lumière. Je lui ai dit que j'avais envie de l'embrasser. Elle se demande pourquoi cela m'a pris autant de temps. Lorsque nos lèvres se touchent, le dessin de nos bouches s'ajuste parfaitement, et cela nous précipite dans une autre dimension. Nos corps ne pèsent rien, nous flottons dans le vide.

Avec elle, la vie était une promesse exaucée. Nous passions des heures allongés, enlacés, immobiles dans notre solitude partagée, un monde que nous avions créé et que nous nous ouvrions l'un l'autre. Je me souviens de la première fois que je l'ai vue pleurer. Ce n'était pas dû à la tristesse, au chagrin ou au malheur. C'était parce que les mots que je prononçais étaient ceux-là mêmes que son cœur mourait d'envie d'entendre. Nous étions assis dans l'obscurité, au clair d'une pleine lune, elle m'a entouré de ses bras, et à cet instant j'ai su que j'y étais arrivé. C'était elle. Elle avait soulagé mes épaules d'une tension qui s'était bandée comme autant de ressorts. Son toucher, c'était un poids, une lourdeur quittant mon corps. C'était elle. Je le savais. Ses bras, ses mains, sa peau, sa respiration retenue lorsqu'elle dormait, l'œil gauche légèrement entrouvert, comme si elle me regardait, et sa question : « Pourquoi il t'a fallu tout ce temps pour revenir jusqu'à moi ? » ; et cette autre : « Tu me manquais, c'est tout » ; ses peurs et ses rêves les plus fous, que je porterais sur mon dos comme une croix ou comme des ailes. Ainsi, c'est cela, l'amour, être chargé d'un poids, mais ne rien peser, être attaché mais libre.

Peu à peu mes amis ont appris à notre sujet, au sujet de ma discrétion et de mon indisponibilité, pourquoi mon temps ne m'appartenait plus, et je m'en satisfaisais. Je trouvais des moyens d'inclure son nom dans des conversations qui ne la concernaient même pas ; je suis devenu un de ces individus que je méprisais : les romantiques, les trop-aimants, les passionnés, les obsessionnels. Si l'amour est un champ, alors la romance est la pluie qui en fait croître les fleurs.

Je pensais au jour où je l'amènerais avec moi chez Mami. Elle serait la première fille que je lui présenterais – la seule.

Mami me disait : ramène à la maison une fille bien de ton pays qui puisse un jour venir s'installer avec toi. Mais comment lui annoncer à elle, à ma mère, que je n'ai pas de pays ? Que je suis un homme sans frontières, que je ne me souviens pas très bien d'où je suis venu et que je ne sais pas non plus où je vais ? Parce que je suis la route, le chemin, le périple, sans lieu, sans foyer. Je ne suis nulle part à ma place et à ma place partout. Mais en un sens, elle avait surmonté cette question. Les pieds se fatiguent, et l'âme se lasse. Elle m'a procuré le repos. Quand elles se sont rencontrées, ma mère l'a bien senti chez elle ; elle a vu le changement en moi et cela lui a plu. C'était réglé, c'était notre chemin, notre voyage ; mais cela n'a pas duré.

L'aspect essentiel de toutes les tragédies, c'est que vous ne les voyez pas venir. La tragédie s'insinue en vous ; des ombres dans l'obscurité impitoyable, la nuit qui accapare tout, la mort et les mourants. La chose même qui nous déchirait était celle qui nous avait réunis : la foi, la mienne en elle, la sienne dans ce qui précède. Oui, je croyais en elle au point de la vénérer. Je m'agenouillais, les paumes jointes, les mains nouées, les yeux fermés, devant un dieu qui avait son visage, en priant pour qu'elle ne parte jamais. J'avais la sensation que mes prières étaient entendues, mais le jour où elle est partie m'est tombé dessus comme un orage d'été. C'était au dîner. Le mystère ésotérique de sa présence, l'atmosphère gorgée de magie étaient présents, comme toujours. Mais à la fin, elle m'a dit qu'elle me quittait, d'une voix normale et ordinaire, comme si elle parlait de la météo ou me demandait l'heure. La descente a été rapide, une cassure nette que je n'avais pas vue venir.

Je l'ai suppliée, je l'ai implorée ; nulle fierté, nulle dignité ne m'ont empêché de tomber à genoux. Mais à quoi sert une prière pour un dieu qui n'entend pas ? Elle devait savoir qu'elle s'en allait, avant même de partir, ai-je songé ; elle le savait peut-être même déjà alors que nous nous embrassions, nous tenions par la main ou même couchions ensemble pour la dernière fois. À la fin, tout le monde se quitte – nous nous quittons également nous-mêmes. Dans un champ d'éternité, elle a planté des semences d'impermanence. Le fait est que perdre un amour vous donne l'impression que vous ne pourrez plus jamais aimer, comme si vous n'en étiez pas digne.

Tard ce soir-là, je suis arrivé chez moi, je suis entré dans l'obscurité et me suis allongé, j'ai sombré. J'ai sangloté. J'ai pensé à la mort. J'ai songé à ce que ce serait de ne plus exister, de mourir, mais sans mourir ; sans deuil, sans veillée, sans cérémonie funéraire et sans procession, sans inhumation et sans service funèbre. Un acte comme celui-là se prépare dans le silence du cœur. Disparaître dans l'éther, effacé de la mémoire éternelle de la terre, de tout espace que j'avais pu remplir auparavant, remplacé par un vide, une béance. Je la voulais, je la désirais, je la convoitais, cette absence, comme l'amour que j'avais perdu. Ce sentiment que je croyais disparu était maintenant de retour – à dire vrai, il n'avait pas cessé d'être là, dormant, en attente. Je me suis rendu compte que ce n'était pas la première fois que je l'avais éprouvé. La chose avait grandi, depuis mon enfance : de la poussière dans l'angle d'une chambre, de l'humidité dans une belle maison, un millier d'araignées minuscules rampant partout sur votre peau nue. Cette nuit-là, je suis mort, comme les nombreuses nuits où j'étais mort auparavant, où je mourrai encore. J'étais une âme bien plus encline à ma solitude. Tout le monde ne cherche pas l'amour, certains cherchent le silence, cherchent la paix. Je me suis lentement distancié de ceux qui m'entourent et je suis retourné dans le silence où j'avais été depuis toujours. Où je meurs d'envie d'être.

Je suis sorti d'un coup de cette rêverie éveillée, mes yeux se sont de nouveau concentrés sur la classe devant moi, la tête baissée, ils écrivaient dans leurs cahiers. Je me suis demandé combien de temps je m'étais absenté, dans ce rêve éveillé ; cela semble chaque fois plus long que la précédente. Quelques élèves ont bien tenté de relever la tête mais ils ont été accueillis par mon regard courroucé fixé dans le néant loin derrière eux ; ils se sont vite remis au travail, en particulier Jasvinder. Il était incapable de rester tranquille plus de trente secondes. Être le premier des pitres, c'était là qu'il trouvait son réconfort ; on pouvait voir son petit cerveau en ébullition lorsqu'il se triturait la tête en quête de sa prochaine réplique cinglante dans une conversation. J'admirais ses facultés caméléonesques, métamorphiques ; être à la fois grossier personnage et geek, c'était un numéro d'une dualité raffinée. Certes, il n'en avait aucune conscience, mais encore plus coincé entre le marteau de la pression conformiste de ses camarades et l'enclume des attentes parentales ; il laissait son jeans descendre et le portait bas mais le remontait bien avant d'arriver à la maison. Je l'avais vu faire des courses avec sa mère au supermarché du coin. C'était une femme menue qu'il avait déjà dépassée en taille, suffisamment pour le faire paraître plus âgé qu'il n'était. Il m'avait regardé, le visage vide, tâchant de dissimuler la surprise dans ses yeux. À l'exemple de sa mère, il était vêtu d'une tenue traditionnelle. Je ne savais pas s'ils arrivaient ou s'ils partaient, mais Jasvinder m'a laissé entendre que j'avais entrevu une facette de sa personne qu'il n'était pas encore prêt à révéler au monde. C'était comme si une partie de ce qu'il était venait d'être révélé, son identité secrète découverte, sans qu'on sache au juste s'il s'agissait d'un super pouvoir ou d'un secret sordide. J'avais souri et continué mes courses. Depuis cet épisode, il n'avait plus franchi la ligne rouge du perturbateur. Il a de nouveau levé les yeux, distrait de son travail, et j'ai croisé son regard en haussant le sourcil. Il s'est aussitôt replongé dans son livre.

La cloche a sonné, et j'ai libéré les élèves. J'ai éprouvé un sentiment écrasant, alors même que nous étions à la fin du mois. J'ai été payé un peu moins que d'habitude, ma rébellion illusoire contre les obligations de déjeuner d'équipe, initialement motivée par la lassitude, avait persisté, s'était muée en désaffection ou, comme je le disais quand Sandra m'accusait d'être paresseux, en « allocation efficace de ressources d'énergie ». Cela me rappelait simplement à quel point les choses avaient changé. À mes débuts ici, j'étais super enthousiaste, à l'heure pour tout. Je m'asseyais au premier rang dans les réunions d'équipe, mon carnet prêt, les oreilles grandes ouvertes comme une fleur au soleil. Mais progressivement je me suis fané, il m'est arrivé d'être un peu en retard, et puis un peu plus, de ne pas répondre aux mails qui n'étaient pas urgents, de ne pas assurer mes permanences ou de ne pas me présenter aux réunions. Quand vous accomplissez tout ce que l'on attend de vous, il n'y a ni récompense ni reconnaissance, mais quand vous commencez à flancher, les conséquences se font jour – les gens vous aiment tant que vous faites ce qu'il leur faut, dès que vous faites ce qu'il *vous* faut, ils s'effacent comme des ombres dans l'obscurité.

Réunion d'équipe – supprimer.

Pot d'équipe – supprimer.

Football après boulot – supprimer.

Évaluation du personnel – j'imagine que je dois lire ça.

Mise à jour de vos objectifs de progression – supprimer.

Exclusion d'un élève : DHB – j'ai failli supprimer ce message aussi, mais je me suis ravisé et je l'ai ouvert.

> Cet mail vous informe de l'exclusion de cinq jours de Duwayne Harvey Brown, classe de seconde S, avec effet

immédiat. Pouvez-vous je vous prie envoyer des travaux planifiés que l'élève effectuera...

J'ai soupiré un coup et senti mes épaules se voûter. Je n'étais pas surpris. Déçu, mais pas surpris. Plus déçu au fond de moi d'avoir entretenu certaines attentes, d'avoir espéré plus pour Duwayne qu'il n'espérait pour lui-même. Mais n'est-ce pas le propre de la vie ? Je me demandais combien de personnes avaient renoncé le concernant, parce qu'il n'avait pas su se montrer à la hauteur de leurs attentes. Ne sommes-nous pas la somme de ceux qui n'ont jamais renoncé à nous ? J'étais déterminé à ne pas le laisser devenir un garçon de plus en situation d'échec.

11

CITÉ PECKRIVER, LONDRES ; 7 H 23

J'ai été réveillé par une musique tonitruante de cantiques et de chants populaires. Mami mettait cette musique comme si ces sonorités allaient traverser les murs vers les âmes perdues et leur apporter le salut. J'ai entendu un fracas assourdissant de casseroles. Cela aussi, c'était la routine. Mami allait et venait d'un pas lourd dans la maison, plus bruyante et plus pressée que d'habitude, dans le fatras et le fracas, claquant portes et placards, nettoyant avec frénésie, dans les bruissements et les froissements, se précipitant comme si le temps travaillait contre elle. Et si je dormais trop longtemps, elle allumait l'aspirateur, en le passant de plus en plus fort, tout près de la porte de ma chambre, comme si un volcan de poussière venait d'entrer en éruption et qu'il lui fallait le nettoyer. Elle a coupé l'aspirateur et frappé à ma porte.

« *Lamuka ! Lamuka ! Lelo mukolo yu yenga.*

— Je sais quel jour on est », ai-je grommelé.

Les dimanches n'étaient pas différents de n'importe quel autre jour, du moins pas pour moi, et pourtant, même du haut de mon mètre quatre-vingts et de mes quatre-vingt-quinze kilos (dans mes bonnes semaines), je ne parvenais pas à puiser en moi le courage de le dire à ma mère d'un mètre cinquante-cinq.

« *Olali ?*

— Non. Je suis réveillé.

— *Kassi, bima te.*

— J'arrive. »

Je suis sorti de mon lit, comme elle venait de me l'ordonner, je me suis ressaisi et suis entré dans la cuisine où elle parlait à présent au téléphone, assurant à la personne au bout du fil qu'elle l'écoutait et que tout irait bien. Je me suis servi un bol de céréales et suis allé m'asseoir dans le salon côté rue, regarder la télé. Elle m'a suivi, toujours au téléphone, puis s'est interrompue et m'a demandé si je venais à l'église.

« Non. Aujourd'hui, je ne viens pas. Je suis vraiment occupé... » Ma réponse l'a fait soupirer. « À cause de mon travail, ai-je ajouté, comme pour me justifier.

— *Mais comment chaque fois c'est* "je suis occupé, je suis occupé", *hein!* Elle a éclaté de sa voix perçante, en français : « *Il faut que tu viennes! Pasteur Baptiste te cherche tout le temps, qu'est-ce que je vais dire ?*

— Que le pasteur veuille me parler, je m'en moque.

— *Alors!* s'est-elle exclamée, en masquant le combiné avec sa main.

— Je suis occupé. Je ne viens pas! » ai-je rétorqué, tâchant de puiser en moi un peu d'autorité. En réalité, j'avais envie de hurler, de gronder, comme avec mes élèves, de lui faire circuler la peur dans le sang. Mais j'en étais incapable, j'arrivais à peine à réagir.

« Tu sais, parfois, tu es vraiment un garçon stupide! » m'a jeté Mami, et elle m'a flanqué une taloche derrière la tête – juste assez fort pour me faire comprendre qu'elle en était encore capable, ce qui m'a fait renverser la cuiller de céréales et de lait que je guidais délicatement vers ma bouche ouverte.

Elle a repris sa conversation au téléphone, marchant en tous sens et passant devant moi sans plus me prêter attention. Mon cœur cognait comme si c'était un sac de frappe encaissant les coups de deux poings gigantesques. J'ai quitté la pièce côté rue et regagné ma chambre à pas de plomb. J'ai ouvert la porte et l'ai claquée derrière moi – pas trop fort, mais assez pour qu'elle sache que je l'avais claquée.

Après quelques minutes d'une musique de cantiques tapageuse et d'une cacophonie de bruits dans l'appartement, tout est retombé dans le silence, puis j'ai entendu la porte d'entrée s'ouvrir et se refermer brusquement. J'étais allongé sur mon lit, je regardais fixement le plafond, me demandant si mes amis connaissaient le même sort. Probablement pas. La plupart d'entre eux ne vivent plus avec leur mère. Économiser de l'argent pour déménager semblait de plus en plus vain, en particulier dans cette ville. Peut-être que d'ici quelques années, je serai en mesure d'apporter une mise de fond pour acheter un placard à balai et m'installer avec quelqu'un que cela n'ennuierait pas non plus de dormir debout. Mais cela ne s'était pas toujours passé ainsi : la pression, le fardeau. Quand Père était là, tout paraissait différent, mais c'était il y a des décennies, bien que sa présence persiste encore, dans des photos encadrées et des conversations. En vérité, il n'est pas parti, mais cela semble plus facile que de dire qu'il est mort, car la mort provoque des choses ; elle nous confronte à la conscience qu'il existe une fin. Que tout un jour aura une fin. Quand je dis qu'il est parti, j'ai l'impression qu'il est encore quelque part dans le monde, en vie, un homme, quoique vertueux ou imparfait. Après tout, c'était un homme très apprécié. C'est ce que d'autres m'en ont dit, tandis que Mami ne parle pas beaucoup de lui. Les autres m'expliquaient : « Ton père était un homme si grand, et fort, comme un ours, mais aimable, et il ne haussait jamais la voix », « Ton père m'a aidé à tel point que je ne pourrai jamais lui rendre la pareille », « Chaque fois que je vois ton visage, je le revois ». Concernant l'autre moitié de mon visage, je ne sais pas. J'oublie que je porte la moitié du visage de quelqu'un d'autre. Et que, pour les autres, je ne suis même pas une personne à part entière.

Je devrais peut-être partir de cet endroit, moi aussi, mais je m'inquiète tout le temps au sujet de Mami et de ce qui se passerait si elle était livrée à elle-même. En fin de compte, il se peut que tous les départs soient identiques, que ce soit la mort ou la fuite. Tout le monde s'en va. Et à la fin, quel est ce salut que nous recherchons ? Qu'est-ce que la foi, si ce n'est croire qu'il y a quelqu'un quelque part qui ne nous quittera jamais ? Que signifie d'être sauvé et de qui sommes-nous sauvés, si ce n'est de nous-mêmes ? Si ce n'est de nos démons et de nos peurs ? Qui tous et toutes émanent de nous. Des monstres, qui sont en nous et issus de nous, ces figures sans visages tapies dans la pénombre. Nous nous tendons des miroirs à nous-mêmes et détalons au spectacle de ce que nous voyons, mais les monstres s'enfuient avec nous, nous suivent pas à pas, car ils résident tout au fond de nous.

La nuit est tombée. Je suis sorti marcher. Il faisait froid. Le vent me soufflait crument au visage – une larme unique a roulé sur ma joue. J'ai cru que j'allais pleurer, là, dans la rue, devant tous ces gens, qui titubent et trébuchent dans leur monde terne et indifférent. Une telle tristesse, comme le vent, émane d'un lieu que je ne connais pas.

J'ai traversé la rue principale avec ses commerces animés, tous fermés à cette heure à part les pubs et les bars attenants, en direction du canal, en passant par un chemin dérobé, après le pont. Par là, le vent était encore plus mordant mais étrangement réconfortant. Parfois, une douleur à laquelle on s'est habitué est capable de vous réconforter, à défaut d'autre chose. Après tout, c'est ce que vous savez qui vous soutient, que ce soit la tristesse ou la joie. Cela vous rappelle que vous ressentez encore quelque chose.

L'eau du canal paraissait terne et trouble, comme une entité qui meurt lentement. Elle recevait la faible lueur des maisons allumées, situées au-dessus. Je pensais de plus en plus à la mort et à mourir. Non pas l'acte physique proprement dit, mais celui de ne plus exister : de ne plus habiter un corps, un nom, une identité; l'acte d'exister mais quelque part dans l'invisible, quelque part dans l'oubli. Que signifierait d'être un corps, noyé au fond du canal? Un corps, nageant dans un milieu mourant. Rien qu'un corps, ou moins que cela.

Enfants, on nous avertissait souvent de ne pas aller là-bas. Je me souviens de récits d'enseignants, de parents et d'autres enfants à propos de membres retrouvés flottant dans l'eau, de kidnappings, de cambriolages, mais j'ai grandi, et c'est devenu pour moi un lieu de solitude, un sanctuaire à ciel ouvert où je viens chercher le réconfort, et rencontrer d'autres personnes venues en faire autant. J'ai regardé autour de moi et j'ai vu des ombres lugubres tapies dans les recoins – un sans-abri et ceux qui lui tiennent compagnie – mais ils ne me faisaient pas peur, je craignais davantage les vagabonds de la grande rue, imbibés d'alcool, car nos mondes étaient bien plus proches que nous ne le pensions. À la fois temporels et insaisissables, les deux univers étaient en suspens dans l'impermanence, plongés pour toujours dans l'instant présent.

Je suis retourné en direction de la grande rue, et j'ai aperçu des ombres se profiler là-bas sur le pont, un groupe en survêtements, capuches sur la tête, qui traînaient là, un nuage de fumée flottant au-dessus d'eux. Je me suis avancé vers ce groupe, le pont étant le seul chemin pour me ramener à la maison. J'ai senti mon cœur battre plus vite. Était-ce de la peur ? Alors que j'approchais, leurs visages ont lentement émergé, certains visibles, ou sombres, et d'autres encore cachés. Je me suis approché prudemment. Tous les scénarios me défilaient dans la tête. Et s'ils avaient un couteau ? Et s'ils ne me laissaient pas passer ? S'ils provoquaient une bagarre ? S'ils me détroussaient ? Je connais ce coin. Je le connais bien. Je savais ce que cela signifiait de se trouver là, tard le soir. Ce n'était pas une congrégation réunie pour un sermon, ou une réunion de vieux copains. Ils vendaient de la drogue. Les gens sur ce pont avaient toujours vendu de la drogue ; c'était ainsi depuis des années, depuis mon enfance dans ces rues. Pourtant, ce qui avait changé, c'était l'identité des revendeurs. Tous les deux ou trois ans, il semblait y avoir une rotation de nouveaux individus, et je me demandais ce qu'il était advenu des autres : la prison ou la mort ? Après les cours, je les avais fréquentés, je m'habillais comme eux, capuche rabattue, jeans porté bas, on s'arrêtait et on causait, mais maintenant ces visages me sont étrangers, et je leur parais étranger, au moment où je tente de passer devant eux en chinos, en richelieus et trenchcoat. Je vis dans un monde différent du leur, à présent, mais toujours au même endroit.

« Qu'est-ce tu dis, chef ? » ai-je entendu alors que je m'excusais en me faufilant au milieu du groupe. *Baisse les yeux. Continue de marcher. Ne réponds pas. Ne croise pas leurs regards.* Mais je ne devais pas prendre peur. Je suis d'ici. J'ai jeté un œil sur ma droite et j'ai croisé un regard. J'ai vu un visage que je connaissais, ou du moins que je croyais connaître, ce même visage à l'air abattu qui avait tant de fois levé les yeux vers moi, de sa chaise, avant de les baisser à nouveau, les yeux rougis et embrumés, sa bouche recrachant de la fumée. Duwayne. Je l'ai dévisagé, sans rien dire, j'ai de nouveau baissé la tête et j'ai continué d'avancer.

Après un échange de « hééééé! » survoltés pour nous saluer, nous nous sommes installés devant une tasse à peine infusée d'un thé à la menthe que Jalil avait rapporté d'une de ses escapades. Il était sur son ordinateur portable, tapait frénétiquement comme s'il rédigeait un article de dernière minute à remettre dans la matinée, et moi je l'observais, affalé dans le pouf. Cela m'arrivait de plus en plus souvent. J'admirais de le voir capable de s'immerger aussi passionnément dans son travail, en oubliant tous ceux qui étaient autour de lui.

Nous avons regardé une vidéo sur un philosophe au nom de sonorité française, qui parlait d'amour, des périls modernes de la rencontre et de la raison pour laquelle nous sommes voués à nous installer avec la mauvaise personne. Jalil adorait regarder ces vidéos. Chaque fois, il apprenait quelque chose de nouveau, qu'il essayait de mettre en pratique, parfois en consignant même l'action et le résultat, s'abstenant juste de dresser un graphique de corrélation.

« J'ai regardé ça l'autre jour. C'est dingue, non? » m'a-t-il lancé. Il a observé ma réaction, son excitation n'a fait que croître et moi, me moquant de cette vidéo – juste content d'être là –, je me suis efforcé d'exprimer un enthousiasme comparable. À vrai dire, je ne me souciais pas d'aimer ou de savoir avec qui je ferais ma vie, et d'ailleurs, de pas grand-chose d'autre non plus – c'était ainsi, sans que je sache bien pourquoi. Mais pour lui, cela comptait, et pour moi, il comptait, alors j'ai continué de feindre un intérêt.

« Alors, c'est comment, ce site de rencontres ? » Ma question m'a valu un ricanement. « Tu as rencontré quelqu'un ? ai-je ajouté, sachant que ce ricanement signifiait qu'il y avait bien là quelque chose à creuser.

— Primo, ce n'est pas un site de rencontres, c'est une...

— Une quoi ?

— Une plate-forme d'aspiration au mariage.

— Donc, c'est un site de rencontres, non ?

— Je veux dire que...

— C'est bon. Tu peux dire que c'est un site de rencontres, c'est plus ou moins admis maintenant, tout le monde s'y met.

— Ah bon ? a-t-il réagi, d'une voix haut perchée, à la fois soulagé et rassuré. Je veux dire, ouais, mais ça fait quand même bizarre.

— Pourquoi ?

— J'ai rien contre l'idée que d'autres aillent sur ces sites... Seulement je n'ai jamais cru que j'en ferais partie, de ces autres. Ne ris pas, tu dois bien voir ce que je veux dire, a continué Jalil.

— Eh bien, pas vraiment.

— Je n'ai simplement jamais cru que j'aurais besoin de m'inscrire à un site de rencontres.

— Là, tu vois, maintenant que tu l'as dit, ce n'est pas si méchant.

— Je crois que j'ai toujours associé ça au genre geek à lunettes un peu pathétique, au fond d'une chambre miteuse ou d'un sous-sol, qui envoie un long mail à une fille en lui affirmant qu'elle est l'amour de sa vie, alors qu'il n'a vu que sa photo.

— Comme... toi ? »

J'ai ri, il m'a regardé, l'air vaguement fâché, mais je l'ai rassuré, je blaguais.

« Tu as vu beaucoup trop de films romantiques des années quatre-vingt-dix, quand t'étais ado, ai-je ajouté.

— Pas du tout.

— Si, tu m'as littéralement raconté au moins cinq de ces films.

— Exact. Quand même, ils étaient tellement géniaux. »

Et nous avons encore ri, nous nous sentions tous les deux à l'aise.

« En fait, on a toujours fréquenté des sites de rencontres.

— Qu'est-ce que tu veux dire ? m'a-t-il répliqué, perplexe.

— Ces salons de *chat*, à l'époque, au fond, c'était des sites de rencontres... et tu te souviens de MSN ? Ce n'était qu'un immense site de rencontres.

— MSN Messenger ? Ah non, pas du tout.

— Ah non ? Alors tu vas m'expliquer que tu te connectais pour la profondeur de la conversation et te tenir au courant des affaires mondiales ? »

J'ai vu les pupilles de Jalil chasser à droite, à gauche : il fouillait dans ses souvenirs lointains.

« C'était exactement ça. » J'ai coupé court à sa nostalgie. « On était ados, on était chauds et on demandait aux filles d'allumer leur webcam.

— Tout était simple, en ce temps-là.

— Bon, alors, c'est qui, cette fille ? »

Son visage est passé de la grimace à un grand sourire.

« Elle s'appelle Aminah. Elle est trop belle. Je te montre une photo ? »

Il allait attraper son ordinateur portable, et je l'ai aussitôt arrêté.

« Non, parle-moi juste d'elle », ai-je suggéré.

Pour lui, la beauté était toujours une réalité très tangible, toujours une photo à voir ou à montrer.

« Eh bien, sa famille vient du Pakistan, c'est une fille assez réservée, elle cherche une relation de long terme, qui mène au mariage. »

Il parle, et son visage s'illumine comme s'il avait des lucioles nichées sous les pommettes, ou comme un enfant s'imaginant un futur quand on lui demande ce qu'il veut faire quand il sera grand ; tout était possible.

« On se parle depuis deux semaines et elle est trop cool. Sa voix est trop sexy, quand on s'appelle, j'ai carrément la tri...

— Ouah ! D'accord !

— Quoi ? s'est-il exclamé en riant.

— Là, c'est trop d'informations », ai-je répondu. Il a ri de nouveau, j'ai ri, et j'ai vu sa bouche éclater de bonheur.

DEUXIÈME PARTIE

L'absurde

12

OAKLAND, CALIFORNIE ; 10 H 04

Michael remonte la 64e Rue. C'est un dimanche matin silencieux et serein. Il est seul, à part la brise fraîche qui le suit à la trace. Il entend ses pas écraser les feuilles d'automne sur le sol. Ses bottes couleur fauve se fondent avec les feuilles mortes tombées des deux rangées d'arbres parallèles qui jalonnent la rue jusqu'en haut. Les maisons sont soigneusement alignées et peintes de couleurs aux différentes nuances : du gris au bleu, du rouge, tout en blanc, et ainsi de suite. Il ne se sent pas à sa place – pas dans son corps. Il passe devant une maison après l'autre, qui paraissent toutes animées de souvenirs. Loin devant, il aperçoit une vieille femme qui approche : son chien, l'air mignon, d'une race à poil noir qu'il est incapable de nommer, s'agite au bout de sa laisse. Michael s'apprête à la saluer d'un sourire.

Sur sa gauche, il remarque un pavillon différent des autres. Il est délabré, usé ; ses panneaux de bois sont décolorés, la peinture s'écaille comme une peau desquamée. Un buisson envahissant d'un vert éclatant déborde sur le trottoir et les murs extérieurs, recouvre la porte de garage et submerge la voiture, en contraste avec la peinture bleu ciel de la carrosserie piquée de rouille. Il y a deux fenêtres au deuxième étage ; l'une est condamnée par des planches, de l'autre des éclats de verre pendent sur le pourtour. Protégées par un grillage en métal noir, elles sont attenantes à un escalier qui mène à une porte d'entrée également barrée de planches. *Cette maison est fatiguée, fatiguée de la vie. Elle ressemble à ce que je ressens.*

Il s'assied sur les marches. La vieille femme fait son apparition, son chien en tête frétillant de la queue. Elle n'est pas décontenancée par la présence de Michael, alors qu'il s'y serait attendu. Ils échangent des salutations. Son chien surexcité s'approche de lui.

« Elle vous apprécie, dit la femme, elle n'apprécie pas grand monde.

— Je marchais juste et j'ai remarqué la maison, explique-t-il, en désignant la bicoque du doigt. Vous savez ce qui est arrivé ?

— Oh, répond-elle, il y a eu un terrible incendie. Il y a environ deux ans », ajoute-elle après un silence. La vieille dame a continué, expliquant que la femme qui possédait cette maison ne cessait de répéter qu'elle allait la restaurer, mais n'avait jamais rien fait. Michael reste debout, en silence, s'imprègne de cette histoire. La dame s'interrompt, lui dit au revoir et s'éloigne avec son chien. Il continue de monter la rue, en songeant à cette maison qui fut jadis un foyer. Il songe aux souvenirs persistants, vivants dans chacune des pièces ; les rires, les pleurs, les odeurs – de cuisine, de parfum, puis d'incendie, d'incendie, d'incendie. À ces domiciles qui sont peut-être aussi très semblables aux individus. Il songe que, comme un foyer, nous avons aussi besoin qu'on prenne soin de nous autant que possible ; et d'avoir quelque chose qui vit en nous afin de nous permettre de vivre. Pourtant, quoi qu'il en soit, en fin de compte, nous retournons tous à la nature, à la mort, submergés par la volonté de la terre. Et il songe que, dans nos moments les plus authentiques, nous ne sommes peut-être que cela, une maison, un foyer en flammes, et l'amour est l'eau qui nous sauve. Et l'amour, c'est peut-être celui qui voit encore, dans tout le délabrement calciné de notre maison, la beauté en nous – les histoires et les souvenirs que nous portons en nous –, qui nous restaure et fait de nous un foyer.

Michael atteint le haut de la rue et tourne à gauche. Une église apparaît, une grande croix suspendue au-dessus de l'entrée. Devant, sur la pelouse, plantées dans le sol, ce sont plusieurs croix, par dizaines, par douzaines, peintes d'un blanc éclatant, des noms et des dates écrits dessus. Il les contemple et entend une voix parler dans son dos, grave, éraillée par le whisky, vibrante d'ubiquité : « Ces croix sont pour chaque personne abattue à l'arme à feu dans la ville cette année. » Michael regarde l'homme qui lui parle, dressé de toute sa stature, large d'épaules dans une veste en cuir, des lunettes aux verres teintés, de fines mèches de cheveux noirs et soyeux encadrant sa peau olivâtre et son visage à la barbe naissante. « Elles ont été plantées par l'église ; ils font pas mal de bon travail dans cette communauté. Ils savent qu'il est important de rester dans les mémoires. Certaines de ces croix sont pour des hommes mûrs, d'autres pour des enfants... » L'homme en désigne une. « Celle-là, c'est celle de ma fille... »

Sa voix capitule dans la soumission.

« Je suis désolé », répond Michael après un moment de silence interdit. L'homme hoche la tête.

« Une perte si tragique. Vous devriez entrer », fait-il en lui désignant le seuil de l'église aux grandes portes en bois ouvertes.

Michael hésite, ses mots crachotent comme un moteur défectueux.

« Je ne suis pas vraiment quelqu'un qui fréquente les églises...

— Ne vous inquiétez pas, l'interrompt l'homme, moi non plus. »

Son visage se fend d'un sourire contagieux, qui provoque chez l'un et l'autre une fièvre de sourires.

Michael suit l'homme à l'intérieur de l'église. Au bout de l'allée centrale, entre les deux alignements parallèles de prie-Dieu, est suspendu un Jésus noir patiné sur une croix accrochée en hauteur, tout noir et luisant à la lumière qui perce à travers les vitraux. Michael suit l'homme et ils se dirigent vers le prie-Dieu de gauche, en passant devant quelques visages accueillants. Il y a sur les murs des tableaux de saints, mais y regardant de plus près, il se rend compte que ce sont des militants et des personnalités de stature mondiale : Martin Luther King, Cesar Chavez, Mère Teresa, réimaginés en saints et couronnés d'un halo de lumière rayonnante. Il imagine le paradis où ils résident, un havre de justice où règne une paix éternelle. Et, alors qu'ils se glissent en silence à leurs places, il remarque une plaque portant l'inscription « memento mori » accrochée à un autre mur.

Le révérend s'adresse à la congrégation. Son accent donne l'impression d'un homme qui a traversé les continents et écumé les océans, élisant domicile en de nombreux lieux. Il émane de sa voix une telle certitude que les mots semblent ne pas sortir de sa bouche. Michael écoute, non pas ces mots, mais leur vibration – une harmonie apaisante, une méditation, une prière différente de ce qu'il a pu entendre auparavant.

C'est la première fois qu'il entre dans une église depuis le temps où il fréquentait celle de Mami, où il ne retournerait pas, même si venait le temps de la Résurrection. De toute manière, il ne pourrait y retourner. Tout retour en arrière est exclu. Il a déjà franchi une limite. Toutefois, ici, il se sent autrement ;

il a le sentiment de pouvoir se reposer, ne fût-ce qu'un petit moment.

Le révérend annonce qu'il est temps de prier, et dans un mouvement synchronisé tout le monde ferme les yeux, incline la tête et se tient par la main. Michael sent le doux contact de la femme assise à côté de lui, elle lui a tendu la main et serre la sienne, avec fermeté. L'homme avec lequel il est entré lui prend aussi la main ; elle est chaude et délicate, à l'opposé de l'allure endurcie du personnage. Michael se sent maintenant à l'aise, de tenir ainsi la main d'un inconnu, une chose qu'il ne ferait jamais. La congrégation entonne ses prières à pleins poumons. Seigneur, je prie pour ma mère qui combat le cancer ; je prie pour les sans-abris et pour les affamés ; je prie pour tous ceux qui sont piégés dans des conflits ou qui les fuient, autour du monde, en Syrie, au Congo, en Somalie, en Papouasie occidentale, au Soudan. Il ferme les yeux et rentre en lui-même.

À l'intérieur de moi, un homme vit dans une ville abandonnée, et il déambule en quête de compagnie ; d'une autre vie, d'une autre âme, de quelqu'un à toucher, de quelqu'un à tenir. La ville est infinie, elle n'a pas de limites, rien qui différencie l'endroit où elle se terminerait, et celui où elle commencerait. Tous les jours, cet homme se réveille et marche. Il marche jusqu'à ce que ses pieds en soient noircis et brûlés comme du charbon, jusqu'à ce que ses membres se dérobent sous lui et qu'il ne puisse plus marcher. Ensuite il tombe et reste couché là – cet homme n'a pas de toit. Le lendemain, il se réveille et marche encore, encore et encore. Mais chaque jour, il avance un peu moins que la veille, chaque jour il fatigue un peu plus. Cet homme le sait, le sent, d'ici à ce qu'il ne puisse plus mettre un pied devant l'autre, ce n'est qu'une question de temps, et son seul désir est de se coucher là où il se trouve et de s'endormir pour l'éternité. Il sent son corps succomber à cette volonté, à mesure qu'il s'alourdit, comme s'il poussait un rocher vers le sommet d'une montagne, sauf que cette montagne, ce sont les rues et ce rocher, son propre corps. Cet homme a envie de dormir, pour l'éternité, il sait qu'il ne peut marcher plus loin. Cet homme, c'est moi. Un homme sans prière, sans espoir, un homme sans foyer.

Michael ouvre les yeux, il sent les prières lancées dans les airs par la congrégation le submerger comme une vague océanique lui offrant la pureté d'une ablution, une vague de sainteté qui l'emporte. Le révérend prononce une dernière prière et ils répètent à l'unisson : « Amen. » La congrégation se disperse, chacun se salue, avec chaleur, avec affection, et Michael s'éclipse lentement au milieu de tout cela, à l'insu de tous, en longeant discrètement le prie-Dieu. Se dirigeant vers la sortie, il remarque encore une fois l'inscription « memento mori » : « souviens-toi que tu dois mourir ».

Il arrive chez lui après avoir erré des kilomètres. Ses pieds sont endoloris. Il s'assied à côté de la table, il se réchauffe les mains autour d'une tasse de thé et regarde par la fenêtre, les lumières vives de la ville qui se détachent sur la belle peau noire du ciel. Mère. Il ne peut que penser à Mami, et rien d'autre. Ses mots, sa force, la manière qu'elle avait d'avancer, d'avancer sans relâche. Quelque chose le pousse à lui écrire – le tiraillement de deux forces dans ses entrailles. Elle n'a plus eu de nouvelles de lui, comment aurait-elle pu. C'est ce qu'il a voulu, lentement disparaître. Mais ce sentiment est plus fort que sa volonté d'y résister. Alors il prend un stylo, une feuille de papier, et il se met à écrire.

> Mami,
>
> J'espère que ces quelques lignes te trouveront reposée et libre de tout fardeau. Puisse le ciel ne jamais se coucher dans ton ciel, puissent les oiseaux ne jamais cesser

de chanter, puissent les fleurs s'épanouir pour toujours, puissent tous les choses que tu trouves belles dans le monde se multiplier. Te souviens-tu ? Quand j'étais enfant, que nous soyons proches ou éloignés l'un de l'autre, nous nous écrivions des lettres. Je t'écrivais des poèmes :

comme un oiseau qui vole aussi haut qu'un nuage
dans le ciel comme les feuilles dans un arbre
tu me fais me sentir libre

Mais les lettres ont cessé. Les mots n'étaient plus là. Je les ai gardés enfermés. Je les ai laissés partir, emportés, balayés par la colère, la rage. J'ai connu la tragédie trop jeune, trop tôt. Quel espoir reste-t-il chez un enfant qui est exposé à la face cruelle de ce monde ? Nous avons été séparés, tenus éloignés par des frontières. Je ne demandais pas : « Où est maman ? » Je demandais : « Est-ce que maman est morte ? » Et les regards vides sur les visages des inconnus qui m'élevaient en disaient davantage que leur silence. Tu te souviens ? Quand nous nous sommes revus, j'avais trop grandi pour que tu me soulèves et me portes sur ta hanche comme tu le faisais. Ce jour-là, je t'ai serrée dans mes bras et j'ai fait la promesse de ne plus jamais te quitter. Rien ne nous séparerait, plus de frontières, aucune guerre, rien. Mais les promesses sont comme les contes de fée, ce sont des histoires inventées pour les enfants. Et je ne peux plus tenir de promesses, non, car rien ne m'a été promis, à moi.

Avec mon affection,
Ton fils, Michael

6 512 dollars.

13

COLLÈGE GRACE HEART, LONDRES ; 17 H 30

Lundi : une pluie déchaînée s'est abattue de nuages d'orage. L'obscurité grise planait au-dessus de nous telle une ombre inversée arpentant le ciel. J'étais dans le hall d'accueil de l'école, je regardais par les longues baies vitrées, j'attendais le bon moment pour partir. J'allais me faire tremper, je m'y suis résolu et je suis donc sorti, en tenant mon sac au-dessus ma tête. Au bout de quelques pas, trottant sur la pointe des pieds, j'étais déjà trempé, alors j'ai ralenti, à une allure de vaincu. J'ai entendu rire, non pas un rire insidieux ou malveillant, mais un rire familier, le rire des amis, qu'ils rient avec vous ou qu'ils rient de vous. Je me suis retourné et j'ai vu Sandra qui gloussait, alors qu'elle était bien au sec sous un grand parapluie. Et elle en avait tout à fait le droit : elle semblait à son aise, comme un pain qui lève au four, et moi j'avais l'air d'avoir pris une douche tout habillé dans ma tenue de travail. Elle a levé son parapluie plus haut, pour que je puisse la rejoindre dessous. Nous avons marché en direction de la gare.

« Comment s'est passée ta journée ? » m'a-t-elle demandé, tout excitée, en riant encore.

Je n'ai pas répondu. Je savais qu'elle ne me posait pas cette question pour que j'y réponde. Alors que nous continuions de marcher, elle laissait sans cesse redescendre son bras et ma tête n'arrêtait pas de heurter le parapluie.

« On va devoir changer de position. Laisse-moi le tenir. » Je le lui ai pris et l'ai levé assez haut pour qu'il nous abrite tous les deux. « Tu vois ? C'est beaucoup mieux. »

Elle a souri. Nous avons continué d'avancer, elle a mis son bras autour de ma taille, sa main enveloppant la partie tendre juste au-dessus de l'os de la hanche, et elle a gardé ce même sourire alors que nous marchions maintenant d'un pas synchronisé. C'était bizarre, mais cela faisait du bien. J'ai remarqué son odeur : un bouquet de fleurs, ou des fraises. Cela dissipa la grisaille.

« Et toi, ta journée ? ai-je demandé.

— Oh, c'était bien. Mais j'ai déjà tellement de copies à corriger. Ces gamins vont me rendre dingue. Et je suis à peu près convaincue que Mrs Sundermeyer me surveille de près. Tu sais, cette manière qu'elle a d'entrer au hasard dans ta classe, de se planter debout, au fond, et de te regarder faire cours ? Elle m'a infligé ça deux fois ! En deux jours !

— Moi, elle ne m'a jamais fait ça. Tu as raison, elle en a peut-être après toi. » Sandra m'a regardé avec un air contrarié que j'ai dissipé d'un rire.

Nous avons atteint la grande rue où nous avons été accueillis par l'homme à la voix tonnante qui braillait : « Bonne chance ! Bonne chance ! Bonne chance ! », à tous ceux qui passaient devant lui. Nous sommes arrivés à la bouche de métro, j'ai abaissé le parapluie que j'ai rendu à Sandra. Elle m'a souri, une espèce de sourire victorieux, d'autosatisfaction. Une voiture nous a frôlés, elle a roulé dans une flaque et j'ai été aspergé d'eau de pluie sale, de la chemise au pantalon. Sandra a ri de nouveau – sa voix était une musique – et moi, je suis resté piqué là, encore plus trempé.

« Ha ha, toi, tu n'as pas de chance ! Regarde dans quel état tu es ! Je t'adore, s'est-elle écriée sans cesser de rire.

— Quoi ? ai-je lancé.

— Quoi ? » a-t-elle répété, en gloussant encore, tout en plongeant la main dans son sac. Elle en a sorti des mouchoirs en papier avec lesquels elle m'a aidé à m'essuyer le front.

« Je ne pense pas que ça va arranger grand-chose.

— Bon, tu ferais aussi bien de prendre tout le paquet. Pour le trajet. »

J'ai pouffé, et nous nous sommes étreints pour nous dire au revoir. Elle m'a retenu dans ses bras un peu plus longtemps que d'habitude, et moi aussi, car je m'habituais à sa chaleur par cette froide et humide soirée d'automne, souhaitant un instant qu'elle ne me lâche plus.

Mardi : aujourd'hui, il n'y avait pas de pluie, rien que des nuages. Et bien que la sinistre grisaille du jour subsiste, ce léger répit après la pluie se révélait aussi bienvenu que si c'était un rayon de soleil. J'ai décidé d'aller dans la classe de Mr Barnes, de lui rendre visite ; j'étais incapable de me rappeler la dernière fois que cela m'était arrivé, ou même d'ailleurs si cela m'était déjà arrivé, mais je me suis figuré que lui rendre visite le tiendrait à l'écart de ma salle de classe et, alors que j'avais bénéficié d'une bonne intention, j'allais en faire profiter quelqu'un d'autre à mon tour.

J'ai ouvert la porte, hésité un instant, me demandant si je n'aurais pas dû frapper. Je suis entré. Mr Barnes s'affairait sous son bureau, il rangeait quelque chose. Quand il m'a entendu l'appeler – « Monsieur ? » –, il s'est redressé en sursaut et, de frayeur, s'est cogné la tête contre le rebord de la table. Il a réapparu en se tenant le côté du crâne à deux mains et en se le massant énergiquement du bout des doigts. Son visage a viré au rouge vif, et je lui ai laissé un moment pour surmonter la douleur, la plus pénible que l'on puisse s'infliger après la première de toutes, naturellement : se cogner le petit orteil au pied d'une table ou au bas d'une porte.

« Est-ce que ça va, monsieur ? »

Mr Barnes a hoché vigoureusement la tête.

« Vaut-il mieux que je revienne plus tard ? ai-je demandé.

— Non, non, non, a-t-il insisté. Entrez, je vous en prie. » Il a fourré le sac sous son bureau. « Comment ça va, mon vieux ? À quoi dois-je le plaisir de cette charmante visite ? »

Mr Barnes renouait avec son personnage habituel et, sur le moment, je me suis demandé pourquoi j'étais venu. Mais quelque chose en lui avait changé, il semblait plus excentrique, plus confus, tout à fait différent du Barnes que je connaissais, celui de neuf heures du matin, ou du preneur de notes en réunion pédagogique.

« Je me suis juste dit que j'allais passer en partant. On devrait sortir boire un verre ou autre, un de ces jours. »

Son visage s'est transformé, s'est épanoui en un grand sourire.

Qu'est-ce que j'ai fait ? me suis-je demandé.

« Très bien, bon, à plus tard. »

Mercredi : dernier cours. Ma classe de troisième est absorbée par son travail. Mes élèves répondaient à des questions sur des chapitres d'un livre que nous lisions. Ce sont toujours les mêmes qui lèvent la main pour lire, jusqu'à ce qu'on arrive au chapitre rempli de jurons dont ils ont entendu parler, et là toutes les mains se lèvent. Je les prive de ce plaisir en choisissant de lire moi-même les passages en question, et puis je saute négligemment toutes les insanités et les tance du regard, avant de reprendre ma lecture sur un ton théâtral.

Dans mon champ de vision périphérique, j'ai vu Mrs Sundermeyer entrer, en catimini, et se diriger vers le fond de la salle. Elle s'est plantée là, telle une statue, ne souhaitant pas être vue, tout en exerçant sa présence. J'ai senti mon corps se raidir. Ma bouche était aussi sèche que du bois brûlé. Au bout de quelques instants, elle a quitté la classe aussi subrepticement qu'elle y était entrée. Ensuite la cloche a sonné – le plus doux des soulagements.

Jeudi : heure du déjeuner. Dans la salle des professeurs qui étouffait le bruit et les cris des élèves dans la cour, Mr McCormack et moi avions pris place pour notre entretien d'évaluation pendant le seul moment libre que nous avions tous les deux sur une journée entière de cours. Il était nouveau. Je n'en savais pas beaucoup à son sujet : dans le travail, il gardait ses distances. J'admirais son allure; il portait toujours un certain style de chemises à carreaux à manches courtes – même l'hiver –, des pantalons foncés et une longue barbe grisonnante et négligée qui lui recouvrait la bouche et bougeait quand il parlait.

« Désolé de presser le mouvement, mais nous connaissons tous les deux la procédure..., a-t-il remarqué, avec un accent écossais encore plus épais que sa barbe. Nous aurons une conversation générale, ensuite nous fixerons quelques objectifs, et nous terminerons par vos projets. »

J'ai opiné à chaque mot, les yeux fixés sur la bouche qui parlait sous cette barbe.

Il m'a demandé quels étaient mes objectifs pour cette année, ce que j'attendais réellement de mon métier. Je lui ai fait une réponse ambiguë, capable de masquer les profondeurs de mon apathie : que la chose que j'attendais de mon métier n'était rien du tout – la même chose que j'attendais de la vie.

Après quelques échanges de plaisanteries liés au travail et de rires sonnant faux, surtout de ma part, afin de ne pas éveiller de soupçons à mon sujet, il m'a demandé si j'étais heureux. Ce mot m'a frappé comme deux cymbales s'entrechoquant dans la caverne de mon crâne.

« Heureux ? ai-je répondu.

— Oui, heureux. De votre métier ? »

Je me suis senti le souffle court, comme si ma gorge s'était resserrée au diamètre d'une paille. Heureux.

Je ne suis pas sûr de ce qu'il a voulu dire, ou du pourquoi de la question. De quoi devais-je parler ? *Je suis plus heureux quand je ne suis pas ici, mais c'est ici que je passe l'essentiel de mon temps ; je suis obligé d'être ici. Mais je suis assez heureux de ce que je connais d'ici pour continuer d'y revenir ; comme les fantômes, peut-être ne revenons-nous hanter que ce que nous connaissons ; ou est-ce nous qui sommes hantés ? La vie est une hantise. Heureux ? Je ne suis pas heureux. Je ne sais pas ce que cela veut dire. Alors qu'il attendait patiemment la réponse qu'il cherchait, j'ai observé ses yeux.*

« Oui », ai-je répondu, un mot, chétif, bref. Son sourire pincé a disparu dans sa barbe, il s'est levé, il allait sortir. La cloche a sonné.

Vendredi : après une longue journée – et même une longue semaine – de pas martelés dans les couloirs, de cris d'enfants, de portes claquées, de courtes siestes lors de réunions ennuyeuses, je suis sorti de ma classe et me suis dirigé vers le gymnase. Je me suis faufilé en passant inaperçu, c'est du moins ce que j'ai cru, mais Mr Black m'avait repéré depuis longtemps, sans même regarder ; il avait une aptitude singulière à la grossièreté, en adoptant une attitude distante non sans rester conscient de tout autour de lui. Le vendredi après la classe, il se chargeait des séances d'entraînement du club de basketball. Je le regardais proférer ses instructions de sa voix tonnante, que les enfants s'empressaient de suivre. Il possédait une présence qui était éternelle, une élégance d'allure qui commandait le respect.

« Ligne de fond ! » a-t-il rugi, et les joueurs ont aussitôt ramassé les balles et couru au bout du terrain. Il donnait des ordres que les enfants suivaient et exécutaient comme des professionnels, ce qui me sidérait. Il y avait même des fois où j'entrais et je les voyais assis par terre, ils lisaient, ou ils faisaient leurs devoirs, au lieu de jouer au basketball, ce qui me sidérait encore davantage, considérant tout le mal qu'ils avaient en classe. Je les observais, interdit – il était rare de voir cette sorte de soumission chez des élèves, en particulier ceux de cet établissement. Je voyais ceux qui étaient d'ordinaire les plus craints et les plus agressifs rentrer dans le rang comme des fantassins obéissant à leur général : même Kieron ! Il se trouve qu'à cet instant-là il m'a regardé, comme si je venais de dire cela à voix haute. Nos yeux se sont croisés, fixés, chacun signifiant à l'autre qu'il l'avait vu. Précédemment, Kieron existait dans l'établissement selon ses propres règles, plus ou moins constamment à court de fournitures, écumant les couloirs pendant les cours, jurant, provoquant, se bagarrant, et pourtant, je ne sais comment, ici, il retrouvait son calme, il était comme transformé, et cette transformation transparaissait dans son travail scolaire. Bien que nos chemins ne se soient pas croisés, nous nous étions vus, ici, et cela suffisait. Duwayne et lui étaient proches. Duwayne venait souvent aux entraînements de basketball avec Kieron, mais au fil des ans, c'était devenu une guerre d'usure ; et c'est Duwayne qui a perdu cette guerre.

Je suis resté un petit moment. Lorsque je suis sorti, Mr Black a regardé dans ma direction avec un clin d'œil, me faisant savoir qu'on m'avait vu. Aussi infime que fût ce geste, il était chargé de sens, et j'appréciai profondément. D'être vu. Cela m'a inspiré un sourire, en sortant.

14

CITÉ PECKRIVER, LONDRES ; 20 H 17

Je marchais dans ces rues faiblement éclairées remplies de voitures en stationnement et d'arbres en embuscade. Mon chez-moi. C'était curieux, maintenant, avec les années, cela me semblait de moins en moins mon chez-moi, et pourtant je n'en avais jamais connu d'autre.

J'ai levé les yeux vers ce haut bâtiment, une tour d'habitation, de couleur gris terne, perçant le ciel. Se dressant comme un défi sur fond de lumières de la ville étincelantes, d'opulence et de monuments dans le lointain ; si loin, à cette distance, c'était un autre monde. Nous avions tout vécu et tout vu, ici ; pas d'électricité ; une chambre pleine de bougies, sans chauffage ; on gardait son manteau à l'intérieur ; un sol sans moquette, le plancher rouillé nous rentrait dans les pieds. Nous avions tout vu, par ici, des dealers de drogue qui fumaient et qui ricanaient en bas de l'escalier, des descentes de police à quatre heures du matin, des chiens qui aboyaient et des poursuites, des vitres brisées, l'air froid qui s'engouffrait, des cambriolages et des vols – traverser à pied n'était pas sûr après une certaine heure, à moins de connaître quelqu'un qui connaissait quelqu'un qui connaissait quelqu'un –, un résident qui avait sauté du quatrième étage en tentant de s'ôter la vie mais qui n'avait réussi qu'à se casser les jambes. Nous l'avions regardé, gisant là, le corps aplati, les genoux pliés à l'envers comme ceux d'un oiseau ; son seul souhait était de voler, de s'envoler loin d'ici. Et des incendies qui faisaient rage, léchant le ciel – un amoureux furieux éconduit.

Pourtant nous avions aussi vu du pain, du sucre, du lait, partagés et empruntés, nous avions pris place et mangé avec des inconnus, jusqu'à ce qu'ils fassent eux aussi partie de la famille ; des enfants qui se rendaient à l'école à pied, ensemble, tous les jours, jusqu'à ce qu'ils fassent eux aussi partie de la famille. Des conversations au bas de l'immeuble, échanger des histoires de vie pendant les quinze secondes de la montée de l'ascenseur, et parfois plus longtemps si on restait bloqué. Nous avions aussi vu des soirées de fête ; de la musique si fort que la fiesta entrait dans votre salon, et on vous apportait des restes du buffet ; des Noël où on ne laissait personne seul ; des Halloween au rituel si intense (« le bonbon ou le bâton ») qu'on continuait des jours et des jours. Tel était l'endroit que nous avions tous connu, le seul endroit que nous pouvions appeler notre chez-nous.

Je suis arrivé devant la porte de l'immeuble, je suis entré au moment où quelqu'un sortait. « Salut, ça va ? » nous sommes-nous écriés simultanément. Je ne connaissais pas son nom mais je l'ai reconnu et je savais qu'il habitait dans les étages au-dessus de nous. Quelques jeunes types en survêtement et hoodie rabattu sur la tête étaient sur les marches du rez-de-chaussée, une volute de fumée s'attardant au-dessus d'eux comme un nuage au sommet d'une montagne, une odeur végétale flottant dans l'air. J'ai regardé chacun d'eux ; ils m'ont regardé à leur tour, et pas un n'a baissé les yeux ; cette posture de défi, cette bataille que nous nous sommes livrée, furieux de tout ce qui nous était extérieur ; furieux de tout jusqu'à nous-mêmes.

Assis à mon bureau pour déjeuner, cette nouvelle semaine ne m'a rien apporté qu'une nouvelle pesanteur. Je pouvais entendre les hurlements et les cris des élèves dans la cour. Je les ai noyés en coiffant mes écouteurs et en écoutant Ali Farka Touré et Toumani Diabaté, l'album *In the Heart of the Moon.* J'ai fermé les yeux et me suis imaginé assis dans la chambre d'hôtel où ils ont enregistré cet album, immergé dans une atmosphère de magie ésotérique grâce aux accords de la kora. J'ai ouvert les yeux, et tout aussi vite que je les avais fermés, les élèves de la classe de seconde étaient à leur place, face à moi, tête baissée dans leurs manuels. C'était ainsi dernièrement que le temps semblait s'écouler, par éclairs, par instants qui défilaient en un clin d'œil.

Alex l'As des A+ était assis au premier rang, dans l'angle gauche de la salle, le plus proche de mon bureau, il relevait les yeux par intermittence, réclamant de l'attention et n'en recevant aucune. À l'opposé de lui, à la place située au fond à droite, la plus éloignée de mon bureau, il y avait Duwayne, affalé sur sa chaise, le regard fixé au loin, exigeant de rester ignoré. De retour après son exclusion de l'établissement, il avait été accueilli en héros. On révérait son attitude rebelle envers tout le monde, sauf envers Mr Black, et personne ne s'attendait à ce qu'il le défie ; tout se passait comme si Mr Black était de facto le directeur de l'établissement, l'autoritaire de l'école. Tous les enseignants avaient reçu une notice d'aide comportementale quant à la façon d'aborder Duwayne, et dans quel sens le travailler. Cela créait un climat d'appréhension le concernant, comme s'il s'agissait d'un engin explosif susceptible d'être déclenché à tout moment.

Alors que je le dévisageais une petite seconde de trop, en un éclair ma mémoire est repartie en arrière, et j'ai revu ses yeux sous son hoodie, sur ce pont. Il a levé la tête vers moi et je me suis demandé s'il s'était souvenu, s'il avait même su que c'était moi. Rien dans son regard – distant et désemparé – ne semblait révéler de réponse à cette question, alors j'en suis revenu à la normalité : salle de classe, enseignant, élève. Après avoir libéré les collégiens, j'ai prié Duwayne de rester un moment pour « causer un court instant ». Il avait l'habitude. Il n'a pas bougé de son siège et n'a pas davantage quitté sa posture avachie, son pantalon d'uniforme scolaire lui tombant sur la taille au point de révéler le bas de survêtement gris qu'il portait dessous. Il n'a répondu à aucune de mes questions initiales : « Comment vas-tu ? », « Tout va bien ? », « As-tu tiré les leçons de tes erreurs ? ». Au lieu de quoi, il est resté assis là, le regard toujours perdu au loin, jusqu'à ce que je mentionne le « basket-ball », à quoi il a réagi d'un tressaillement de la tête, avec un mouvement ascendant des épaules, comme un loup aux aguets ou un soldat en sentinelle.

« Qu'est-ce que vous en savez, du basket ? m'a-t-il rétorqué.

— Pour ma part, j'avais un crossover assez costaud », ai-je répliqué, en hochant fermement la tête, plus pour me rassurer, moi, que lui. Il a gloussé, me révélant presque ses dents et un sourire, mais qui s'est effacé aussi vite qu'il était apparu. À dire vrai, je n'avais plus attrapé une balle de basket depuis des années, presque vingt ans, plus depuis que le club de basketball de London Towers était venu nous rendre visite dans mon école secondaire, et ma poussée de croissance adolescente prématurée avait suffi à me distinguer, puisque j'avais été choisi pour tirer trois lancers francs, que j'ai envoyés aux fraises. Un maillot offert a compensé mon embarras. Je l'ai porté tous les jours jusqu'à la fin de cette année. Je me demandais où il était passé, maintenant. Je me demandais où étaient passés tous mes vieux vêtements.

« Qui est votre joueur préféré ? a-t-il questionné, cette fois en se redressant et en me faisant face, ses yeux s'animant.

— LeBron James.

— Le Roi James ?

— Yep.

— Vous le connaissez, LeBron James ?

— Je ne le connais pas en ce sens-là... enfin, plus maintenant. On s'est fâchés », ai-je ajouté, avec un tel aplomb que cela aurait pu être vrai. Duwayne m'a dévisagé, l'air perplexe, incapable de savoir si j'étais sérieux ou non.

« Yep, j'ai marqué contre lui quand on jouait en un contre un, c'était à l'époque, et on s'est plus reparlé depuis. »

Duwayne n'a pas éclaté de rire, il s'est contenté de hausser les sourcils. J'imaginais que c'était vrai, dans un univers alternatif. J'étais, moi, peut-être, joueur de basket professionnel, une superstar, et LeBron James, un enseignant, le P.E.Ps, le Plus Extra des Profs.

« Et toi, qui est ton joueur préféré ? lui ai-je demandé.

— J'en ai pas vraiment.

— Non ? » me suis-je étonné. Il a haussé les épaules.

« Même pas moi ? » Cette idée l'a fait s'esclaffer. « Je vais te dire, ai-je continué, pourquoi on jouerait pas un contre un, toi et moi, et si tu gagnes, plus de devoirs... ?

— De toute façon je les fais jamais. » Il a tchipé, puis il a détourné le regard. « Vous me prenez pour un idiot ?

— Très bien, nous sommes d'accord. Si tu gagnes, je te paie ce qui te plaît plus que tout... une paire de Nike Air Max toutes neuves. Mais si je gagne... » Il m'a regardé de nouveau, s'est redressé dans son siège, son intérêt rallumé. « Si je gagne, tu dois participer à l'entraînement de basketball avec Mr Black... pour la saison entière !

— Aaargh », a-t-il gémi, puis il a porté la main à son menton, tout en se couvrant la bouche, et il a tenu un moment cette pose du penseur de la fameuse statue. Je l'ai observé, alors que les rouages de son cerveau se mettaient en mouvement.

« Si je gagne, j'ai des baskets. Si je perds, je vais m'entraîner au basket...

— Oui. Pour TOUTE LA SAISON. Tu ne peux même pas manquer un entraînement.

— J'irai. Mais seulement si vous venez à la première séance avec moi.

— OK, ça marche. » Il s'est levé, et nous nous sommes fermement serré la main, en nous scrutant avec un mélange de compétition et de compassion.

« Quand est-ce qu'on joue ? m'a-t-il demandé une fois à la porte, s'apprêtant à sortir.

— La semaine prochaine. Je t'accorderai un peu de temps pour t'exercer », ai-je promis, avec un sourire sarcastique et confiant. Il a hoché la tête et il est parti, en se suspendant au cadre de la porte au passage.

J'ai moins souvent vu Jalil ces derniers jours, mais chaque fois que je l'ai aperçu, il a manifesté un léger changement, repérable uniquement si l'on était bien attentif. C'était comme d'observer une fleur, laissée dans une pièce obscure, s'incliner lentement vers le rai de lumière qui venait de percer. Toutefois, pour lui, Aminah n'était pas juste un rai de lumière, elle était l'aube. Nous avions été invités chez Jalil pour dîner ; naturellement, on m'avait averti que ses autres amis seraient là aussi, et Aminah également, une occasion pour nous – les êtres les plus proches dans sa vie – de la rencontrer. Mais en réalité, cela allait au-delà ; c'était une chance pour lui d'évaluer de façon stratégique comment Aminah se comportait en présence de ses amis les plus intimes, et de se faire une idée de ce que nous pensions d'elle.

Je suis arrivé à la porte et me suis redressé. Le travail d'une longue journée peut vous épuiser ; ajoutez à cela une soirée à fréquenter du monde, et vous risquez de finir comateux. Pour moi en tout cas, fréquenter du monde me vidait le corps et l'esprit, parfois avec des conséquences désastreuses ; je me souviens d'avoir passé des journées sans adresser la parole à personne simplement parce que mon cerveau avait besoin de se réinitialiser. J'avais toujours été ainsi, m'enfermant à clef dans ma chambre, me réveillant au milieu de la nuit rien que pour écouter le silence.

Alors que je levais la main pour frapper à la porte, elle s'est ouverte d'un coup et j'ai été accueilli par un grand sourire et un « Hello » très enthousiaste prononcé d'une voix chantante. J'étais certain que c'était Aminah, mais je ne voulais rien présumer. Elle portait un foulard sur la tête, et une robe imprimée à fleurs à manches longues, un jeans – elle était en grande tenue, sur un mode décontracté.

« J'ai entendu des pas derrière la porte, et je me suis dit que j'allais ouvrir… j'espère que je ne t'ai pas effrayé », a-t-elle fait, en s'exprimant avec assurance, puis elle m'a invitée à entrer dans cette maison que je connaissais déjà si bien.

« Non, non pas du tout », ai-je poliment répondu avec le sourire. J'ai retiré mes chaussures et lui ai tendu une bouteille en verre d'une boisson non alcoolisée que j'avais apportée avec un peu de baklava de chez Woody Grill. J'entendais des bavardages dans le salon, ponctués par des explosions de rire.

Elle a pris mes cadeaux, et juste au moment où elle m'a dit :

« J'ai tellement entendu parler de toi... », elle a été interrompue par un « Saluuuuuuuuut ! » qui a transpercé l'air ambiant, et Jalil est venu vers moi en courant. Nous nous sommes étreints chaleureusement, en nous flanquant des tapes dans le dos.

« Voilà Michael, a-t-il annoncé à Aminah, qui me rendait la pareille avec un sourire.

— Et voici Aminah. » Jalil a hoché la tête et haussé les sourcils vers moi, l'air très content de lui. J'ai hoché la tête à mon tour, afin de le conforter.

« J'avais compris. Ravi de te rencontrer officiellement.

— Ravie de te rencontrer, moi aussi, a répondu Aminah, en levant les yeux vers Jalil et moi.

— Il faut tout me dire sur lui », a-t-elle insisté, en prenant Jalil par la taille et en lui posant la main sur le ventre, et je suis sûr qu'à l'instant où il a vu sa main s'approcher, il aura promptement contracté les abdominaux pour l'impressionner. J'ai eu un petit rire à l'idée de Jalil contractant vite les abdos.

« Bon, ai-je dit, que puis-je ajouter ? C'est un type super. » Ce qui m'a paru franchement terne, et même trop bien préparé, sans vraiment appeler de réponse de la part de Jalil ou Aminah. J'ai continué : « Il peint, il joue du piano, il lit, il est vraiment intelligent, il a si bon cœur... et il a une bécane, un vrai gros cube. » Jalil et moi avons échangé un sourire entendu.

« Oh, zut, ne l'encourage pas trop au sujet de cette moto. J'essaie de trouver un moyen de le convaincre de ne plus monter dessus. »

Nous sommes passés au salon, où il y avait moins de monde que je ne l'avais cru initialement, et je me suis senti beaucoup plus à mon aise. C'était peut-être ces rires tapageurs qui m'avaient fait imaginer une pièce pleine de gens attendant tous de voir qui serait le prochain arrivant. C'était du moins à cela que je m'attendais avec Jalil, mais cette assemblée moins nombreuse, plus discrète tenait peut-être à l'influence d'Aminah. J'ai été présenté aux trois autres invités, ensuite nous avons pris place autour de la table du dîner. Assis en face de Jalil et Aminah, j'ai pu les voir afficher leur nouvelle idylle. Au bout de quelques instants, Jalil s'est brusquement levé, son bras s'est détaché d'elle et il est sorti de la pièce en trombe.

15

DALLAS, TEXAS ; 22 H 09

L'avion atterrit. Michael tente de comprendre par où sortir de cet aéroport, trop calme pour un samedi soir. Il lève les yeux sur le panneau d'affichage devant lui, aperçoit juste au-dessous une femme, les cheveux blonds, les yeux bleus, qui le dévisage. Il y a quelque chose derrière son regard fixe et froid, une fureur, un feu, mais qui n'est pas de la passion ; pas le style de feu qui réchauffe, mais le genre qui brûle. Il détourne le regard et va récupérer son bagage alors qu'elle observe chacun de ses mouvements avec une intense suspicion. Il attend dehors, dans la zone des carrousels à bagage, surmontée de son grand pictogramme. Il consulte constamment son téléphone, la batterie déchargée à présent, pour vérifier d'éventuels appels ou messages de Rodrique, qui a promis de venir le chercher et d'être à l'aéroport à 22 h – ou même plus tôt, au cas où – mais ne s'est pas encore montré.

Il se met à paniquer, se demandant s'il attend au bon endroit, parce que si son téléphone n'a plus de batterie, il va rester en rade.

J'ai atterri. Tu fais quoi ? J'attends près du parking de l'aérogare.

Il envoie le message à Rodrique, sans aucune indication qu'il ait bien été reçu. Plusieurs voitures passent devant lui, chacune d'elle affaiblissant l'espoir qu'il a de le voir arriver. Michael se déleste de son sac à dos de voyage, qui pèse sur ses épaules, et s'assied. Il est maintenant 22 h 45. Il songe à prendre d'autres dispositions, mais la fatigue, la faim et le manque de sommeil – à bord de l'avion, il était installé à côté d'un homme qui débordait de son siège et qui avait ronflé pendant tout le vol – l'ont laissé dans un trop grand désarroi.

Une voiture couleur bordeaux, aux enjoliveurs gris métallisé, aux jantes râpées, maculées d'une légère rouille brunâtre, s'arrête là où il s'est assis. Il lève les yeux et se rend compte que c'est Rodrique qui surgit du siège côté conducteur. Il sort de l'auto, la domine de son grand gabarit, la contourne et marche à présent dans sa direction. En marchant, il occupe de l'espace, ce qui ne saurait passer inaperçu. *Quand on dit que tout est deux fois plus grand au Texas, je ne me rendais pas compte qu'ils parlaient aussi des gens.* Rodrique a la même allure que sur les photos de son compte Instagram ; une coupe de cheveux dégradée, une barbe naissante couvrant une mâchoire nettement dessinée, des cheveux torsadés au sommet du crâne et un sourire qui lui fend la bouche en diagonale.

« Salut, mec. » Rodrique se dirige vers lui, en gloussant ; un rire feutré, vulnérable comme s'il s'excusait d'un retard qu'il n'admet pas ouvertement. Ils se saluent, leurs mains s'entrecroisent, puis leurs bras, dans une étreinte. Il apparaît dans la vie réelle tout comme dans la vie digitale : un personnage liant, amical et détendu, un reflet de toutes les photos qu'il poste sur ses pages des réseaux. Ils se sont connus il y a plusieurs années en découvrant par accident, à travers leurs tags mutuels sur des photos du passé, qu'ils avaient un lien familial ; ils étaient plus ou moins cousins, à un degré inconnu, une histoire longue et compliquée dont ils n'étaient sûrs ni l'un ni l'autre. Initialement, cela les fit rire que, dans les familles africaines, vous gagniez un nouveau membre par an : un cousin, un oncle, une tatie et, en de rares occasions, un véritable parent. Rodrique, qui est aussi DJ, semblait toujours être le roi de la fête – et Michael avait au moins envie de savoir l'effet que cela faisait de vivre ainsi. Il l'avait appelé pour lui dire qu'il arrivait et son ami avait volontiers et promptement acquiescé.

Après s'être extraits des bouchons, ils sont sur l'autoroute. Rodrique parle beaucoup. Michael remarque son accent traînant, différent de celui de la Californie, plus lent, plus détendu. Son attitude plaît à Michael. Ils arrivent devant une maison dans un quartier résidentiel faiblement éclairé. Ils garent la voiture et ils entrent. À l'intérieur, dans l'espace vide d'un salon, de la musique braille, et il y a là un groupe de types apparemment vêtus de ce qui pourrait presque être un uniforme : durag, débardeur blanc, short de basketball, chaussettes et pantoufles, ou Jordan Air. Ils jouent à NBA 2K sur une télé à l'écran panoramique. Rodrique le présente comme « mon gars du YOU-KAY.

« Tu es d'Angleterre ? Ben tiens. Comment vous circulez, là-bas ?

— Ils ont sans doute Uber Cheval. »

Une tempête de rire emplit la pièce. Michael les imite, feignant de rigoler. Il aurait dû s'y attendre, à ces blagues de potache, lui qui fréquentait des collégiens.

Malgré tout, il prend plaisir à ce moment. En s'asseyant, il remarque, dans l'angle de la pièce, un fauteuil de coiffeur et un miroir, une panoplie complète de tondeuses. Un salon de coiffure, à domicile. Pas bête. Au cours de la demi-heure où ils restent là, plusieurs personnes entrent et sortent, pour une coupe de cheveux. Bluu, le coiffeur, arbore un grand sourire – ses cheveux sont impeccablement coupés, un dégradé parfait, une véritable publicité pour les services qu'il offre – et il coiffe tout en bavardant au téléphone.

« Quel genre de meufs vous avez, là-bas, en Angleterre, mec ? »

C'est une question bizarre ; Michael ne sait pas trop comment répondre. Mais quoi qu'il dise, Bluu répond par un « Ben tiens », et il fait semblant de comprendre ce que cette expression signifie.

Bluu continue.

« Faut que je te demande, mon frère, c'est lesquelles qui sont les plus bonnes, les meufs de Londres ou les meufs de Dallas ?

— J'en sais rien, mec. C'est pas franchement mon truc, répond-il timidement, sans s'étendre.

— C'est quoi le plaaaan ? » Rodrique fait sa réapparition pile au bon moment, interrompant cette conversation gênante.

Ils ont repris la route, ils roulent de rue en rue. Michael ne sait pas au juste où ils sont, il ne reconnaît aucun panneau, aucune rue, toutefois l'anonymat des lieux lui inspire une sensation de confort. Les magasins sont fermés, les lumières sont éteintes dans les logements, tout indique une ville qui s'est endormie, une ville tout à fait en paix. Rodrique conduit avec prudence et diligence, à l'opposé de sa personnalité extravertie. Michael se sent épuisé mais l'air frais de la fenêtre ouverte, la brise froide qui s'engouffre le maintiennent éveillé.

« L'Afro Trap, tu écoutes ça, toi ? » lui demande son ami, à quoi il répond en hochant la tête et en haussant les épaules avec nonchalance, comme s'il écoutait vraiment. L'autre monte le volume de la radio jusqu'à ce que la ligne de basse soit si forte qu'elle cogne au point de le soulever de son siège. Il reconnaît cette musique mais est incapable de distinguer un morceau d'un autre. Il en a appris un bon nombre à travers ses élèves – un désir de prolonger sa jeunesse et de rester dans le coup. Une vague de souvenirs d'école et de cour de récréation lui submerge l'esprit, piratant sa rêverie éveillée avec des acclamations et des cris, des clameurs de cour de récré, des portes qui claquent et des échos de couloirs. Il la refoule promptement.

Ils ralentissent dans une zone résidentielle typique, faiblement éclairée, aux maisons agrémentées de jardins sur rue où pousse une herbe épaisse et verte. Ils descendent et marchent vers un pavillon d'où filtrent la vibration sourde d'un martèlement de ligne de basse et des conversations survoltées. Un grand jeune homme aux épaules carrées se tient devant la porte.

« Un petit bakchich suffira », souffle Rodrique alors qu'ils se dirigent vers la maison. Il check le jeune type à la porte, poing contre poing, et il les laisse entrer tout en scrutant Michael d'un œil soupçonneux.

Il se la joue cool, comme s'il était déjà venu à de nombreuses reprises et connaissait les habitudes; en entrant, il a le signe de tête universel de l'homme noir, que le jeune homme lui rend. La pièce est remplie d'une fumée légère et aérée qui flotte comme une brume hivernale, jusqu'au plafond. L'odeur est végétale, il inhale cette fumée passive et sent ses paupières tressaillir et rougir. Ils traversent la maison en direction du martèlement de la musique qui fait vibrer les murs.

Dans cette pièce, tout le monde fume. On lui en a proposé et il a refusé tant de fois que les gens finissent par se demander s'il n'est pas un infiltré. Finalement, il se dégotte un blunt et la fumée s'élève de sa bouche comme un cumulus dans le ciel. Rodrique a de nouveau disparu. Michael reste dans son coin, sirote sa bouteille, surprend des conversations insipides autour du sexe, de la fac, de l'argent, de la drogue. *Ma place n'est pas ici. Ma place n'est nulle part.*

Miranda a une voix harmonieuse, le genre qui vous berce vers un doux sommeil. Étant maintenant les deux seuls restés dans ce coin de la pièce, elle parle à Michael de tout et de rien, et il écoute attentivement non parce que cela lui importe, mais parce que son corps réclame celui de Miranda, et celui de Miranda le sien. Une réaction viscérale, comme d'un adolescent aux hormones déchaînées, un sentiment qu'autrement il n'éprouverait pas, mais en cet instant, la seule question qu'il se pose, c'est : pourquoi pas ? Chaque fois qu'elle rit, elle lui caresse le bras, et elle dit « Tu es drôle », tout en rejetant ses cheveux derrière ses oreilles. Ils partagent un joint. Son sourire est lumineux, ses dents d'un blanc de perle, et ses yeux sont un phare qui le guide vers le rivage.

« Tu es en ville pour combien de temps ? J'espère qu'on pourra se reparler », lui dit-elle, ses doigts remontant sur son avant-bras. Michael lui rend son sourire. Ses lèvres tremblent. Son esprit frémit à l'idée de l'embrasser, mais il résiste. *Je ne peux pas m'approcher.*

« Eh, t'étais passée où ? Viens par ici. »

Une voix profonde rompt le fantasme de Michael. Il ouvre les yeux, défronce les lèvres.

« C'est mon mec, Jamal. » Miranda se charge des présentations, à contrecœur. Jamal toise Michael du regard et lance : « Faites quoi, là ? », en enregistrant à peine sa présence. Il agrippe Miranda par le bras, ses ongles lui rentrent dans la peau.

« On se tire d'ici, chuchote-t-il à son oreille, d'une voix feutrée mais forte.

— Non. Je n'ai pas fini mon verre », réplique-t-elle. Il le lui retire des mains et l'engloutit d'un trait.

« Maintenant, si », dit-il, et le bout de ses doigts entre

davantage en elle, puis il l'entraîne avec lui en se dirigeant à grands pas vers la sortie. Alors qu'ils s'en vont, elle se retourne vers Michael.

Au bout de quelques instants, qui semblent durer des heures, Rodrique réapparaît, et il fait signe à Michael qu'il est temps de partir. Ils sont de nouveau dans la voiture et traversent un autre quartier qui ne lui est pas familier, mais à ce stade cela lui est égal, il est fatigué, il a envie de dormir. Il s'étire, en silence, fermement. Ils se garent quelque part, et Rodrique descend de voiture et s'en va, non sans avoir murmuré quelque chose d'inaudible. Il revient un quart d'heure plus tard.

« Eh, t'as l'air crevé, mec, rit-il. Je vais te déposer chez moi, c'est bon ? propose-t-il.

— Cool », lui répond-il, sûr de lui, au-delà de la frustration.

Michael rentre dans la maison, à présent déserte, sans même se donner la peine d'allumer la lumière. Le clair de lune s'infiltre par une fente entre les rideaux qui masquent la porte de derrière ouvrant sur le jardin. Il s'allonge sur le canapé où, à peine quelques heures plus tôt, les types jouaient aux jeux vidéo et fumaient. Cela ne l'ennuie pas, tant sa fatigue est écrasante.

Un éclair de lumière le réveille, mais il garde les yeux fermés, fait semblant de dormir, et cela transforme l'intérieur de ses paupières en orange flamboyant. Il entend des bruits de pas traînants autour de lui, des pas lourds, claudicants. Une main le secoue un peu, on chuchote son nom, mais la voix possède tant de basse qu'elle résonne. C'est Rodrique. Sous le choc, il se redresse.

« Salut, on va se chercher à manger », fait-il.

Onze heures du matin.

« Cool », répond Michael, comme s'il avait le choix. Il jette un œil en direction du fauteuil de coiffeur, qui est vide. Aucun des autres types n'est plus là, mais des vestiges de leur présence restent partout éparpillés. Habillé des mêmes vêtements que la veille au soir, il enfile ses baskets alors qu'ils se dirigent vers la sortie.

Ils sont de nouveau sur la route, et font plusieurs haltes sur leur chemin. Tous les voyages sont remplis de haltes. Rien ici n'est jamais proche de rien, même les deux côtés de la route semblent appartenir à des villes distinctes. Ils stoppent aux feux rouges.

« Donc, on va se boire un thé ou autre chose pour le petit déjeuner ? demande Michael.

— Un thé ? » réplique Rodrique, puis il éclate d'un rire tonitruant. « Ce mec veut du thé, marmonne-t-il dans un souffle. On va te trouver des vrais trucs à manger », rectifie-t-il. Ils repartent, encore un trajet, jusqu'à ce qu'ils arrivent à un autre fast-food.

5 981 dollars.

16

DALLAS, TEXAS ; 12 H 15

Lorsqu'ils sortent de la voiture, Michael sent le soleil l'écraser, le soumettre. « C'est la période la plus fraîche de l'année », lui précise Rodrique, en riant. Michael peine à imaginer quel genre d'enfer doivent être leurs étés. Ils retournent à la maison qu'ils découvrent remplie par les types de la soirée d'hier : Bluu qui coupe les cheveux dans le coin coiffure semi-opérationnel du salon, et les autres, dont il lui reste à mémoriser les noms, ce dont il n'a aucune envie.

« Eh, Londres ! » s'exclame Bluu, survolté, accueillant le visiteur avec ce nouveau sobriquet que Michael n'a pas d'autre choix que d'accepter. Ce pourrait être pire, c'est un immense progrès par rapport à « tarlouze africaine » ou « l'immigré », des surnoms dont il se souvient, qu'on lui lançait quand il était élève. Il répond en allant se trouver une place où s'asseoir, feignant d'être tout content. Ils déballent leurs plats, qu'ils ont rapportés du Whataburger. Il saisit pourquoi on lui a suggéré d'attendre d'être rentrés pour manger. Il a l'impression de prendre part à un rituel instauré de longue date, comme si on l'intégrait à un phénomène qui le dépasse et qu'il ne peut espérer comprendre. Il déballe le hamburger de son papier, et il est si gros qu'il a besoin de ses deux mains pour le maintenir d'une seule pièce. Le reste, ce sont des plats qu'ils partagent, mais avant de mordre dans sa première bouchée, il sent les yeux de tous ceux qui sont présents le dévisager.

« Faut que Londres mange en premier. Il faut qu'on sache ce qu'il en pense », décrète Bluu, et c'est en effet ce que tous les autres attendent. Il sent la pression monter, comme s'il avait parcouru des milliers de kilomètres pour prendre part à la culture culinaire d'un sous-groupe inconnu du reste du monde ; ceci, c'est sa seule et unique chance de se faire accepter. Il prend sa première bouchée de burger. Elle a un goût de caoutchouc, de sable, d'huile et d'autres ingrédients censément non comestibles.

« Alors, qu'en penses-tu ? demande Rodrique.

— J'adore, mon pote, répond-il.

— Mon pote », répète Bluu, en l'imitant, et il rit. Et maintenant, il ajoute « mon pote » à la fin de chaque phrase.

« Ensuite, faut qu'on t'emmène défoncer une pute de Dallas, avant que tu repartes... Mon pote, ajoute Bluu, en riant encore un peu plus.

— Demain soir, c'est aussi la fête de fin de semestre, va falloir assurer », renchérit Rodrique.

Ce soir, c'est en effet la soirée dansante de fin de semestre. Ils roulent, traversent le centre de Dallas, et pour la première fois Michael voit la ville s'animer ; malgré tout, elle porte encore en elle un lugubre mystère. Rodrique et Bluu sont à l'avant. Lui, sur la banquette arrière. La voiture se remplit lentement de fumée, comme une brume, celle du blunt qu'ils fument et se passent entre eux.

Michael se perd dans ses pensées.

« Les gars, je peux vous demander une chose. À votre avis, qu'est-ce qui se passe quand on meurt ?

— Quoi ? réplique Bluu, d'une voix haut perchée de surprise.

— T'es déjà aussi défoncé que ça ? T'as à peine commencé à fumer, rigole Rodrique.

— Nan, nan, je suis pas défoncé, mec. Qu'est-ce qui se passe, à votre avis ? Du genre, il y a un paradis et un enfer ? Il n'y a rien ? Est-ce qu'on revient à la vie sous forme d'oiseau ?

— J'en sais rien, mec, répond Bluu, contemplatif. Ma maman nous a longtemps répété qu'il y a un paradis.

— Longtemps ?

— Ouais. Elle nous emmenait à l'église le dimanche. Jusqu'à sa mort. Après ça, j'ai arrêté d'y aller. » Bluu marque un long silence, prend le blunt que lui passe Michael, inhale une bouffée et recrache mollement un nuage de fumée. « Tout ce que je sais, c'est que je suis bien vivant, maintenant, et que j'ai besoin de gagner un peu d'argent ». Il rit, tend la main, Rodrique tape dedans, et il lui dit : « Je suis avec toi. »

« Dans ma culture, continue Rodrique, quand tu meurs, tu deviens un ancêtre. Et tu rejoins tes ancêtres dans le monde des esprits. Là, tu vis en paix avec eux ». Il se tourne de nouveau vers Michael. « Tu vois ce que je veux dire ? »

Michael hoche la tête vigoureusement comme s'il voyait ce que veut dire Rodrique. Alors qu'il ne voit pas. Mais ça l'intéresse de plus en plus.

« T'as jamais été curieux de ça ? De la mort ? demande-t-il.

— Quoi ? Pourquoi ? De toute façon tu ne peux pas mourir et revenir, rétorque Bluu avec dédain.

— Qui a parlé de revenir ? lui rétorque Michael, après avoir repris le blunt et recraché un peu de fumée.

— Tu dérailles, mec. Il te faut de la chatte. » Ils se consument tous de rire. Les pensées de Michael glissent vers Miranda. Sa peau, ses lèvres, ses courbes. Ses pulsions surgissent avec plus de force qu'auparavant ; il a juste envie de baise, il a envie de sensation, et un désir furieux s'empare de tout son corps. Hier soir, Michael et Miranda se parlaient dans le jardin pendant que les mecs faisaient la teuf devant des jeux vidéo en fumant des pétards. Elle l'avait aperçu, dehors, les yeux levés vers les étoiles, et elle avait décidé de se joindre à lui. Il sait qu'il ne peut pas la laisser s'approcher de trop près ; il se souvient du vœu qu'il a prononcé. Que personne d'autre n'endosse son fardeau, à part lui. C'est ce qu'il veut. *Mais ce que je veux va vraiment au-delà de l'envie. Ce n'est pas l'envie de je ne sais quoi qui m'a amené vers ce que je veux – c'est-à-dire mourir.*

Ils continuent à travers la ville et franchissent une succession de feux de circulation. La voiture se remplit d'éclairs rouges et bleus.

« Merde, s'exclame Bluu.

— Relaxe, mon frère, s'exclame Rodrique.

— C'est les flics, mec. Merde », répète Bluu, alors que les éclairs bleus et rouges continuent de jaillir. Un unique coup de sirène retentit.

Le cœur de Michael sursaute de panique. Il se sent la gorge gonflée, comme si quelque chose tentait de s'échapper de sa bouche. Il se met à crachoter et à tousser, à cause de la fumée ou de la peur. Rodrique se penche vers la boîte à gants, diffuse du parfum d'ambiance dans l'habitacle, baisse les vitres, laisse l'air vicié s'échapper et l'air frais entrer. Il règne une immobilité soudaine dans la voiture.

Les mains de Michael tremblent. Il se palpe de haut en bas,

essaie de trouver son téléphone. Il se met à haleter, bouche ouverte, comme un chien. Rodrique trouve un endroit où s'arrêter, se range le long du trottoir. Émergeant de l'obscurité, l'ombre d'un homme s'approche, jusqu'à ce qu'elle se révèle être un officier de police. Il a le visage pâle, rasé de près, la casquette, portée visière basse, couvre les yeux.

« Bonsoir », fait le policier, en braquant sa lampe-torche vers l'intérieur du véhicule, d'abord sur Rodrique qui, à l'inverse de Bluu, reste d'un calme immuable, puis sur Michael à l'arrière. Le pistolet du policier, qui fait saillie dans l'étui en cuir porté à la taille, luit au clair de lune. La crosse éclaire la main de l'officier délicatement posée dessus, le bout de l'index pointé le long de l'arme.

« Bonsoir, monsieur, répond Bluu, bredouillant, transpirant, visiblement nerveux.

— Permis et certificat d'immatriculation. » Rodrique se penche pour lentement sortir son permis de conduire. Le policier le prend et retourne à sa voiture. Un crépitement de voix résonne dans la radio. La tension dans l'air est palpable, tout le monde semble partager le même souffle. Michael sent sa jambe commencer à trembler comme s'il avait des symptômes de manque, tel un chien abandonné sous la pluie froide. Ils attendent, il règne dans la voiture un silence de mort; qualifier ce silence de mortel ne suffit pas, ce silence est un génocide.

« Alors, où vous allez, tous, ce soir? demande le policier, en rendant son permis à Rodrique.

— On va à la fête des étudiants dans le centre, lui répond ce dernier, en bégayant, sur un ton où affleure l'agacement.

— Ah, je me disais bien que vous étiez tous des étudiants. J'en ai déjà arrêté quelques-uns ce soir. Vous n'avez pas l'air d'étudiants, mais bon, j'ai cru comprendre que vous en étiez. »

Devant ses propos dubitatifs, ils se forcent à rire. Le policier marque un temps d'arrêt et inspecte une dernière fois l'intérieur de la voiture du regard.

« Vous allez tous passer une bonne soirée, entendu ? Et prenez exemple sur moi : jamais de bêtises.

— Oui, monsieur. »

Il regagne son véhicule, ses bottes frappent l'asphalte. Il se met au volant, puis démarre lentement. Les bruits de la ville reviennent à la vie comme un corps ressuscité.

« Merde !!! », éructe Bluu sans prévenir, son calme et son sang-froid réduits en miettes, et il respire à fond.

« Relaxe », lui répond Rodrique, ramenant le calme grâce à ce seul mot tout simple.

Ils garent la voiture et descendent. D'autres étudiants passent devant eux, bien habillés, ils vont au même endroit. Michael regarde autour de lui. L'air est empli d'une amère étrangeté. Un arbre isolé se dresse au fond du parking, debout dans sa tristesse solitaire. Un bruit fort se répercute et une nuée d'oiseaux s'envole de l'arbre, avant de revenir s'y poser. Des oiseaux ? Ou des chauves-souris : d'un noir de jais, les ailes effilées, suspendues la tête en bas. *Je n'avais jamais vu de nuée de chauves-souris, mais que cela se produise ici, maintenant, c'est logique. Cette ville me rappelle Gotham, si Gotham était un endroit réel.* Il lève les yeux vers le ciel nocturne et l'imagine barré d'un symbole de Batman. *Mais pourquoi quelqu'un viendrait-il nous sauver ? Viendrait me sauver ? Rien ne peut me sauver.* Rodrique l'appelle. Il les rejoint.

Ils entrent dans le club. Tout le monde est jeune et joli, la peau claire et le cheveu bien peigné, même les hommes – en particulier les hommes. Michael évite de parler, faute de quoi il risque de trahir le fait qu'il est un étranger, un imposteur qui tente de se fondre dans la masse. Il reste silencieux et demeure près de Rodrique et Bluu qui s'avancent dans la salle, saluent tout le monde au passage, comme des célébrités leur entourage.

Il fait sombre. Il parvient à peine à discerner les visages de ceux qui sont près de lui, et encore moins ceux qui sont plus loin. Il veut trouver Miranda. Son corps appelle le sien. Il ressent une chaleur intérieure plus forte que la chaleur extérieure. *Nier nos pulsions, c'est nier la chose même qui nous rend humains.*

Il circule de salle en salle, il va et vient, il cherche. Il repère Bluu au centre d'un vaste groupe, qui danse une bouteille à la main, en l'agitant dans le vide. Michael se sépare du groupe et se rend au bar. La voix de Bluu, son allusion aux « putes de Dallas », résonne dans sa tête et ainsi, se remémorant la raison d'être de son voyage, il compte vivre un peu. Une rangée de filles est alignée au bar, les deux qui sont près de lui sont en grande conversation, il est question du boyfriend qui les laisse tomber. Michael se penche vers elles, en souriant, et attire leur attention. Elles le dévisagent, l'air de se demander pourquoi il les regarde.

« Je peux vous payer un verre ? » propose-t-il. Une fille ne réagit pas ; l'autre lève le sien en l'air, pour montrer qu'il est plein, puis détourne le regard. Au moment où il se penche vers elles pour continuer la conversation, il sent une paume puissante contre sa poitrine.

« C'est bon, là, mon frère », fait une voix grave et retentissante, en l'attirant à part. Il lève la tête et découvre une carrure de basketteur, un corps d'athlète : ses yeux arrivent aux épaules du personnage.

« Écoute, je voulais pas causer de prob… », et alors que Michael lève la main pour lui taper sur l'épaule, il fait sauter par mégarde le verre que le type tenait en main.

« C'est quoi, ton souci, mec. »

L'autre le toise de haut.

« Je… je… j'avais pas l'intention de… », bredouille Michael, et il sent son cœur se mettre à cogner. « Attends, laisse-moi t'en commander un autre. » Il appelle le barman. « Servez la même chose à monsieur.

— Un Henny.

— Tu buvais pas un Henny, proteste la fille.

— Un Hennessy, réclame Michael, euh, et mettez donc une bouteille. »

Le barman va la chercher. La fille se retourne, interloquée, fait face à Michael, et le type aussi.

« En réalité... », continue-t-il, avec un grand sourire, et il plaque théâtralement sur la table sa carte de banque, que le barman ramasse, « mettez donc deux bouteilles, et même trois. Et assurez-vous que tout le monde au bar ait un verre. Bordel, on vit qu'une fois, pas vrai ? J'ai un truc à fêter... »

Il est rapidement entouré d'une nuée de filles, et de types, qui s'agitent autour de lui, lui prêtant un statut proche de celui d'une célébrité. Il se sent enivré de tant d'attention, autant que par l'alcool.

« JE BOIS..., s'exclame-t-il en levant son verre, ... à de nouveaux débuts. » Il avale une gorgée, et la nuée de filles l'acclame, tout excitée. « ... Et à la fin inévitable », chuchote-t-il à voix basse, pour lui-même.

Il se retourne de nouveau pour commander d'autres verres au bar. Il sent deux mains délicates sur ses épaules, ce qui le détend. Il fait volte-face et découvre Miranda, légère, aérienne, éméchée. Flottant comme un nuage, elle se serre contre lui et pose sa tête contre sa poitrine.

« Je t'ai cherché, dit-elle. Tu m'as manqué. » Son cœur bat un peu plus vite, s'enflamme, et ses jambes tremblent à contretemps lorsqu'elle referme ses bras autour de lui.

« Tu ne partiras pas tant que je n'aurai pas eu droit à une danse », le prévient-elle.

Elle l'attire vers la piste, pivote et colle son corps contre le sien, sentant toute sa dureté, synchronisée au rythme de sa propre douceur, bougeant côte à côte, hanche contre hanche. Michael baisse la tête plus près de la sienne et respire dans son cou, hume sa peau, son parfum de jasmin, une fleur, un champ ; les boucles de ses cheveux ont la douceur d'un oreiller.

« Mais ton copain, Jamal ? s'enquiert-il, alors qu'il presse son corps contre le sien.

— Quoi, Jamal ? » le questionne-t-elle.

Ils dansent corps contre corps, le reste du club disparaissant jusqu'à ce qu'il ne subsiste plus qu'eux deux.

Miranda abaisse sa main, de sa poitrine à son ventre, à son entrecuisses, elle cherche.

« Sortons d'ici », dit-elle, et elle le prend par la main. Ils traversent la foule et sortent du club. Ils sont dehors, dans l'air frais. Ils flânent dans les rues faiblement éclairées, plantant le décor d'une idylle troublante. Elle l'embrasse, le plaque contre un mur. Il lui rend ses baisers, explore son corps de ses mains. Elle lui déboucle sa ceinture, ouvre le zip de son jeans.

« Je ne peux pas faire ça », souffle-t-il, exaspéré, et il s'écarte.

« Quoi ?

— Je ne peux pas faire ça. Je ne peux pas. Je suis désolé.

— Quoi ? Et pourquoi pas, bordel ?

— Je ne peux pas. Je ne peux pas, c'est tout. »

Il se libère d'elle et s'éloigne.

« Enfin, qu'est-ce qui te prend ? » Il l'entend crier et jurer, jusqu'à ce que sa voix devienne inaudible. Il marche, de plus en plus vite, accélère le pas jusqu'à courir, courir, courir – loin d'elle, loin de lui-même, loin de tout.

3 711 dollars.

17

COLINDALE, LONDRES NORD ; 19 H 15

J'ai suivi Jalil dans la cuisine. Aminah n'avait pas remarqué son coup de colère. Je n'attendais pas cela d'elle ; apprendre ce qui se parle à travers le corps, c'est comme apprendre une nouvelle langue. Chez elle, ce n'était pas encore maîtrisé. Et bien que ce ne le soit pas chez moi non plus, j'avais au moins assez vécu pour comprendre une partie de ces mots-là. J'ai ouvert la porte de la cuisine et découvert Jalil qui allait et venait, en faisant craquer ses phalanges.

« Est-ce que ça va ? » ai-je demandé, comme si je ne savais pas déjà que cela n'allait pas. Ce que j'avais envie de lui suggérer, c'était : « Raconte-moi ce qui ne va pas », mais Jalil n'aime pas que l'on émette des suppositions à son égard, en particulier celles qui le font paraître faible ou perdu. Il arpentait la pièce, et il grommelait. Je me suis avancé vers lui, j'ai posé mes mains sur ses épaules, le forçant à rester immobile un moment jusqu'à ce qu'il me regarde dans les yeux.

« C'est Aminah ? »

Il a secoué la tête.

« Alors, c'est quoi ?

— Il arrive, a fait Jamil, les yeux pleins d'une panique contrôlée.

— Qui ?

— Baba.

— Oh », ai-je répondu, avec une évidente confusion. Je n'avais pas conscience que c'était un motif de panique. J'enviais aussi le fait que ce soit une chose que je ne pourrais jamais dire, que mon père venait à la maison. Quelle étrange raison d'être envieux. « Et c'est une mauvaise chose ?

— Oui... je veux dire. Ce n'est pas que ce soit une mauvaise chose, mais c'est juste trop tôt. Il arrive. Il n'a pas précisé pourquoi. Je ne suis pas prêt.

— Quand ? Et pas prêt pour quoi ?

— Il sera ici la semaine prochaine. Et je ne suis pas prêt à le voir. Pas prêt à tout ce qu'il va faire et dire.

— Comme quoi ? Il sera juste content de te voir.

— Il va me raconter les même trucs qu'au téléphone, il va me parler de mariage, de me trouver un boulot convenable, et tout ça...

— Mais tu as Aminah, cela va sûrement faciliter les choses.

— Je ne lui ai pas parlé d'elle.

— Et pourquoi pas ?

— Qu'est-ce que je vais lui dire ? "Salut, papa, je sors avec cette fille, elle est mignonne. C'est pas encore vraiment sérieux. Au fait, il se pourrait que tu connaisses son père, il a un restaurant sur Edgware Road."

— Alors pourquoi as-tu organisé ce dîner ?

— C'est elle. Elle voulait rencontrer mes amis. Je pense qu'elle devenait méfiante sur ma vie privée et le fait que je refusais de poster la moindre photo sur les réseaux. Et elle m'a dit qu'elle n'était pas certaine de vouloir venir si on était juste elle et moi... trop de tentation, apparemment.

— Mais tu l'apprécies ?

— Ouais ! Bien sûr, je ne suis pas aveugle.

— Écoute, je penses que tu gamberges trop. Tu es juste inquiet. Tout ira bien. »

Je l'ai attiré à moi pour le serrer dans mes bras. Sa chaleur m'a enveloppé. L'odeur des huiles parfumées qu'il achète chez nos frères devant la gare de Brixton m'a bercé d'une sensation familière, confortable. Je l'ai humé, et je l'ai étreint plus encore, ne voulant pas le lâcher.

« Je me demandais où vous étiez passés, vous deux », s'est écriée Aminah en s'approchant de Jalil et moi. Nous nous sommes aussitôt séparés.

« On discutait juste », ai-je répondu, en souriant assez pour nous deux. Nous avons rejoint les invités, qui en étaient à présent au dessert : un assortiment de baklava avec du thé.

Observer la relation grandissante entre Aminah et Jalil m'a fait penser à la mienne.

« Le souci avec l'Occident, c'est qu'il crée l'Autre, et ensuite il vous en veut d'être cet autre ; il nourrit un préjugé contre vous, pour une chose qui sort de son imagination.

— En réalité, ils croient avoir été les inventeurs de la civilisation en se situant au centre de toutes les...

— Non, je ne pense pas qu'ils croient nécessairement cela, mais la quête de privilège est égoïste, et les Occidentaux ont besoin d'adhérer à ce qui les sert.

— C'est vrai, ils ne voient aucun problème à ce que les Africains ou les Arabes leur apprennent les maths et la science, et à ce que nos civilisations soient les centres culturels et intellectuels des périodes médiévales et précoloniales, dans tout le Moyen-Orient et toute l'Afrique, où ils sont allés apprendre et se faire instruire.

— Par contre ils ont un vrai problème avec le fait que tu te couvres la tête.

— Ou que tu portes une barbe, ou un sac à dos.

— À moins, bien sûr, que tu ne sois à Shoreditch en jeans moulant et baskets New Balance.

— Eh, c'est pas sympa... Je mets des jeans moulants et des baskets New Balance, moi.

— Quand j'étais à l'école, ce n'était pas à la mode. Crois-moi, j'en avais une paire et je me faisais houspiller. Ce sigle "NB" était immonde.

— En fait, à l'époque, tous les logos étaient immondes, sauf le swoosh de Nike.

— Ringard.

— Et ça le reste, d'après moi.

— Moi, maintenant, je suis pour la vie sans marques sans logos... et l'épargne.

— Super babacool.

— Babacool ? Nos oncles et tantes ont "épargné" depuis que nous sommes arrivés dans ce pays. À l'époque, on appelait juste ça autrement.

— Ouais, on appelait ça être pauvre. Et on se faisait chambrer.

— Maintenant, c'est "in".

— Mais tout est là, non ? Tout se déroule par cycles : les choses vont et viennent.

— Ensuite, est intervenu Jalil, puis-je me permettre, sans présomption aucune, de suggérer que nous avons négligé un détail assez important ; que peut-être ce... ressentiment envers l'Autre a toujours existé, seulement ils n'avaient pas encore le pouvoir de le traduire en acte. »

La table s'est tue.

« Le racisme et le préjugé sont fondés sur la peur. Et à la

racine de toute peur il y a une forme de stupeur. Ils te craignent, parce qu'ils t'admirent. Ils veulent être celui que tu es, sans être celui que tu es. Souvenez-vous, tous les empires ont connu l'ascension et la chute, mais seul le Sien est éternel, Alhamdulillah. Alors, en attendant que cet empire tombe aussi, trinquons... – la tablée s'est jointe à lui pour lever son verre de thé – ... car nous avons de l'air dans nos poumons, du sang qui coule dans nos veines et de l'amour qui bat dans nos cœurs. » Il avait fini, sa tasse levée en l'air, en regardant en direction d'Aminah, et moi qui le regardais.

Je ne sais pas au juste pourquoi j'ai décidé d'aller à l'église aujourd'hui, mais quelque chose m'y a poussé, m'a incité à me lever et à sortir, quelque chose de plus fort que ma fatigue, que mon désir de dormir. Je n'ai pas reçu l'accueil trop empressé réservé aux nouveaux venus ; et puis, ma fréquentation sporadique des lieux me valait une immuable réputation d'indifférent. Je suis arrivé à temps pour la dernière partie du sermon de Baptiste.

J'ai repéré Mami assise sur le banc du premier rang, les paumes jointes, penchée en avant comme si chaque mot prononcé par le pasteur Baptiste l'attirait plus près, plus près, encore plus près. J'ai effacé la voix du pasteur, réduit tous les bruits au silence absolu et l'ai juste regardé fouetter l'air de ses bras et arpenter l'estrade en long et en large, électrisé mais simultanément calme et posé. Il faisait plus l'effet d'un showman que d'un pasteur, au vu de la réaction qu'il s'attirait de la part de la congrégation.

J'ai rejoint Mami après le sermon. Elle était moins surprise de me voir, et elle a réagi d'un simple baiser sur la joue, comme si nous venions de nous croiser par hasard au supermarché ou à l'arrêt de bus. Elle n'attendait plus de visites surprises, elles étaient insatisfaisantes, elle voulait de l'engagement.

« Pasteur, tu connais mon fils, Michael. »

Le pasteur Baptiste m'a tout de même salué avec empressement, sa bouche traduisant sa félicité. J'ai réprimé un sourire. Il m'a fermement serré la main et son regard s'est attardé un peu plus longtemps que d'habitude. Il ne s'est pas éternisé pour nous présenter la pluie comme une source de bénédictions ou de prières, ou je ne sais quel autre symbolisme abstrait. J'ai appelé Mami pour qu'on s'en aille et elle m'a prié d'attendre un moment car elle devait parler à quelqu'un. Elle est retournée à l'intérieur de l'église, a emprunté les travées faiblement éclairées. Je l'ai vue parler au pasteur. Elle semblait différente, sautillante, comme une fan à un concert ou une écolière énamourée. Le pasteur Baptiste a posé ses deux mains sur ses épaules et l'a regardée intensément dans les yeux. Je ne pouvais pas entendre ce qui se disait. Il l'a embrassée sur la joue, ils se sont étreints puis se sont séparés. Leur lien semblait au-delà du physique. J'ai senti une chaleur monter en moi, comme si j'assistais à une chose qui ne devrait pas se produire.

« Je pensais l'inviter à dîner, m'a confié Mami alors que nous partions de l'église pour nous diriger vers la maison.

— Pourquoi ? » ai-je rétorqué sèchement, ce qui m'a surpris moi-même. Elle m'a lancé « le regard » que seuls possèdent les parents stricts et contre lequel, à mon âge, je n'avais pas encore formé de rébellion efficace. Je me suis repris et j'ai reposé la question, de façon convenable cette fois.

« Parce que c'est notre pasteur, et j'aimerais le remercier de toutes ses œuvres, par un repas... » J'ai remarqué le « notre » dans son discours, c'était intentionnel – Mami était calculée et obstinée, peut-être le seul trait que nous avions en commun.

« ... Et je pense que ce serait bon pour toi que tu le rencontres et, tu sais, que tu lui parles. Que vous fassiez connaissance. » La vérité se révèle, une fois que le masque est levé. Parler. Le mot est en soi un pistolet chargé, braqué sur vous sous tous les angles.

« Il n'a pas de projets ? Une famille ? Une femme et des gosses auquel il doit en priorité consacrer ses dîners ?

— Non. Il est dévoué à son travail, à sa mission. »

Je suis resté sans repartie. Je n'ai pas répondu, je me suis simplement enfoncé dans mon propre silence. Je savais que si elle m'avait parlé de ce dîner, ce n'était nullement parce qu'elle quêtait mon approbation, elle m'en avait simplement parlé pour m'informer que je devais y assister.

La semaine suivante, un soir, en rentrant à la maison, j'ai trouvé le dîner prêt. Le couvert était mis avec soin ; Mami avait sorti le service à trois couteaux et trois fourchettes, et les assiettes en céramique bleue avec des motifs blancs révélant les collines et les vallées d'un lieu inconnu. Elle n'avait plus utilisé ces assiettes depuis... je suis incapable de me souvenir quand, nous ne recevons pas beaucoup de visiteurs ces temps-ci. En revanche, je me rappelle les dîners que nous avions avec mon père. Nous nous tenions les mains et récitions la prière, et je levais les yeux, entre eux deux, sur leur tour d'amour. Père, l'homme auquel je pensais de plus en plus les années passant ; une blessure qui ne guérit jamais.

« Je suis désolé de mon retard, pasteur Baptiste, ai-je dit, après avoir accueilli Mami et m'être installé dans mon siège. J'avais des tas de copies à corriger au travail et j'ai été retenu par deux ou trois réunions. »

Ces réunions, c'était en réalité Sandra et moi, dans ma salle de classe, qui voulions voir qui de nous deux serait capable de relever le défi des Maltesers, les bouchées au chocolat : allongé sur la table, un Malteser posée sur ses lèvres froncées, il faut souffler dessus pour le soulever en l'air et le maintenir en équilibre, avant de réussir à le croquer : mon record était de huit secondes.

« Oh, pas la peine de s'excuser, m'a répondu le pasteur, tentant de se montrer élégant. Tu fais du très bon travail. Quel est ce plat ? C'est délicieux ! » a-t-il éructé, tout émoustillé, en tachant la chasuble qu'il portait. Je l'ai regardé, peu séduit. J'ai regardé Mami et je voyais bien qu'elle réfrénait son inclination naturelle à lui dire de « nettoyer ça », ce qu'elle aurait fait si ça avait été moi.

« Du *pondu*, lui a-t-elle répliqué.

— *Pon-du* », a-t-il tenté de répéter. Je détestais sa façon de prononcer ce mot : *pondu*. Pour la première fois, j'ai remarqué son accent dissonant des îles. Ce plat était particulier. C'était la nourriture préférée de mon père. Et en règle générale ma mère ne le cuisinait que lorsque je rentrais de l'université pour leur rendre visite. C'était si rare, et exaltant. Mais maintenant elle ne le cuisine presque plus, plus depuis que je suis revenu m'installer ; qui aurait pu prévoir que déménager à nouveau d'ici me prendrait tant de temps. Cela me minait, d'être à ce point retardé dans la vie ; pas de partenaire, pas d'endroit où habiter, pas d'enfants. Vers où se dirigeait ma vie ?

« Alors, pasteur, d'où êtes-vous originaire ? » lui ai-je demandé, à la fois avec insistance et regret, car j'avais envie de savoir, mais je n'avais pas envie de l'entendre parler.

« Eh bien..., a-t-il fait en se rengorgeant, après s'être essuyé la bouche. On pourrait considérer que je suis de partout, a-t-il continué, impressionné de son propre trait d'esprit.

— Vous diriez que vous êtes d'où ?

— Je suis né ici.

— Et vos parents ? Vous êtes marié ? Vous êtes allé à l'université ? ai-je insisté.

— Michael, cela suffit, les questions. Le pasteur n'est pas venu pour subir un interrogatoire.

— Cela ne me dérange pas, a-t-il répliqué, en riant nerveusement avant de continuer. Je suis né ici, mais ma famille est des Caraïbes, c'est-à-dire de Jamaïque, si vous voulez. J'ai vécu presque toute mon enfance là-bas, avec mes grands-parents, et ensuite je suis rentré ici à l'adolescence. C'est de là que me vient mon accent légèrement traînant que vous avez probablement remarqué... ma mère a été incapable de m'en débarrasser complètement, alors qu'elle n'arrêtait pas de me répéter de « parler convenablement ». Il a eu un petit rire pour alléger la tension dans l'air. J'ai regardé le pasteur Baptiste en m'attendant à ce qu'il poursuive l'histoire de sa vie.

« Et après..., ai-je insisté, avec impatience.

— Eh bien, à mon retour, les choses ont été un peu rudes, pendant mes années d'adolescence. Mais j'ai eu la chance d'entrer à l'université et d'en sortir avec un diplôme. J'ai enchaîné toutes sortes de boulots, nettoyer, garnir les rayonnages au supermarché, vigile et enseignant. J'ai adoré. Mais je devais passer à autre chose, j'ai été dépassé par certains problèmes qui n'étaient pas résolus, présentons-le ainsi. Et ensuite j'ai trouvé ma vocation...

— Qui est... ?

— Qui est ce que je fais maintenant.

— Ok, Michael, tu pourrais éventuellement accorder au pasteur une chance de finir de dîner ? » est intervenue Mami. Au ton de sa voix, c'était une question, mais dans son regard, il s'agissait d'une menace.

« Michael pourrait toujours venir me voir à l'église, si jamais il a envie d'en savoir davantage », a proposé le pasteur, sur un ton engageant. Après qu'il eut fini de dîner, et délicatement essuyé sa bouche et ses lèvres avec la serviette qu'il avait coincée dans le col de sa chemise, Mami a débarrassé et elle est revenue avec un thé.

« Bon, il y a une chose dont nous voulions te parler... », a-t-elle continué ; son ton de voix a changé pour devenir plus conciliant. « Le pasteur Baptiste et moi allons... nous allons... » Elle a bredouillé, elle cherchait ses mots. « Nous avons l'intention de nous marier. Et nous sommes venus vers toi pour te le faire savoir... pour avoir ta bénédiction. »

Ils étaient face à face, à table, ils ont eu un geste l'un vers l'autre et se sont tenus par la main comme s'ils avaient répété ce moment. J'étais sous le choc. Mon visage est resté immobile, figé, immuable, comme s'il avait été taillé pour la résistance, dans un bloc d'albâtre. Je n'ai rien dit.

« Ce type est un dingue absolu, ai-je lâché, exaspéré, à Sandra.

— Mr Barnes ? m'a-t-elle répondu, guère convaincue.

— Oui, Mr Barnes.

— Mr Barnes de la localité de Barnes qui fredonne la *Chevauchée des Walkyries* en attendant que le micro-ondes se libère en salle des professeurs ? Qui roule en deux-roues sur un de ces vélos pliables, et qui porte un casque et un gilet à marquages fluo ? Ce même homme qui propose tout le temps du thé à tout le monde et qui part en week-end seul pour visiter les différentes vallées d'Angleterre et poste ensuite des photos de lui le pouce levé sur Instagram ?

— Oui. C'est dingue que tu le connaisses aussi bien, mais oui, c'est le même type.

— Ok, qu'est-il arrivé ?

— Premièrement, tu m'as abandonné. Je suis sûr que tu

savais que cela se produirait, mais nous y reviendrons plus tard. Je pensais être arrivé ici le premier, mais il était là, il attendait déjà, surgi de nulle part. Nous ne savions pas quoi faire au juste, puisque nous nous attendions tous les deux à ce que ce soit toi qui animes cette journée, sachant que c'était ta brillante idée qu'on se retrouve tous, alors nous sommes allés acheter à manger, et puis nous avons repéré un pub où un écran de télé affichait le foot. Nous avons décidé d'entrer. J'ai pensé que ce n'était pas une mauvaise idée, au moins nous n'aurions pas trop à nous parler. Maintenant, je n'ai plus regardé un match de football depuis... peu importe, ça ne te dirait sans doute rien.

— Pourquoi ça ne me dirait rien ?

— Le foot, tu regardes ?

— Non.

— Tu vois.

— Mais cela ne signifie pas que cela ne me dirait rien.

— Euh. Restons-en à mon histoire. Donc, on est assis, ensemble, et on regarde. À ce stade, je ne sais même pas quelles équipes jouent, mais je soutiens la même que tout le monde dans ce pub... parce que c'est naturellement ce qu'il y a de plus intelligent à faire. Et nous sommes complètement encerclés par eux, ils entonnent tous leurs chants et tout.

« Mr Barnes n'arrête pas de réagir à toutes les occasions manquées ou à tous les buts ratés de peu par L'AUTRE ÉQUIPE. Je l'observe, sur le mode "Qu'est-ce que vous fabriquez, bon sang ?", mais il continue sans répit.

« Maintenant, je pensais qu'il ne soutenait aucune des deux équipes parce qu'il voulait leur expliquer : "S'ils nous montraient Barnes, on aurait un peu de vrai football", ou quelque chose de ce genre. Est-ce qu'au moins Barnes a une équipe de football ?

— Comment le saurais-je ?

— À ce moment-là, les autres supporters se mettent à nous lancer des regards franchement perturbants, agressifs. Évidemment, j'essaie de les ignorer, je plonge un peu plus le visage dans mon verre, mais je sens leurs regards sur ma peau.

« Ensuite l'autre équipe marque, 1-0. Barnes lève le poing, il lâche "Elle est rentrée", et un silence de mort s'abat sur la salle. Le score reste de 1-0 et à chaque minute qui s'écoule, la tension croît, l'atmosphère s'alourdit. Je me mets à tousser ; je crois que c'était l'angoisse de la situation, ce qui n'a fait qu'attirer davantage l'attention sur nous. Attends, pourquoi tu ris ?

— Parce que je peux m'imaginer où tout cela va mener. Et c'est tellement le genre de chose dont tu serais capable, typique, de ta part, d'envenimer les situations.

— Je n'ai encore rien fait. Mr Barnes répète qu'il a soif et propose qu'on se paie quelques verres. Je lui réponds "Oui" et je décide de me joindre à lui. Il se lève et marche, mais il se heurte à un grand type costaud, le crâne rasé, couvert de tatouages, qui portait trois verres à deux mains, dans une sorte de formation en triangle. Les verres débordent, il asperge son jeans et ses chaussures, mais il ne les lâche pas. "Fais gaffe, mon pote", s'écrie-t-il. Mr Barnes réplique : "Oh, va te faire foutre !" Mais ce n'est pas tout : s'il te plaît, explique-moi pourquoi il change son accent pétulant de gars du Nord contre le cockney de l'East London ! L'autre type pose ses verres, se plante devant Mr Barnes, qui est à l'évidence un petit gabarit, et arrive donc à la poitrine du gars.

« Il lui fait : "Tu as un problème, mon pote ?", et Mr Barnes lui répond : "Je suis pas ton pote". Tu m'appelles 'mon pote' encore une fois et je te colle tes tatouages sur le front." »

Sandra m'a dévisagé, la mâchoire décrochée très, très au sud, à mi-chemin du sol.

« Écoute, ensuite il... »

Il y a eu un coup frappé à la porte, qui nous a fait sursauter, Sandra et moi. Mr Barnes a fait son apparition, en passant la tête par la porte. Il était égal à lui-même : timoré, emprunté, réservé, bredouillant un bonjour, ne sachant pas trop comment ce serait pris.

« Je ne vous ai pas vu dans votre classe… j'allais passer vous dire bonjour, a-t-il expliqué, l'air penaud.

— Je vous rejoins plus tard », ai-je répondu.

Mr Barnes a hoché la tête, sa tête a pivoté, a repassé la porte, et il s'est éclipsé.

« Tu as vu ça ? La folie dans ses yeux.

— Ah, ouais, il est vraiment spécial. Alors, termine ton histoire, m'a supplié Sandra dans une crise de rire.

— Aucun intérêt, pour être franc, ai-je soufflé.

— Ouais, aucun intérêt d'inventer des histoires qui font paraître ta vie si ennuyeuse plus excitante qu'elle ne l'est en réalité. »

18

COLLÈGE GRACE HEART, LONDRES ; 16 H 15

Le crépitement des pas et le claquement des balles en cuir rebondissant sur le parquet se répercutaient à travers les doubles portes devant lesquelles je me trouvais avant d'entrer. Je m'étais changé aussi vite que possible mais j'étais en retard. Je me demandais si Duwayne était déjà là. Je l'avais battu au un contre un. Après une semaine d'exercice intense en salle, à courir et à aller dans le parc tirer des balles, il m'aurait battu facilement alors je me suis simplement appuyé sur ma taille et mon poids, après tout je mesure un mètre quatre-vingt-trois et lui un mètre soixante-douze. Je l'ai juste forcé à reculer et j'ai tiré au-dessus de sa tête, en me servant de ma force d'homme adulte, comme le ferait n'importe quelle personne sensée. C'est resté serré, jusqu'au score final, et je l'ai emporté 11-10 sur le dernier tir ; j'ai fait mine de rester mesuré parce que je ne voulais pas le gêner, mais au fond de moi j'avais ressenti plus de pression en jouant cette partie d'un contre un que si l'on m'avait appelé « L'Élu » (l'un des surnoms de LeBron James) avant d'avoir jamais joué un match professionnel.

Mr Black a hurlé : « Ligne de fond », et il a entamé le compte à rebours, « cinq, quatre, trois... » – les élèves ont couru vers le bout de la ligne – « deux, un ». J'ai vu Duwayne à l'autre extrémité. Il était concentré droit devant lui. Il a rompu cette concentration après avoir remarqué que je le regardais. Il a souri. Je lui ai fait un signe de tête. J'étais incapable de me souvenir de la dernière fois que je l'avais vu sourire, et même de l'avoir vu sourire un jour. « Partez ! » a beuglé Mr Barnes, et les élèves se sont placés en formation, tandis que je suivais, déconcerté.

L'entraînement était dur. À la fin, je me suis assis, j'ai bu de l'eau, mes poumons sifflaient, j'essayais d'avaler autant d'air que je le pouvais, par peur de défaillir. J'avais atteint mon objectif suprême : ne pas me ridiculiser. Et j'étais peut-être allé un peu plus loin.

« Monsieur ! Monsieur ! Je ne savais pas que vous étiez capable de smasher ! C'était INCROYABLE. » Certains des élèves sont venus vers moi, tout excités.

J'ai ri avec nonchalance, la jouant cool, *tu ne dis rien, tu ne dis rien.*

« N'en rajoutez pas, monsieur. C'était juste un smash. Mais quand même, vous avez été top. »

Au cours des dernières minutes de la séance d'entraînement, je m'étais senti accélérer, tout se jouait entre moi et le panier. Je courais aussi vite que je pouvais, je projetais mon corps tout entier vers l'anneau, les yeux fermés, la balle en main. Avant de réaliser, je l'avais smashée, en me suspendant à l'anneau pour accentuer l'effet.

« Super cool, super cool », se sont-ils exclamés, en se tapant dans la main et en m'acclamant.

J'ai remarqué Duwayne qui parlait avec Mr Black et je suis allé les rejoindre.

« Je suis content de vous voir ici », a dit Mr Black, nous

dominant de toute sa stature, Duwayne et moi. Il s'est tourné vers moi. « Il a du potentiel. Je voudrais qu'il continue de venir s'entraîner et qu'il intègre l'équipe. Nous avons bientôt un match important pour accéder à la finale de la coupe, et nous aurons besoin de tous les soutiens possible. »

Duwayne a levé les yeux du sol, l'air radieux.

« Je pense qu'il est prêt », ai-je répondu, en lui donnant une petite tape dans le dos, et il a hoché la tête. J'avais l'impression de parler à un garçon tout à fait différent de celui qui était assis dans le fond de la classe, avachi avec une main à l'entrejambes.

Le changement que j'avais espéré depuis le début commençait tout juste à se voir.

« *Tu n'as rien dit*, a fait Mami en français, alors que je la contournais et qu'elle restait immobile au milieu de la cuisine. Tu n'as rien dit, a-t-elle répété, en anglais cette fois.

— Et alors ? ai-je répliqué.

— *Tu ne vas pas parler ?*

— Pourquoi devrais-je parler quand je n'ai rien à dire ?

— *Rien du tout ?*

— C'est exact. Rien. Rien du tout. »

J'avais fini de laver une assiette dans l'évier et je rassemblais un couteau et une fourchette. Je me suis rendu compte du volume de bruit que je provoquais, l'entrechoquement du métal contre le métal dans l'évier et le claquement des placards en bois, mais je m'en moquais. J'étais en colère, au bord de l'apoplexie, le sang bouillant d'une rage vénéneuse, mais je ne pouvais être en colère contre elle. Elle était ma mère et j'ai donc dirigé ma fureur contre tout le reste et, surtout, contre moi-même – en laissant la rage se consumer intérieurement.

Mami avait cuisiné du *loso*, du *soso* et du *pondu*. J'ai préparé une assiette. Elle ne cuisine presque plus jamais de *pondu*. Elle dit qu'elle n'a pas le temps, mais elle sait combien j'aime ça et je n'ignorais pas que cette fois, c'était sa tentative de conclure la paix. Je suis sorti de la cuisine en trombe, je me suis installé au salon pour manger et j'ai allumé la télé, en montant le volume assez fort pour noyer tout conversation potentielle.

« Et voici les news CNN du jour : UN HOMME NOIR NON ARMÉ EST MORT, ABATTU PAR LA POLICE au cours de ce qui semblait devoir être un contrôle routier de routine. L'incident est survenu entre... » Je me suis assis pour regarder les news, en mâchant mon plat, en grinçant des dents, en serrant les mâchoires. Mami est entrée dans la pièce.

« Tu peux baisser le volume ? J'essaie de te parler », m'a-t-elle dit. Je l'ai ignorée et j'ai continué de manger. Elle a attrapé la télécommande et coupé le son. Nous avons tous deux regardé en silence la rediffusion des images du corps du jeune Noir gisant sans vie, au sol.

« Mais s'il te plaît, réponds-moi, pourquoi ne dis-tu absolument rien ?

— Au sujet de ? Quoi ? ai-je rétorqué, sur un rythme staccato, d'une voix cassé qui n'était que l'ombre de ma voix.

— Au sujet de moi et... – elle a hésité – ... du pasteur. Cela fait une semaine. Et tu n'as rien répondu.

— Je n'ai rien à dire au sujet de toi et de cet homme.

— Nous avons décidé de vivre ensemble. Je pensais que tu serais heureux.

— *Heureux* ! » Je me suis relevé d'un coup, comme si une décharge électrique m'avait pénétré par les pieds dans tout le corps. « Heureux de quoi ?

— Heureux pour moi...

— Comment puis-je être heureux pour toi ? » J'ai contourné la petite table basse pour aller au buffet où elle se trouvait. « Et lui alors ! »

J'ai empoigné la photo encadrée de mon père et je la lui ai fourrée dans les mains. Je l'ai observée la tenir délicatement entre ses paumes, une unique larme roulant de ses yeux sur le verre du cadre comme une goutte de pluie tombée d'un nuage de mille souvenirs.

Elle a levé vers moi ses yeux rougis, entre la colère et la tristesse, les lèvres tremblantes. Elle m'a giflé, fort, en pleine face. Si fort, que j'en ai encore entendu l'écho résonner dans mes oreilles de longs instants après. Mais je n'ai pas flanché, je n'ai pas pleuré comme lorsque j'étais petit garçon. Je suis un homme maintenant. Je l'ai juste regardée avec fureur. Je me suis redressé dans mon siège, hypnotisé par la télévision où l'on interrogeait des voisins au sujet de la mort par balles de cet homme ; je les voyais parler, je sentais la douleur sur leurs visages.

« Alors, c'est cela que tu veux me remémorer..., m'a-t-elle dit. Ai-je oublié ?

— Tu as peut-être oublié. C'était ton mari, mon père.

— Cela fait vingt ans... vingt ans ! Et il ne s'écoule pas une seule journée sans que je ne pense à ton père. Il ne s'écoule pas une seule journée sans que je regrette de n'avoir pas pu lui dire de ne pas repartir.

— Alors pourquoi épouses-tu cet homme ? Pourquoi ?

— Michael, j'aimais ton père. Mais ta mère est vieille. Je suis une vieille femme, je vieillis. J'ai besoin qu'on prenne soin de moi.

— Je serais ici, pour prendre soin de toi.

— Tu as ta propre vie. »

« Il n'a rien fait. C'était mon papa. Il n'était pas armé. Il était innocent. La police l'a abattu. Ils lui ont tiré dessus. »

J'ai regardé la jeune fille fondre en larmes, en direct devant la caméra. Elle aurait pu être l'une de mes élèves. Je me demandais l'effet que cela ferait, de devoir retourner à l'école demain, de la voir assise dans ma classe, et de lui poser des questions creuses : « Tu as fait tes devoirs ? », ou « Tu arrives à faire front ? ». Cela semblerait si inhumain, si brutal, si insensible. Ce monde.

« Michael, je veux que tu vives ta vie, que tu aies une famille.

— Je ne peux pas l'accepter, toi et cet homme.

— Ce n'est pas n'importe quel homme, c'est un pasteur.

— Je ne lui fais pas confiance. Je n'ai pas envie qu'il soit dans ta vie.

— Mais c'est ce que je veux, moi. Nous avons décidé. Nous l'avons déjà annoncé à l'église, tout le monde le sait.

— Alors entre lui et moi, tu dois décider. Si tu l'épouses, tu n'auras plus de fils, et je n'aurai plus de mère. Cela dure depuis trop longtemps. Il y a trop de familles qui sont déchirées juste parce que... » J'ai attrapé la télécommande, éteint la télé et je suis sorti de la pièce d'un pas énergique.

J'avais quitté l'appartement si vite que j'avais oublié de prendre mon manteau. J'ai senti la bise me claquer dans la nuque comme une petite frappe de cour de récréation. J'ai relevé ma capuche, en la serrant bien autour de ma tête. Le vent m'a colonisé les os, ce qui m'a donné envie de retourner à la maison, mais si la fierté endurcit la peau, alors j'en portais assez de couches pour me protéger d'un blizzard. Pourtant, intérieurement, je me sentais ramolli, au bord de la tristesse. Les rues étaient baignées d'une lamentation lugubre par la lueur orangée, déclinante, des réverbères. J'ai décidé de marcher vers le canal, le chemin que j'empruntais parfois au pas de course, et je le trouvais un peu plus sombre que d'habitude.

Je n'arrivais pas à croire que Mami veuille se marier, et avec le pasteur, pour couronner le tout. Je ne me fiais pas à lui. Mais enfin, comment osait-elle ? Et mon père ? Comment pouvait-elle l'oublier et juste passer à autre chose ?

Mon téléphone a vibré dans ma poche. J'ai vu trois appels manqués de Mami, et une succession de messages.

Qu'est-ce que tu fiches ? Frère, appelle-moi asap. – **Jalil**

Eh, ça va ? – **Sandra**

Sandra avait un sens particulier du timing, avec ses messages, comme en corrélation directe avec ce qui se passait dans ma vie. À son insu, elle m'envoyait toujours des SMS me demandant comment j'allais au moment où j'avais le plus besoin qu'on me le demande. Je vais bien, et toi ? ai-je répondu. Ouais, des problèmes de mec. On devrait causer, non ? m'a-t-elle promptement répondu. J'ai mis de côté le message de Jalil, à traiter à un autre moment, et j'ai éteint mon téléphone. Le froid était devenu intolérable. J'ai décidé d'abréger et de rentrer à l'appartement. Le pont était juste devant, et j'ai pu apercevoir se profiler leur groupe de fantômes, tout comme précédemment. J'ai entraperçu Duwayne. Son nez pointait de la doudoune qu'il portait, le pourtour de la capuche garni d'une épaisseur de fourrure, les mains glissées dans les poches de devant du pantalon de survêtement qu'il portait bas. Je me suis senti trahi. J'aurais voulu courir là-bas et l'éloigner de force, comme si j'étais son père. Mais ce n'était pas un sujet que nous avions abordé. Je me suis demandé s'il m'avait vu ou non, et j'ai décidé de laisser les choses en l'état.

Nous marchions dans Edgware Road – Jalil, son père et moi –, nous sommes passés devant l'hôtel Hilton, la pharmacie et tout le chapelet de restaurants où, assis dehors, une majorité de jeunes hommes d'origine moyen-orientale lâchaient en l'air des ronds de fumée de leur chilom. Juste avant, j'étais passé chez Jalil après le travail pour rencontrer son père, que j'appelais « monsieur ». Je me sentais coincé entre plusieurs termes, et il m'avait répondu : « Je t'en prie, appelle-moi Baba. Tu es mon fils toi aussi, j'ai beaucoup entendu parler de toi. » Il m'a embrassé sur la joue et m'a serré dans ses bras, m'enveloppant de sa chaleur et comblant, ne fût-ce qu'un peu, un vide existant de longue date. Certaines choses viennent à vous de manière telle que vous ignoriez en avoir besoin. J'ai pris place et écouté de la bouche de Baba, avec son fort accent, des histoires que Jalil avait dû entendre mille fois auparavant. Toutefois, il avait fini par s'impatienter et il voulait manger, nous sommes donc tous sortis à la recherche d'un endroit, et nous nous sommes retrouvés de ce côté de la ville.

« Il fait toujours ça ? » ai-je demandé à Jalil, qui m'a regardé, lèvres pincées, et en guise de réponse il a fait « oui » de la tête. Il comprenait très exactement l'objet de ma question. Baba marchait devant nous à grandes enjambées, il nous précédait de plusieurs pas, alors que nous cherchions un endroit où manger.

« Même s'il ne sait pas où il va, il marche quand même devant pour arriver avant tout le monde. »

J'ai ri car c'était ainsi que je voyais Jalil : si nous sortions en groupe, il se débrouillait toujours, d'une manière ou d'une autre, pour se retrouver en tête et ouvrir la marche.

« Où est-ce que nous allons manger ? ai-je demandé.

— Je ne sais pas. Trouvons juste le restaurant où il y aura aussi peu de monde que possible à l'intérieur, comme cela il risquera moins de provoquer une scène.

— Pas bête. Le restaurant de la famille d'Aminah, tu sais lequel est-ce ?

— Non. Je sais juste que c'est quelque part dans cette rue, mais elle a refusé de me dire lequel c'est.

— Oh, zut, imagine qu'on se retrouve bel et bien dans son restaurant », ai-je dit, en riant à cette éventualité. Jalil m'a fusillé d'un regard sévère, choqué, l'air mécontent.

« Ce n'est pas drôle, frère. Et si ça arrivait vraiment ?

— Ça n'arrivera pas, ne t'inquiète pas. C'est du genre zéro risque. »

Après avoir marché jusqu'au bout d'Edgware Road et être entré puis sorti de nombreux restaurants, nous en avons trouvé un où nous pouvions dîner à l'intérieur, un endroit dépouillé au décor triste : quelques œuvres d'art contemporain arabe et une note délicate de musique de sitar étaient censés créer une atmosphère « authentique ».

« C'est manifestement fait pour les étrangers, a remarqué Jalil, s'efforçant de se rassurer, et en plus, ce n'est pas le style d'Aminah, les couleurs sont trop ternes. »

Je lui ai jeté un rapide coup d'œil et conclu que le style d'Aminah l'avait affecté lui aussi, surtout dans son intérieur – quelques fleurs, une photo encadrée, des bougies parfumées – mais sa garde-robe semblait également désormais plus colorée ; il portait un sweater orange feu sur une chemise bleu ciel qui faisait un contraste avec ses yeux, sur un chinos couleur kaki et des bottines marron.

On nous avait servi suffisamment de nourriture pour ravitailler le restaurant entier, et donc amplement assez rien que pour nous trois.

Baba a dévoré ses plats, en roulant les naans de ses doigts nus et en s'y attaquant avec toute la stratégie d'un prédateur, alors que Jalil nous faisait son plus beau numéro, affichant une délicatesse factice, en maniant le couteau et la fourchette.

Après avoir commencé au couteau et à la fourchette, j'ai changé et imité Baba, en continuant plutôt avec les mains.

« Fils... »

Quand Baba s'adressait à Jalil, je l'imaginais s'adressant aussi à moi. Ce « fils » amorçait chacune de ses phrases comme une fanfare.

« Oui, Baba », lui répondait Jalil après chaque phrase concernant tel ou tel membre de la famille, où ce qui se passait à tel ou tel endroit, son ton de voix devenant de plus neutre, et plus feutré, jusqu'à se réduire à un morne murmure.

« Et finalement, tu attends quoi ? s'est étonné Baba, en s'arrêtant de manger et en levant les yeux vers Jalil, joignant les mains, entrecroisant les doigts.

— J'attends quoi, Baba ? s'est enquis son fils, véritablement perdu.

— Pour le mariage ! Eh, ne fais pas semblant, pas avec moi », s'est moqué le père.

Jalil a lâché un gémissement. Je suis resté spectateur, dans l'entre-deux.

« Il le faut. Ton heure est venue. J'attends de toi que tu te maries d'ici la fin de l'année. Pour fonder une famille.

— Baba, ce n'est pas le bon moment...

— Pas de mais. Quand j'avais ton âge, ta mère et moi avions déjà entamé notre vie. Et tu étais déjà un grand garçon.

— Mais ce qui est fait pour toi n'est pas forcément fait pour moi.

— J'ai dit pas de mais. »

Jalil est retombé dans le silence et il a baissé la tête.

« Je te dis que tu dois te marier... parce que je veux te donner la maison, que tout soit à ton nom. À toi, fils. Tu es la seule chose qui me pousse à revenir. Or je n'ai pas envie de revenir ici, dans cet endroit. Ce n'est pas mon chez-moi. »

19

CENTRE DE CHICAGO, ILLINOIS ; 18 H 39

« Eh, mec, ça, c'est ma came à moi », s'excite Banga, en augmentant le volume de l'Afro Trap qui produit une ligne de basse si puissante qu'il fait vibrer les portières de la voiture et osciller les deux dés suspendus au rétroviseur. Michael est monté dans le taxi, et quand Banga lui a demandé « On va où ? », il lui a juste dit de rouler. Banga voit bien que Michael est un touriste, pas seulement un vacancier, mais un touriste de la vie – qu'il est un homme à la recherche de quelque chose.

« Okidoki, mec. Chi-*town*, c'est ma ville. J'vais te montrer », fait Banga avec un accent qui mêle la densité des deux lieux qui brûlent en lui : le feu de ses racines africaines marié à la chaleur des banlieues de Paris qui l'ont élevé.

Banga parle sans cesse. Il se déverse sans frein sur Michael qui l'écoute et se montre attentif aux détails les plus ordinaires, de la femme qu'il a failli épouser à la carte verte qu'il s'est procurée, jusqu'à ce qu'il a pris au petit déjeuner ce matin. Ils sont maintenant dans le centre de Chicago, et Banga est impatient de lui pointer du doigt tous les hauts lieux de la cité devant lesquels ils sont passés : l'United Center, la statue de Michael

Jordan, le DuSable Museum d'Histoire afro-américaine, le musée d'Art contemporain, et ainsi de suite.

Chicago est une ville qui vous rend ce que vous lui donnez, c'est l'amie qui vous appelle juste pour voir comment vous allez, c'est l'inconnue dans le métro qui a le temps d'écouter vos problèmes, c'est le gentil sourire d'un visage au passage, c'est le « allez, on le fait » en réponse à une idée ou à un projet, les bras ouverts d'une étreinte, c'est toute la chaleur ressentie malgré le froid perçant du lac, qui serait même capable de geler cette larme sur votre joue, mais les saisons passent et la splendeur revient toujours, avec le soleil.

« Comment ça va, mec ? T'as l'air du genre stressé. Tu es trop silencieux. J'aime pas quand les gens sont trop silencieux. Tu vas parler, et je vais t'écouter », décrète Banga.

Michael lève les yeux dans le rétroviseur sur son chauffeur qui le regarde à son tour avec un grand sourire, puis détourne la tête. Stressé. *Cela prend trop de temps. Cette marche vers la mort, elle est lente et pénible, plus douloureuse même que la mort proprement dite. Nous vivons comme si nous étions libres, parce que nous ne savons pas quel jour elle viendra nous chercher. Mais j'ai conclu un pacte, une décision par laquelle je n'attends pas l'arrivée du dernier jour, que ce dernier jour m'attende. Chaque journée qui m'en sépare est une souffrance ; une obsession pour l'esprit.*

Stressé. Il est plus facile de tuer quelqu'un d'autre que de se tuer. L'instinct le plus puissant de la nature est la survie, rester en vie, et quiconque surmonte cet instinct possède une grande force, et non une faiblesse.

« On va se trouver à manger », dit Banga, interrompant Michael qui regarde par la fenêtre.

Il est tard. Ils s'arrêtent devant un fast-food de cuisine des Caraïbes et prennent du cabri au curry et des pittas fourrées. Ils mangent leur plat dans le taxi. Le compteur qui tourne atteint la centaine, mais Michael s'en moque – « Laisse-le tourner », c'est ce qu'il a dit à Banga quand il lui a posé la question.

Il a des pincements de nostalgie au cœur, comme s'il repensait à une amante passée, à tous leurs bons et leurs mauvais moments. Cela lui rappelle les restaurants caraïbéens de Dalston ou de Tottenham High Road, et ce que peuvent avoir toujours d'attachant les serveurs derrière le comptoir qui ne vous sourient jamais ou qui vous disent « Ça on a pas » : malgré tout, vous ne cessez pas d'y retourner parce que vous adorez ça. Et vous pourriez dire que c'est de l'amour, mais seulement un certain genre d'amour connu de très peu de gens – un amour qui n'est que pour nous.

Michael se sent vulnérable et seul. Être proche de ceux qui le connaissent, c'est trop, mais être avec un inconnu, ce n'est pas assez. Banga le dépose dans le South Side et se gare dans le parking au niveau rue de l'appartement situé derrière la 82e Rue, où il habite. La neige tombe encore, mêlée de pluie ; des flaques remplissent les nids-de-poule de la chaussée comme des lacs. Les rues sont désertes. La quincaillerie du trottoir d'en face, le salon de coiffure, le restaurant quelconque de l'autre côté, en face de la salle d'arts martiaux qui partage le même immeuble, tous sont fermés.

Il plonge la main dans sa poche arrière, sort son portefeuille et paie Banga avec plusieurs billets, sans regarder. Banga prend cet argent à contrecœur. Il regarde Michael comme s'il y avait autre chose de supérieur qu'il aimerait lui rendre.

« Eh, écoute, j'viens te prendre demain soir. Neuf heures. Quand j'ai fini mon service. Tu me retrouves ici, okidoki ?

— Cool. »

Ils se saluent d'un check et il s'en va.

La lumière vive du grand réverbère sur la rue dissipe l'atmosphère lugubre de l'appartement. Michael est sur les nerfs.

Complètement éveillé, assis dans le canapé du salon, le regard fixé par la fenêtre dans le néant du dehors, il respire, respire, respire.

Le bus met trop de temps à arriver pour qu'il puisse attraper le train de la ligne L, alors il décide de marcher. Il passe devant de vastes demeures et des appartements, chacun arborant sa teinte de peinture décolorée et ses fenêtres aux vitres brisées qui laissent entrer la lumière dans un monde défait, il passe devant le coiffeur, puis la petite surface de proximité au coin de la rue, où un vigile armé protège le magasin, d'ordinaire jusque tard dans la nuit, a pu constater Michael en rentrant chez lui après deux heures du matin, il a vu le pistolet à son ceinturon comme un symbole d'honneur, il passe devant les peintures murales des héros du quartier, il en connaissait certains, et d'autres pas – tous avec des visages ressemblant au sien –, puis devant l'église, devant le restaurant de plats à emporter des Caraïbes, où il s'arrête pour s'acheter un peu de plantain avant de continuer vers le pont, jusqu'à la gare de Cottage Grove.

Lorsqu'il y arrive, il avise une station-service sur la droite avec un pictogramme de distributeur de billets.

Il se rend à la machine, contrôle l'état de son compte – 3 211 dollars. Pour la première fois, il s'aperçoit à quel point son argent file vite, et à quel point l'inévitable se rapproche petit à petit. Il marmonne quelques jurons à mi-voix et abat le tranchant de son poing sur le clavier du distributeur. Épuisé, il souffle et sent un peu de vie le quitter. Il retire deux cents dollars.

Un homme s'approche de lui. Il a l'air lugubre, grand, brun, des fringues larges, pas rasé, un reflet de Michael dans les yeux d'un autre.

« Salut, frère, fait l'homme sur un ton de voix plus aigu qu'attendu, t'es d'où ? » Le type marque un temps. « Tu es africain ? » demande-t-il.

Michael le regarde, sans savoir que répondre ; *conscient de ce que nos histoires nous ont ébranlés, deux branches tombées du même arbre, leurs feuilles soufflées par deux mille saisons de vents violents, des semences disséminées sur un sol nu.* Il lui répond : « Oui », avec toute la normalité qu'a réussi à puiser sa voix.

L'homme lui tend la main, lui serre la sienne, et ils s'étreignent, comme si c'étaient les retrouvailles d'une fraternité perdue.

« J'ai bien vu, continue l'homme, que tu avais quelque chose de différent. »

Différent. Michael se demande de quelle différence il s'agissait, car quelle que soit la différence que l'homme voyait en lui, il en voyait autant chez l'homme. Ensuite, ils se sont parlé, de leurs vies, en s'informant l'un l'autre de toutes leurs années d'existence depuis leur naissance, de leur famille, de leur foyer, de leur pays et de l'absence totale de pays, et de ce qu' « ils ne nous ont rien appris de notre histoire, mec ».

Il remarque les tatouages dans le cou de l'homme : la pyramide, la croix, l'Afrique. La tête est enveloppée dans un durag, couronnée d'une casquette, et sur le moment il devient cet homme, qui le regarde, et il voit à travers les yeux d'un autre le visage qu'il commençait à oublier. Il ressent ce que l'autre ressent, qu'en lui aussi se livre une bataille pour la vie – une lutte pour la volonté de vivre.

Banga s'arrête, immobilise son taxi poussiéreux vert et jaune dans un crissement, comme si c'était une voiture de sport. Son visage s'éclaire d'un grand sourire.

« J'ai bien vu que tu aimais tes bouquins, et tout ton merdier de gros malin, rigole Banga en conduisant, alors j'ai pensé qu'on pourrait aller à cette soirée *open mic*, c'est ouvert à tout le monde.

— Oui ? » répond Michael avec une authentique surprise, et il se demande pourquoi il a sous-estimé le fait que Banga puisse montrer de l'intérêt pour un événement culturel et créatif.

« Ouais ! Ils ont des écrivains, des poètes et des gens qui se pointent là-bas, et ils lisent leurs œuvres, ils partagent leurs histoires. C'est dans un café-bar, alors on peut aussi manger... c'est moi qui invite. »

Il quitte l'avenue des yeux, se tourne vers Michael et sourit.

Ils entrent dans le café-bar, passent devant le bar et entrent dans la partie café nichée dans le fond, au calme. Ils commandent à manger et à boire, puis ils prennent place. Malgré le froid qui s'infiltre de l'extérieur, ils sont dans le silence et au chaud. La pièce commence à se remplir et la soirée à micro ouvert commence avec l'animateur, un type rugueux, Pete, tandis que Banga continue de parler sans interruption des passagers qu'il a chargés aujourd'hui. Michael opine, écoute, feint de lui prêter attention. L'animateur ouvre la voie qu'empruntera chaque poète pour mener l'auditoire dans son périple ; chaque poème est une histoire, chaque histoire, un univers.

Il présente le poète suivant, qui émerge de sa place assise au milieu du public et se lève, de toute sa stature, devant le micro, la casquette vissée sur le crâne, la barbe soigneusement négligée ; un homme de plusieurs mondes, et qui les arpente avec les mots. Banga continue de parler, mais se sent ensuite aussi obligé d'écouter. L'auditoire fait face au poète, qui amène la salle au silence.

« Ce poème que je vais partager avec vous, je l'ai écrit alors que je traversais l'une des périodes les plus noires de ma vie, quand chaque journée était encombrée d'une aigre monotonie, je me sentais pris au piège d'une totale obscurité et n'avais aucune envie de me réveiller pour voir le jour suivant. »

La salle est parcourue d'un léger remous, se pose dans un silence de bouches closes et de cœurs ouverts.

« Je passe la plupart de mes journées à tenter de comprendre ce que ces journées signifient, et je reste enlisé.

« Enlisé entre trop me soucier et ne pas me soucier assez, entre m'agripper trop longtemps et lâcher prise trop facilement, mes pieds trébuchant sous moi, tentant de suivre cet étroit chemin. Je regarde autour de moi, et tout ce que je vois, ce sont des visages qui rient, une herbe plus verte de l'autre côté, de grands yeux, des sourires débordants et des cœurs pleins, de la musique à plein tube, et l'excitation nerveuse du contact accidentel de deux amants, au tout début. Je me regarde, et je ne vais vite nulle part.

« Peut-être n'est-ce qu'une façade. Un masque superficiel pour dissimuler le fait qu'intérieurement nous souffrons tous, qu'aucune fierté ne suffirait à sécher la mer de larmes, des années de douleur, dans l'attente que les nuages se dissipent, que la peur retombe comme de la poussière. Et vous savez quoi ? Certains jours, je suis juste fatigué. Certains jours, j'ai à peine assez de force pour porter le fardeau de mon cœur lourd, et moins encore le poids du monde sur mes épaules, certains jours j'ai besoin d'un espace à moi, sans Internet, sans téléphone portable, et certains jours, j'entends une voix qui m'appelle tout au fond de ma tête, chaque syllabe retentissant comme une gouttelette de lumière, et elle me dit : “Pourquoi voudrais-tu courir quand tu as des ailes au lieu de pieds ? Vole.” Alors, cela s'adresse à tous ceux qui ont des ailes au lieu de pieds et qui continuent de courir, je vous en prie, ne courez pas. Volez.

« Volez comme la plume du poète sur la page, volez, comme si c'était votre douzième anniversaire, et comme si vous veniez d'émettre le plus grand des vœux, de souffler une bougie à la flamme de la taille du soleil, et l'obscurité de l'univers est maintenant votre salon. Volez, comme minuit, comme le clair de lune, comme un cycliste en ville dévalant une pente, écouteurs sur les oreilles, sans les mains. Volez, comme un jogger, dans le parc, qui court contre le coucher du soleil, sans regrets, comme si toutes les erreurs que vous avez jamais pu commettre venaient d'être lavées. Volez, comme si votre nouvel amour venait de vous remarquer, sur votre trente et un, et venait à vous en vous tendant des roses et des chocolats pour vous inviter à un rendez-vous, et c'est lui qui paie. Volez, comme si vous n'aviez jamais cessé de croire en l'amour. Comme si vous n'étiez pas le seul. Il y eut un temps où tout ce que vous imaginiez était réel. Votre esprit est l'instrument le plus puissant que vous posséderez jamais ; il n'est surpassé que par votre cœur, que vous sentez, et ils sont faits de la même et unique matière, alors, volez.

« Volez comme si vous ne vous inquiétiez pas des jours, des mois et des années qui vous vieillissent, parce qu'à chaque jour que vous vivez vous êtes plus jeune que vous ne le serez jamais, et nous vivons éternellement, dans chaque rêve, dans chaque sommeil, nous conservons une part de nous-même, juste pour nous en faire le don mutuel.

« Alors, ceci s'adresse à tous ceux qui ont des ailes au lieu de pieds et qui continuent de courir, je vous en prie, ne courez pas, volez. »

3 011 dollars.

Michael sort et se dirige rapidement vers les toilettes tandis que le public applaudit le poète. Il se précipite au lavabo, ouvre le robinet d'eau froide et s'en asperge le visage. Il fixe le miroir, scrute cette face qui le dévisage – le visage qu'il oublie – le visage qu'il veut faire oublier. Ses yeux commencent à déborder de larmes qui coulent, un simple filet qui se change en rivière. *J'ai peur. Je sens que ça se rapproche, je sens l'épée en suspens au-dessus de ma tête, prête à tomber, presque à tout moment, et j'ai peur. Mais de quoi ai-je peur ? Il n'y a pas d'autre voie.*

La décision a été prise, elle m'appartenait. Et je m'y tiens. Mais quelle est cette sensation ? Je me sens plus léger, en légèreté, libre. Cette voie-là est la meilleure car, à l'inverse de tout le reste dans ma vie, c'est ce que j'ai choisi.

Quelqu'un ouvre la porte et entre. Michael s'asperge encore le visage d'un peu d'eau pour camoufler ses larmes. Il retourne à sa place, à côté de Banga, qui ne lui demande rien, et qui n'a peut-être même pas remarqué son absence momentanée. Michael cherche du regard le poète dans la salle, mais il est parti. Le poète est parti, mais les mots demeurent.

« Je me sens léger, mec ; je suis soulagé d'un poids », confie-t-il à Banga alors qu'ils rentrent en taxi en direction du South Side. Les rues sont calmes et imprégnées d'une nappe de paix sur laquelle il se projette, qui tombe comme le clair de lune dans un ciel nocturne et dégagé.

« Tu veux dire quoi ? lui répond Banga, avec un sourire qui s'élargit.

— Je ne sais pas. C'est une juste une sensation. Tu connais cette sensation ?

— Ouais, mec. » Banga rit et hoche la tête en se redressant contre le dossier de son siège, la main droite sur le volant, alternant les coups d'œil entre la chaussée et son passager. « Ouais, je connais. »

Ils sont près de la maison, ils passent devant le magasin au vigile armé, au gabarit démesuré.

Ils approchent du parking près de l'immeuble, où d'ordinaire ils ralentissent et tournent pour aller garer la voiture, mais Banga maintient sa vitesse et continue.

« Allez, on se fait une sortie, dit-il, avant que la moindre objection puisse être formulée. Il est encore tôt, j'ai envie de t'emmener traîner quelque part. »

Une heure du matin. Et bien qu'il ne soit plus si tôt, Michael suit les plans de Banga.

« Cool. Où allons-nous ?

— Un endroit relax. Un bar. On se prend quelques verres de plus et on rentre », lui répond Banga.

Il ne répond rien, après tout, la lecture poétique, qui lui a élevé l'âme, s'est finalement très bien passée, alors c'était peut-être un bon signe pour le restant de la soirée.

Ils roulent, roulent plus au sud dans la ville, et finissent par déboucher dans les périphéries. Le silence insolite et feuillu rend suspects tous les bruits qui surgissent. Ils passent devant une succession de maisons, trois chambres, une palissade blanche, une pelouse devant et un jardin derrière. Banga ralentit et s'arrête dans une zone industrielle ; il y a des camions et des semi-remorques garés plus loin, tout l'endroit est jalonné de hangars, de grandes poubelles et de caisses vides. Banga se gare et descend.

Drôle de lieu pour un bar. Mais on est en Amérique, ici, tout peut arriver. La lune est pleine et brillante, haut dans le ciel. Ils se dirigent vers l'entrée de l'entrepôt, contournent les barrières métalliques qui conduisent à une porte à peine visible faite de volets de fer de fortune, gardée par deux vigiles qui ont l'air d'avoir passé de longues années dans un cachot.

Banga marche tout droit vers l'un des deux gardes – l'autre, qui ne leur prête aucune attention, parle avec son oreillette. Le vigile le palpe, devant et derrière, et lui fait signe d'entrer. Ensuite, c'est le tour de Michael. Il suit Banga. Son cœur bat sous l'effet de l'appréhension. À leur entrée, ils découvrent un espace de réception où Banga dit un mot et glisse un peu d'argent à la dame.

Ils traversent un petit couloir jusqu'à la porte suivante, derrière laquelle on peut entendre une musique forte, qui martèle. Banga ouvre la porte et ils entrent. Michael jette un œil vers le bar, il y a là des dizaines de femmes vêtues de bikini, de toutes les couleurs, qui dansent et tourbillonnent, leurs corps fermes, bronzés, sexuels, le genre que vous ne voyez que dans les clips de musique et autres vidéos. La barmaid verse les boissons qu'elles prennent et passent au client. Michael suit Banga et ils trouvent un endroit où rester debout sans se faire remarquer, mais assez près du centre de la salle, où quelques autres femmes en bikini défilent devant eux et servent des rafraîchissements. Michael se tourne vers la scène centrale, et un poteau fixé au plafond et planté dans le sol scintille comme s'il était coulé dans un métal magique. Un club de strip-tease ! Un putain de club de strip-tease !

20

SOUTH SIDE, CHICAGO, ILLINOIS ; 1 H 15

Michael s'efforce de ne pas donner l'impression qu'il ne se sent pas à sa place, mais c'est le cas. Le malaise est tel qu'il lui semble que des insectes lui courent partout sur la peau. Les clubs de strip-tease londoniens semblaient toujours se réduire à un who's who de médiocres hommes d'affaires dépravés, entre deux âges, tentant d'échapper à leur existence terne et abrutissante, encombrée par un boulot ennuyeux, une femme rasoir et des enfants casse-pieds, mais ici, c'est différent. Tout le monde dans cette salle a la même allure, la même attitude que lui : jeunes, frais et cool. L'espace se remplit lentement. Il y a là de jeunes hommes qui exhibent leur cash, des groupes de femmes sorties pour une soirée entre copines, ou même des couples. Banga revient avec d'autres verres. Il observe Michael avec son sourire coutumier, et lui dit : « Je savais que si je te disais où on allait, tu ne viendrais pas. »

Il y a un distributeur de billets de banque dans un coin. Banga y va en retirer. Une femme s'approche de Michael, pour une danse. Elle fait volte-face et s'approche lentement de lui, à reculons. Il sent le corps tendre de la femme contre la dureté du sien. Cela le surprend, il recule. Banga regarde et rigole, lève son verre pour se masquer les lèvres. Il chuchote quelques mots à l'oreille de la femme, elle approuve d'un signe de tête, lui tend quelque chose. Michael va lui aussi au distributeur retirer de l'argent ; il le glisse dans son portefeuille.

Il fait du corps de ces femmes un terrain de jeu, le désir darde de ses yeux, mais il reste profondément en lui-même.

Des projecteurs crachent sur la scène principale, où tout le monde désormais bouge en tous sens. Le maître de cérémonie – un homme d'âge mûr, qui mesure à peine un mètre cinquante, avec des lunettes de soleil et un costume trop grand à cinq boutons qui lui rallonge le tronc et lui raccourcit les jambes – chauffe la salle. Des femmes arrivent sur la scène et se mettent à danser autour du poteau en déployant une anatomie athlétique, de niveau olympique. Une femme en bikini orange qui tournoie au sommet du poteau maintient la position en extension à angle droit, comme une superhéroïne en plein vol. Elle se laisse glisser tout du long jusqu'en bas, et le public retient son souffle lorsqu'elle s'arrête à moins de trois centimètres du plancher de la scène. Interdit, Michael contemple leurs corps, presque de l'art.

Banga s'approche de la scène, les acclame, les siffle. Il sort une liasse de billets et arrose la scène en direction des femmes. Tout le monde autour de lui en fait autant. Michael se rend compte que ce n'est pas juste pour les danseuses, c'est aussi un étalage de richesse outrancier. Alors il y prend part à son tour et lance de l'argent sur l'estrade. Les femmes de la scène principale terminent leur show, pourtant la soirée continue.

« Suis-moi », fait Banga, et il ouvre la marche. Ils s'en vont.

« Où allons-nous ? demande Michael avec inquiétude.

— Pas de souci. On va à la soirée privée », lui répond l'autre, encore plus excité qu'avant. Ils franchissent des portes dont Michael n'avait pas conscience, comme un passage secret vers un autre monde. Ils pénètrent dans une pièce, la musique et la fumée les submergent comme un brouillard, un puissant martèlement. La salle est faiblement éclairée, une lumière couleur bordeaux qui les recouvre comme le ciel au-dessus de leurs têtes. Il y a quelques types autour d'eux, grands, moroses, bien habillés.

« Salut, c'est mon gars, c'est Michael. »

Banga le présente à un type, qui hoche la tête, avec une poignée de main dont eux seuls ont le secret, histoire de montrer qu'il est d'ici, lui aussi. Ils s'assoient sur une grande banquette en cuir, séparée en deux par une table où sont disposés du champagne et des verres. Banga fait sauter le bouchon et se retrouve entouré de femmes. Il remplit les coupes. Une jeune femme est assise sur la banquette en cuir, parallèle à Michael. Elle regarde fixement, au-delà de lui, au-delà de la salle, vers un univers qui est le sien ; elle en revient et croise son regard. Ses yeux sont farouches, son visage n'est que feu et fureur, transformant toutes choses dans son sillage en poussière. Il imagine la tempête en elle, faisant rage dans un désert, dans la ville abandonnée de son âme, et ne se calmant jamais.

Elle se lève dans la lumière et s'étire de tout son corps, les cheveux souples. Le vêtement de soie qu'elle porte flotte sur ses épaules, masquant délicatement la pointe de ses seins. Ce que la lumière fait à sa peau, seul les mystiques le comprendront ; elle est l'ombre sur la toile des étoiles ; si le Noir est essence, alors la Noirceur est essence qui se manifeste. Ses yeux sont deux nébuleuses en collision, sa bouche avale des constellations entières.

Michael la regarde se lever et rejoindre une autre femme, en dansant. Elle attire cette femme près d'elle, plus près, tout près, jusqu'à ce qu'elles soient hanche contre hanche, nombril contre nombril, sein contre sein. Elle embrasse la femme, mais à peine, sur les lèvres ; assez pour qu'elles se touchent, mais pas trop ; en laissant juste assez de place pour que la faible lumière ambiante perce entre elles. Elle regarde Michael, son visage, un cri de guerre ; un voyage entre la vie et la mort.

Il vérifie qui est à côté de lui et s'aperçoit que Banga est parti. Il garde son calme. Mais intérieurement, son cœur paniqué s'emballe. Une autre femme s'approche de lui, en souriant ; elle lui tend les mains, veut prendre la sienne.

« Tu as envie de danser ? » lui demande la blonde perruquée. *Non*, songe-t-il, nerveux. Il se lève quand même et la suit. La femme se plante devant lui, puis elle tourne lentement, en frottant son corps sculptural, parfait, au sien. Le voilà entouré d'une, deux, trois femmes, il s'y perd. Elle lui prend la main et lui dit : « Si tu vois quelque chose qui te plaît, suis-moi. » Affaibli par ses pulsions, submergé par la solitude, il acquiesce. Elle les conduit, quelques autres filles et lui, dans une pièce obscure. La ligne de basse de la musique y est étouffée, mais les vibrations secouent le lit sur lequel il est maintenant assis. Les femmes dansent sensuellement devant lui. *C'est de cela que sont fait les fantasmes adolescents, des histoires que je m'empresserais d'aller raconter à tous les mecs, mais ici je me sens perdu, dissocié et seul. Je n'ai pas envie d'être ici. Et pourtant, je n'ai pas envie de m'en aller.*

Elle est là, elle aussi, avec son visage de guerrière. Elle le regarde comme s'il était transparent.

« Alors, de quoi tu as envie ? » demande la perruquée blonde, en pressant sa poitrine contre la sienne, il la sent à travers sa chemise. Il se penche et chuchote. La femme à perruque blonde lève les yeux vers lui et sourit, narquoise, en hochant la tête, et lui tend les paumes. Il plonge la main dans sa poche et lui remet quelques billets, sans vérifier. La perruquée blonde fait alors signe aux autres filles de sortir, n'en laissant plus qu'une dans la pièce. Elle.

2 611 dollars.

« Bon, tu vas juste mater ? » dit-elle, debout devant lui. Sa voix est exactement telle qu'il l'imaginait, une révolution ; la paix pour une nation en guerre.

« Je ne sais pas comment ces choses-là démarrent, d'habitude. »

Il lui fait signe de s'asseoir à côté de lui, elle s'exécute. Ils restent un moment en silence, le seul bruit, le battement de leurs cœurs, va de pair avec la ligne de basse rythmique de la musique.

« Quel est ton nom ?

— Savannah Jade.

— Ton vrai nom.

— Oh, fait-elle avec un petit rire, tu n'as pas besoin de le savoir.

— Pourquoi es-tu ici ? »

Elle rit à cette question.

« Tu te sens bien ?

— Je veux dire, pourquoi es-tu ici ? continue-t-il. À faire ça.

— Je pourrais te poser la même question », dit-elle, et il n'a aucune réponse à cela. « Je suis ici pour gagner mon chèque, pour me faire de l'argent. C'est un boulot, comme toi tu as un boulot… apparemment.

— Tu sembles être tellement au-delà de tout ça.

— Eh, tu es d'où ? » demande-t-elle, ce qui, aux oreilles de Michael, se traduirait plutôt par : *Tu t'imagines parler à qui ? Tu ne me connais pas.* Elle se penche, s'écarte de lui, referme sa tenue en soie.

« Londres, répond-il.

— Ah, fait-elle, avec une note de compréhension inédite. C'est pour ça que tu poses toutes ces questions débiles ? »

Elle glousse.

« Et toi alors ? » demande-t-il.

Elle hésite.

« New York, réplique-t-elle finalement. Est-ce que t'es un de ces Blacks bizarres timides et fétichistes, ce genre de merde ?

— Non, non...

— Bon, parce que je suis pas assez payée pour ça.

— Non. Je suis désolé. Je ne voulais pas t'alarmer...

— M'alarmer ? » Elle rit. « Le Nèg', il a dit "t'alarmer".

— Je veux juste parler... », lui assure-t-il. Elle cesse de rire et sombre dans le silence. « On peut s'allonger ? »

Il passe le premier et s'allonge. Après quelques instants, et un gros soupir, elle le rejoint. Elle est loin de lui, à l'autre bout du lit ; l'espace entre eux est comme un canyon.

« Est-ce que ça va ? demande-t-elle.

— Non », répond-il.

Elle le regarde. Il a les yeux levés vers le plafond. Il se souvient de sa promesse. Qu'il ne peut approcher quelqu'un d'autre, et il ne le fera pas, mais elle, elle est différente ; il est désert, et elle est océan, et ils étaient destinés à se rencontrer quelque part sur terre.

« Tu n'as jamais souhaité mourir... mais sans toute l'agonie ? dit-il. Du style, pas mourir, mais juste cesser d'exister, disparaître, être invisible, chaque trace de ta vie, même les souvenirs de toi qui subsistent dans le cœur et l'esprit des autres, tout cela, disparu.

— Tu aurais besoin d'être suivi par un thérapeute, pas de sortir dans un club de strip-tease. Je ne suis pas payée pour traiter tout ça... »

Elle se lève, comme si elle était sur le point de sortir, puis elle s'immobilise.

« La vie est si dure, et je sais qu'elle est dure pour tout le monde, mais je n'arrive à comprendre que ce qui est dur pour moi ; ce que je ressens, dans cet esprit, dans ce corps, et je n'ai pas envie de me sentir ainsi. Plus maintenant. »

Elle se rallonge et respire profondément, tend la main et touche la sienne du bout des doigts – électrique. Comme d'instinct, leurs doigts s'entrecroisent, réunissent leurs deux mains. Il sent son attraction. Il roule vers elle, elle se rapproche de lui, et la distance entre eux s'annule. Elle est lovée en lui, ses bras à lui l'enveloppent ; elle se sert de son bras comme d'un oreiller, ses doigts caressent ses cheveux.

Leurs souffles se synchronisent, sa poitrine se soulève et s'abaisse en même temps que la sienne. Ils parlent un moment. Ils parlent de mort, d'extraterrestres, de réalités multidimensionnelles, d'omnivers et de voyages dans le temps. Elle dit : « Tu sais qu'une fois que tu te déplaces au-delà de la vitesse de la lumière, le temps cesse d'exister », et il répond : « Alors, c'est ça qu'on ressent, là, maintenant ? » Ils parlent de sexe et d'amour, du foyer, des endroits où ils aimeraient aller, de leurs livres préférés ; lui, d'une histoire de voyage sur plusieurs saisons, elle, de héros et d'héroïnes ; lui, d'un homme qu'il ne connaît pas assez bien ; elle, d'une femme qui a transformé la tragédie de sa peau en triomphe. De Noirceur, et de ses différentes formes chez elle et lui, de leurs voyages qui ont transcendé à la fois le temps et l'espace, et du fait que s'ils sont tous les deux ici, c'est en raison de l'amalgame d'infinies possibilités ; de ce que quelque part dans leur lignée un ancêtre a combattu pour qu'ils puissent vivre, alors même qu'ils n'étaient à cette époque que pure imagination et pas encore souvenir. Ils parlent d'ici et maintenant, et de rien, de rien du tout. Dans le silence, Michael l'attire à lui, de nouveau plus près, et il sent sa chaleur. Il se demande à quelle proximité du soleil Icare a pu arriver avant que ses ailes ne prennent feu, et si à un moment ou un autre sa chute lui donnait l'impression d'être encore en vol.

Michael se réveille. Il tend le bras vers la place dans le lit à côté de lui. Elle est vide. Il se redresse, se rend lentement compte qu'il s'est endormi. Où est-elle ? Il fouille ses poches avec fébrilité, cherche son téléphone, son portefeuille. Ils n'y sont pas. Merde ! D'un bond, il se lève du lit et il écarte d'un coup la couette. Il passe ses mains sur tout le drap, il cherche, sous les oreillers, les jette au sol, sous la tête de lit, le matelas, le sommier, mais ne trouve rien. *On m'a volé. J'aurais dû m'en douter.* Abattu, il se rassoit sur le lit et regarde du côté de la table de nuit. Il allume la lampe. Il découvre son téléphone et son portefeuille. Il trouve aussi un mot : *Si jamais tu reviens à New York – 332 483 1182.* Il pousse un soupir de soulagement et serre son portable, son portefeuille et le bout de papier contre sa poitrine, tout sourire. Il ouvre le portefeuille et contrôle les compartiments. L'argent a disparu. D'un claquement de langue, avec un petit rire entendu, il marque le coup, et prend la chose avec humour. Il se remémore où il est, et qu'il est seul. Il meurt d'envie de s'en aller d'ici. Où est Banga ?

Il s'en va discrètement, se faufile vers la sortie du club et ressort dans le no man's land industriel. Il retrouve Banga sur le parking, adossé contre son taxi, qui fume sa dernière cigarette.

« Où t'étais passé, mec ? »

Il se précipite vers lui, l'autre sursaute et jette sa cigarette sur le sol enneigé.

« Salut, mec, rigole-t-il, la question, c'est TOI, tu étais où ?

— Je te cherchais. Je t'ai vu, tu étais assis, et l'instant d'après tu n'étais plus là.

— J'ai dû m'occuper de certains trucs. Je savais que tout

irait bien. Je voulais que tu t'amuses et que tu en profites. Je me suis dit que j'allais juste t'attendre dehors, ici.

— Mais s'il était arrivé quelque chose ?

— Ah, et il est arrivé quelque chose ? Putain, du calme, mon frère. Tu es là, maintenant. On file », ajoute-t-il, en frissonnant dans le froid.

Ils montent tous les deux dans le taxi, la vieille ventilation qui vibre souffle un air froid qui met du temps à se réchauffer.

« Alors, t'as aimé ? » demande encore Banga, l'air hilare. Michael hausse les épaules. « Je viens tout le temps ici, mec. T'as vu les filles, là-dedans. Une tuerie. Dis-moi que tu t'en es tapé une, mon frère ? » poursuit-il.

Michael ne répond pas.

« Tu t'en es fait une, hein ? Ha-ha, c'est mon pote, ça. »

Il lui tend la main pour taper dedans, ou un geste d'approbation du même ordre mais à la place, constatant son absence de réaction, il agrippe l'épaule de son passager, un geste de grand frère à petit frère.

« Je voulais juste que tu t'éclates, mec. Tu avais l'air du type qui avait simplement besoin de s'éclater un peu. »

Michael soupire, excédé.

Ils traversent les périphéries vertes et résidentielles de Chicago en direction du South Side. Le clair de lune qui tombe sur la neige la fait paraître phosphorescente. Banga met du blues, l'autoradio à fond, et secoue la tête sur un rythme flou en chantonnant. Michael pense à la fille dont il ne connaît pas le nom, à « New York », et vérifie sa poche pour s'assurer que le papier avec son numéro de téléphone y est toujours.

1 811 dollars.

21

COLINDALE, LONDRES NORD ; 17 H 46

Baba regardait des vidéos de souvenirs longtemps oubliés et écoutait ses chansons d'enfant préférées sur son iPad, en dodelinant de la tête, la bouche ouverte, révélant un sourire édenté qui lui fendait le visage d'une oreille à l'autre, et soudain son corps est secoué de soubresauts inhabituels. Jalil n'a rien remarqué. Il était sur son PC, casque sur les oreilles, les yeux à telle proximité de l'écran que ses longs cils en balayent presque la surface. Baba a encore été pris d'une convulsion, au point cette fois de tomber de sa chaise. Il a laissé son iPad glisser par terre et s'est étreint la poitrine. J'ai hurlé le nom de Jalil. Il s'est retourné lentement, pas certain d'avoir bien entendu. Il m'a regardé, avant de baisser les yeux sur son père à terre.

« Baba ? » a chuchoté Jalil. Baba a tenté de puiser en lui la force de se rasseoir sur sa chaise, mais il s'est de nouveau effondré au sol. Sa respiration s'est faite plus lente, plus oppressée. Il avait l'air de perdre toutes ses couleurs.

« Ce doit être une crise cardiaque », ai-je fait. J'ai attrapé mon téléphone et immédiatement composé le 999. « Installe-le bien en position assise et va lui chercher un peu d'eau. »

Jalil lui a placé des oreillers sous la tête.

« Allô, Urgences 999, quel service demandez-vous ? »

Jalil est revenu avec un verre d'eau et l'a fait boire par petites gorgées.

« Ambulance. »

J'ai vu le visage de Jalil creusé par l'inquiétude. Le fardeau de la présence paternelle se muait peu à peu en compassion et en crainte de le perdre. Il n'avait jamais imaginé la vie sans son père, comme je ne pouvais imaginer la vie avec le mien. Son père, en particulier ces dernières années, avait toujours été un point de repère, comme une carte quand on est perdu, mais toujours tangible, toujours réel, et le mien, une idée, un souvenir. Nous avons attendu l'arrivée de l'ambulance. Baba s'est redressé, tentant de prendre sa douleur à la légère. Les ambulanciers sont arrivés plus vite que prévu. Ils l'ont chargé à l'arrière de l'ambulance, l'ont enveloppé chaudement dans une couverture, le visage sous un masque à oxygène, le bracelet d'un tensiomètre autour du bras, couché dans son cafetan.

« Malheureusement, seul l'un de vous va pouvoir monter avec nous dans le véhicule.

— C'est bon. Je vais prendre un taxi et je vous retrouve à l'hôpital », ai-je répondu. J'ai serré Jalil dans mes bras et fait à Baba un signe de la main qu'il n'a pas vu.

Ce dimanche de détente avait pris une direction qu'aucun de nous n'avait prévue. Je suis arrivé au North Middlesex Hospital et suis entré dans le hall d'accueil, en arrivant de la froideur brumeuse de l'automne. J'ai regardé autour de moi, essayant de repérer le service de cardiologie, et j'ai vu des visages fatigués. J'ai trouvé la chambre où Baba était hospitalisé. Jalil était debout devant l'entrée. Il m'a vu avant que je ne lui fasse signe, et nous nous sommes étreints, plus longuement que n'importe quelle autre situation ne l'aurait normalement permis.

« Comment va-t-il ?

— Ça va. Il est là, ils l'examinent. »

J'ai poussé un soupir de soulagement – une bourrasque assez forte pour gonfler la voile d'un navire.

« Merci d'être venu, mon frère.

— Normal. Je suis avec toi. Avec vous deux. »

Jalil a hoché la tête, en signe d'approbation, puis il a fixé le regard vers un abîme invisible, très au-delà de moi.

« Tu n'as pas de travail, demain ? » m'a-t-il demandé, en relevant les yeux vers moi.

J'avais du travail, mais je n'y pensais pas. En plus, laisser mon meilleur ami sans personne pour le soutenir serait faire preuve d'un total manque de compassion.

« Ne t'inquiète pas pour moi.

— Aminah voulait me rejoindre ici aussi ce soir, mais je le lui ai déconseillé. Il vaut mieux qu'elle vienne demain. Je lui ai suggéré de passer la soirée avec son père et de le protéger, comme je n'ai pas su protéger le mien. »

Ses mots ont résonné dans mon cœur comme un coup de gong, provoquant une vibration sensible et forte. Passer la soirée avec son père. Je jalouse parfois les autres pour de mauvaises raisons. J'ai posé la main sur son épaule et lui ai glissé quelques mots pour le rasséréner, et peut-être pour me rasséréner à mon tour. La porte de la chambre s'est ouverte et le docteur a fait son apparition.

« Bonjour, je suis le docteur Patel, a-t-elle annoncé d'une voix posée, empreinte d'empathie, en nous regardant tour à tour, Jalil et moi. Votre père est dans un état stable. Nous avons néanmoins quelques inquiétudes, qui vont exiger de plus amples examens. Nous ne voulons pas vous alarmer, mais nous souhaitons simplement nous assurer de parer à toutes les éventualités.

— Merci, docteur. Je peux entrer le voir ?

— Oui, vous pouvez. »

Jalil s'est dirigé vers la porte et m'a fait signe de le suivre. Je suis entré derrière lui, prudemment. Baba était allongé sur le dos, dans le lit, le haut du corps légèrement relevé, les yeux fermés. Une imitation trompeuse du sommeil.

« Baba... », a-t-il murmuré en s'approchant lentement. Il s'est agenouillé à côté du lit. La respiration de Baba était lourde, laborieuse.

Jalil s'est pris la tête dans les mains. Deux larmes sont tombées sur le sol. Le père a levé le bras et touché son fils ; ils se sont délicatement tenus l'un à l'autre. Le père a ôté le masque à oxygène de son visage.

« Baba..., a soufflé Jalil, paniqué.

— Ça ira... t'inquiète pas », a-t-il fait d'une voix pâteuse. Il lui a serré la main, un peu plus fort cette fois. Jalil a hoché la tête.

« Mon fils...

— Oui, Baba...

— Tu dois... exaucer mon souhait.

— Oui, Baba.

— C'est mon dernier souhait... pour toi...

— Oui, Baba.

— Promets-moi.

— Oui, Baba.

— Il est temps. »

Sa respiration s'est vite faite plus chargée, suivie de toux et de sécrétions. L'infirmière est aussitôt entrée.

« C'est bon, il a juste besoin de repos, a-t-elle dit en replaçant le masque à oxygène sur le visage du patient. Apparemment, vous avez aussi besoin d'un peu de repos », a-t-elle ajouté, avec une petite tape dans le dos de Jalil. Il s'est levé et s'est lentement dirigé vers moi, qui étais resté à la porte. Nous sommes sortis de la chambre ensemble. « Revenez demain. Nous vous appellerons s'il y a du changement.

— Merci, a-t-il poliment répondu. C'est trop dur. Je ne sais pas ce que je vais faire. »

Son visage n'était plus qu'une pâle version de lui-même.

« Tout va bien. Tout ira bien », ai-je dit en le serrant fort.

Je me suis réveillé avec un mal de crâne écrasant. Mon corps était aussi douloureux que si on avait hissé un chargement de briques à trente mètres du sol avant de me le laisser retomber dessus. Je n'avais aucune envie de bouger, mais le mal de tête est devenu migraine ; l'une de ces migraines insoutenables, une maladie de l'âme. Je me suis levé pour aller me chercher un peu à manger et de l'aspirine.

La maison était silencieuse, et froide. J'ai averti que j'étais malade, sans me soucier de la fréquence de ces arrêts, ces derniers temps. Je suis passé de la cuisine au salon avec mon assiette, un verre d'eau et une boîte de paracétamol, et j'ai découvert le pasteur Baptiste assis sur le canapé, en train de lire un journal. Il a levé les yeux vers moi, surpris, un peu interloqué. Il s'est empressé de refermer son journal et s'est levé pour me saluer. Il m'a dit bonjour, en puisant dans ce charme plein d'allant qu'il prodiguait aux autres. Je lui ai fait une réponse distante, choisissant plutôt de m'asseoir et de manger, comme c'était mon intention. Je l'ai toisé des pieds à la tête, en analysant chaque fibre de son être. Rien ne cadrait. L'idée de Mami et lui batifolant comme des adolescents, mourant d'envie d'être ensemble à la première occasion, était répugnante.

« Ne te méprends pas sur ma présence ici, Michael, je te prie, m'a dit le pasteur après un long moment de silence. Je n'ai pas couché ici cette nuit, a-t-il bredouillé. Je suis simplement passé sur le chemin de l'église.

— Franchement, pasteur, cela m'est totalement égal. »

Je l'ai dévisagé, et mes yeux étaient comme deux poings serrés.

« Tu sais, Michael, je sais que cette dureté que tu affiches extérieurement n'est qu'apparence.

— Ah ?

— Oui. Je sais, je sens bien toute la masse de tracas qui te perturbe. Tu n'es pas obligé de m'en parler, mais je serai toujours à ton écoute.

— Vraiment ? ai-je répliqué avec tout ce que ma bouche pouvait exprimer de cynisme.

— Bien sûr ! »

J'ai eu un soupir moqueur.

« Et si me parler te met mal à l'aise, le Seigneur est toujours là pour t'écouter. Il entend tout. »

Le pasteur Baptiste a souri, avant de retomber dans le silence. Mami est sortie de sa chambre, s'est approchée, mais s'est tout de suite figée, ajoutant au malaise ambiant.

« Michael, a-t-elle dit. Qu'est-ce que tu fais ici ?

— Je vis ici, ai-je rétorqué.

— Eh bien..., s'est écrié le pasteur Baptiste, l'air jovial, s'efforçant de briser la tension qui régnait dans la pièce. Je ferais bien d'y aller. » Il s'est levé, a attrapé sa serviette et plié son journal sous son bras. « Passe une très bonne journée, Michael. »

J'ai levé les yeux vers lui, en ne lui concédant qu'un sourire pincé, avant de replonger dans mon bol de céréales. Il est allé vers Mami pour lui dire au revoir. J'ai gardé les yeux fixés sur eux, prêt à leur tomber dessus si je n'approuvais pas ce que j'allais voir. Il a ouvert grands les bras, avant de poser les mains sur ses épaules, en avançant gauchement la bouche pour un baiser sur les lèvres puis un autre sur la joue, mais rien ne s'est concrétisé. Le tout s'est finalement réduit à une accolade un peu gauche. Il est sorti, les talons de ses mocassins en cuir claquant sur le plancher en stratifié.

« Abaisse ta capuche, mec », ai-je ordonné à Duwayne à son passage, alors que tous faisaient leur entrée dans la salle. Le mot « mec » m'était venu par inadvertance, nappé de dérision, d'aigreur et de mécontentement. La classe l'a perçu, elle aussi. En général, les élèves étaient joviaux et liants, ils vous rendaient ce que vous leur apportiez, tout en accomplissant aussi leur travail ; pourtant, il leur arrivait parfois de sentir que vous n'étiez pas d'« humeur » et de vous approcher comme si vous étiez une bombe à retardement, en espérant que vous n'exploseriez pas, du moins pas devant eux. Chacun s'est mis au travail, les stylos crissaient en silence sur le papier. J'observais Duwayne, affalé dans le fond, les mains fourrées dans son pantalon. J'ai revu des images fugitives sur ce pont, capuche rabattue, sûr de lui, son téléphone s'agitant dans le vide, prenant des photos, un doigt d'honneur tendu au monde.

« Sors tes mains de ton pantalon, ai-je ordonné sèchement, le prenant tellement au dépourvu qu'il les a aussitôt sorties. Tu vas te mettre un peu au travail aujourd'hui ? »

Je me suis approché et j'ai plaqué son livre sur la table (il l'avait laissé là après un cours précédent). J'ai senti que les élèves s'arrêtaient de travailler et levaient la tête pour observer la scène. Duwayne a haussé les épaules, l'air désabusé.

« Sors de mon cours ! » ai-je éclaté, en vociférant tellement que ma voix a résonné. Duwayne s'est levé et s'est dirigé vers la porte en passant devant mon doigt pointé. « Et vous autres, remettez-vous au travail. »

Les élèves ont baissé la tête en obéissant. J'ai rejoint Duwayne à l'extérieur de la salle.

« Viens ici, lui ai-je dit d'une voix énergique et forte, alors qu'il s'éloignait. Veux-tu m'expliquer ce qui se passe ? »

Il a choisi de rester silencieux, exerçant un droit que je ne lui avais pas accordé. Je l'ai dévisagé avec encore plus d'intensité, en le pressant de parler.

« J'attends.

— J'ai rien fait, moi.

— Tu ne vois pas qu'il est là, le problème ? » ai-je rétorqué, presque dans un grondement, en usant de toute ma volonté afin de réprimer les jurons qui se bousculaient pour franchir mes lèvres. Il a haussé les épaules. Je suis retourné dans la classe. Les élèves avaient tous le visage tourné vers la porte, comme si cela allait les aider à voir au travers. Dès que je suis entré, ils se sont promptement remis au travail. J'ai décroché le combiné posé sur mon bureau et passé un appel, puis je me suis assis à ma place, le regard au loin, sur le mur du fond. Quelques instants plus tard, Mr Black est arrivé à la porte, sa tête dépassant de l'encadrement. Pour entrer, il aurait dû se baisser, mais je lui ai épargné cet effort et l'ai rejoint dehors.

« Oui, monsieur ? m'a-t-il dit, en nous dominant de sa stature, Duwayne et moi, ce qui lui donnait l'air d'être notre parent à tous les deux.

— Duwayne, ici présent, monsieur, ai-je commencé, semble considérer qu'il a le droit de venir en classe pour ne rien faire. » Tandis que je lui parlais, Mr Black tournait alternativement la tête vers moi et Duwayne. « Je ne comprends tout simplement pas comment il s'imagine que ce soit acceptable ? Surtout qu'il refuse aussi de se rendre sur le terrain de basket, où il ne fait rien non plus. Je le sais parce que je l'ai observé ces dernières semaines. »

Nous avons tous deux fixé l'intéressé des yeux. Il a baissé la tête, et si, à cet instant, un trou était apparu dans le sol, il l'aurait enfouie dedans. Il paraissait vulnérable, timide, à nu. L'ombre du garçon sur le pont, du garçon au fond de la classe ou de celui qui empoignait les autres enfants et les plaquait contre le mur dans les couloirs.

« Avez-vous quelque chose à déclarer pour votre défense, Duwayne ? » a demandé Mr Black. Duwayne n'a pas remué un seul muscle de son corps, n'esquissant même pas un haussement d'épaules ou un froncement de sourcil. « Très bien. Je vais l'emmener avec moi, monsieur, et peut-être trouvera-t-il un moment pour réfléchir à ses actes. »

22

COLLÈGE GRACE HEART, LONDRES ; 18 H 59

Est-ce que tout va bien ? Sandra. J'ai pris mon téléphone, posé sur le bureau, pour lui répondre. Il était dix-neuf heures, un vendredi soir, à la fin d'une semaine longue et frustrante.

Non. Ma vie part en vrille, et j'ai beau faire de gros efforts, rien n'a l'air de s'arranger.

J'ai failli envoyer le message, mais je l'ai vite effacé. J'ai recommencé.

Tu n'as jamais eu envie de pouvoir tout plaquer ? Pour de bon ? De tout laisser, ton boulot, ta maison, ton nom, ton identité, qui tu es, qui que tu sois, et juste partir et disparaître, inconnu du monde ? Un autre message que j'ai fini par effacer.

Je vais bien, ai-je finalement répondu.

C'est juste que tu n'étais plus trop toi-même, ces derniers temps.

Je ne savais pas ce qu'elle entendait par là, mais cela a secoué les plaques tectoniques de mon noyau. C'était vrai. Je n'avais pas été moi-même. Je sentais bien quelque chose. Au moins quelque chose en moi, sans que je puisse donner un nom à ce que c'était ; cela me faisait l'effet d'être sur un bateau au milieu de l'océan, en pleine tempête, le bateau prend lentement l'eau, et tu n'as qu'un petit seau, et tu rejettes cette eau dans l'océan, avec frénésie, mais ce que tu ignores, c'est qu'il y a un trou dans le fond de la coque, qui rend tes efforts inutiles. Et, aux pires moments, je sens bien que je ne suis plus *dans* le bateau, mais que je suis le bateau proprement dit – condamné à sombrer, condamné au naufrage.

Tu es encore là ? répète-t-elle deux fois.

Oui. Et toi ?

Oui. Je pensais que tu serais encore là, alors j'ai traîné.

Au moment où je me dirigeais vers la porte pour sortir de la classe, elle est entrée. Elle m'a souri tendrement, ses pommettes rehaussant son visage, et mon moral.

« Qu'est-ce que tu fais après ? a-t-elle voulu savoir.

— Rien, ai-je dit.

— Tu ne vas pas au pub ? »

J'en ai presque ri. La commissure de mes lèvres s'est légèrement relevée, ce qui pour elle était suffisant.

« Et si on allait manger un morceau, non ? Et bavarder ? » a-t-elle proposé. Je n'étais pas trop partant, mais je n'avais pas non plus envie de dire non, et je n'avais pas envie d'être seul. Je n'ai pas réagi. « Rien que nous deux », a-t-elle ajouté. Elle s'est penchée plus près, a entrouvert mon manteau, délicatement glissé sa main entre ma poitrine et mon ventre, se baladant comme si elle cherchait mon cœur vagabond. Elle a relevé les yeux vers moi, et moi, je les ai baissés sur elle.

Elle s'est dressée avec légèreté sur la pointe des pieds, et ses lèvres ont délicatement effleuré les miennes. C'était un baiser, enfin, une sorte, un message, peut-être, une lettre.

« Je dois y aller », ai-je dit. Elle a atterri sur la plante des pieds, hoché la tête, en regardant par terre.

Je suis sorti du bâtiment d'un pas énergique, sans même voir la petite troupe qui se regroupait pour s'en aller au pub, les types rentrés d'un match de foot en équipes de cinq sur l'aire de jeu, la réceptionniste et l'infirmier qui flirtaient tout le temps à l'accueil et qui couchaient manifestement ensemble mais niaient catégoriquement les rumeurs. Il pleuvait, mais la pluie m'était égale, et tout le reste aussi, d'ailleurs. Je sentais l'eau dégouliner sur mon front, me ruisseler sur la figure alors que je marchais vers la gare. Les poings serrés, sans rien sur quoi frapper, une colère absolue m'électrisait le bout des doigts. Quand j'étais plus jeune, je tapais du poing dans les murs, ou je me fourrais dans des bagarres, mais maintenant je n'ai rien contre quoi diriger ma fureur, rien et personne d'autre que moi-même.

Si je rentre à la maison, ça va me rendre encore plus furibond. Je n'ai pas envie de courir le risque de voir Mami, ou même la tête du pasteur Baptiste. Si, à la minute présente, je devais supporter son numéro de charme bidon, j'allais sûrement piquer ma crise.

J'ai décidé de ne pas rentrer au domicile familial, j'ai choisi à la place de prendre le métro et de longer le canal. Le soleil s'était couché depuis longtemps et il faisait maintenant noir, le canal ajoutant à la scène un supplément de froideur et de grisaille. Entouré de toxicos et de sans-abris, des maisons à quatre étages des riches et des péniches, il n'y avait rien par ici, rien qu'un vide miroitant, une vacuité iridescente ; la sensation que tout est en vie mais mourant.

J'ai scruté la noirceur attachante de ce canal pendant des heures. Sa voix m'invitait à venir là et à y rester un moment. J'ai effectué toute la boucle à pied et retour, en marchant sans but, jusqu'à la rue principale où j'ai été accueilli par des centaines de personnes, tapageuses, enjouées, bruyantes, masquant leur ambivalence grâce à l'élixir des souvenirs bientôt oubliés et à la sueur du sexe, bientôt source de regrets. Je les ai regardées, et je me suis également regardé moi-même, avec dédain, en me demandant pourquoi je ne pouvais pas davantage être comme eux, en me demandant pourquoi j'étais bloqué dans ce corps, pareil à une cellule de prison, à une condamnation à vie, et si je serais jamais capable de m'en échapper.

Je me suis caché derrière un van garé sur le trottoir. J'ai risqué un petit coup d'œil pour voir, mais sans être vu. Était-ce Mr Barnes ? J'ai en effet remarqué quelqu'un présentant la combinaison qui était la sienne d'une silhouette un peu bizarre, d'une petite taille et de jambes arquées, et qui se dirigeait vers la rampe du pont. Je l'ai suivi, en restant derrière lui à distance de sécurité. Il est arrivé sur le pont, il s'est dirigé vers l'un des garçons du groupe, avec leurs capuches rabattues et leurs survêtements trop amples. *Qu'est-ce qu'il fait ?* Je savais ce qu'il faisait : la même chose que tout le monde par des soirées comme celle-ci, ce qui incite ces garçons à traîner dans les parages, en maraude. Le cycle reste inchangé, ce sont seulement les visages qui changent. J'avais plusieurs fois assisté à cette scène, je m'étais plusieurs fois retrouvé au milieu. Je n'avais simplement jamais vu un collègue de travail venir par ici aussi, pas dans cette partie du monde, un monde clandestin qui fonctionnait autour d'une économie souterraine, où la chose la plus coûteuse qu'on pouvait vous ôter, c'était votre vie.

Le garçon en doudoune à la capuche rabattue a hoché la tête, un signe de tête au reste de sa bande.

Duwayne ! Il était là, surgi du petit groupe. Le visage encagoulé jusqu'au cou, la tête recouverte de deux capuches – celle de son survêtement et celle de son blouson. Je ne voyais qu'à partir de ses yeux, et je les connaissais bien, ces yeux-là ; j'ai reconnu l'abattement, la peur. Ils ont conduit Mr Barnes plus loin sur le chemin du canal. Barnes. *N'y va pas, espèce d'idiot.* Mais il les a suivis, soit par inconscience et naïveté totales, soit en toute lucidité, comme si ce n'était pas la première occasion. Je sais leur manière de procéder, là où ils cachent la drogue. Ils évident en partie le mur, où ils logent leur butin, et recouvrent le trou avec des briques, pour que ça ait l'air naturel. Il y en a toujours un qui monte la garde, et ils restent toujours à l'écart, de sorte que s'ils se font prendre, ils n'ont rien sur eux.

Je les ai suivis, en m'enveloppant la tête avec l'écharpe que je portais, une capuche improvisée. J'ai observé et attendu. Ils se sont dirigés vers le passage souterrain du canal, près du deuxième pont, où la voûte du tunnel remplit l'acoustique d'échos. Le grand type à capuche auquel Mr Barnes s'était d'abord adressé s'est éclipsé derrière un mur et en est ensuite ressorti avec un paquet dans les mains, tandis que Duwayne et les deux autres attendaient. Mr Barnes a fouillé dans ses poches et lui a remis du cash. Le grand type a examiné les billets, les a comptés, puis il a tendu la drogue à Mr Barnes.

« C'est quoi, ça ? C'est tout ? Va te faire foutre », s'est emporté ce dernier, d'une voix étouffée, à cette distance, en brandissant le sachet sous la source de lumière la plus proche. « Tu m'en dois plus que ça. »

Le grand gaillard encapuchonné a réagi, mais je n'ai pas pu entendre ce qu'il disait, puis il a poussé Mr Barnes. *Tire-toi, mec. Casse toi d'ici.* J'ai imploré, prié un dieu, n'importe lequel, qui voudrait m'entendre. À son tour, Mr Barnes a bousculé le grand type à capuche, des deux mains, l'a culbuté au sol. Un poing a fouetté l'air et s'est abattu contre la tempe de Barnes, l'envoyant au tapis. J'étais incapable de dire qui était qui, si c'était le grand type à capuche, Duwayne ou un des autres gars, mais ils lui ont sauté dessus, ils lui ont flanqué des coups de poing, ils l'ont piétiné, une volée de coups déchaînés s'est abattue sur son corps roulé en boule. Le grand type à capuche s'est enfui en courant et, avant de filer, les autres ont fouillé les poches de Mr Barnes, lui ont subtilisé son téléphone, son portefeuille, ses clefs et de la monnaie, puis ils ont détalé, aussi vite qu'une équipe universitaire d'athlètes rivalisant pour l'obtention d'une bourse, dans le noir de la nuit. J'ai empoigné mon téléphone et composé le 999. J'ai hésité à presser sur le bouton d'appel. Je pouvais entendre Mr Barnes gémir et se tordre à terre de douleur. J'ai pressé sur « appel », mais avant la première sonnerie, j'ai annulé. J'ai remis mon téléphone dans ma poche, enroulé mon écharpe autour de ma tête en la serrant un peu plus et me suis éloigné. J'ai atteint la rue principale, soulagé d'être de retour dans la civilisation.

« Vous avez entendu ça ? Par là-bas ? » ai-je dit à la première personne que j'ai vue passer. Une femme, sortie dîner avec son mari. « Je crois que quelqu'un s'est fait agresser. »

Et je suis parti, sans me retourner une seule fois.

Je suis entré à la maison le souffle court. Il régnait un silence de mort. Toutes les lampes étaient éteintes. Je suis directement allé dans ma chambre, j'ai retiré ma veste, mon écharpe, j'ai jeté au sol tout cc qui m'alourdissait. J'étais en vie.

C'est peut-être ça, quand tout est enfer, feu et fureur. C'est la seule chaleur que nous ressentons, tout ce que nous sommes voués à ressentir en ces lieux. La ville ne nous aime pas. Elle nous agrippe avec ses dents de requin, arrache les chairs de nos os et nous recrache. Cette ville ne nous aime pas. Elle nous emprisonne, nous condamne à des peines dont nous ignorons que nous les purgeons ; les rues, les immeubles, les tours, les ruelles, les tunnels du métro, les canaux, les marais, les petits matins et les équipes de nuit, les usines, le bas des cages d'escalier sont nos cellules, ces peines à perpétuité, on nous les impose, nous en héritons. Cette ville ne nous aime pas.

Nous faisons cette ville, mais cette ville nous brise. Nous prenons cette ville, nous nous la tatouons sur la langue, nous prononçons son nom comme une fanfare partout où nous allons, en proclamant : « C'est de là que nous sommes », mais cette ville ne nous aime pas. Nous nous donnons à cette cité. Nous vivons pour elle. Pour qu'après tout ce que vous avez fait, elle se contente de se retourner et de vous lancer : « Et alors ? » Pour qu'elle vous expulse ou vous adresse un au revoir chaque fois que vous menacez de partir. Vous ne pouvez pas partir. Cette ville, c'est tout ce que vous connaissez ; cet endroit est le seul que vous ayez jamais connu. Même une prison se transforme en foyer si vous n'avez rien connu d'autre ailleurs. Cette ville ne nous aime pas. Il n'y a pour nous ni chanson, ni lamentation, ni prière. Aucun dieu pour entendre nos maux. Nous ne connaissons pas de paradis, et nous ne craignons aucun enfer. Cette ville ne nous aime pas ; cette ville, ce pays, ce monde.

TROISIÈME PARTIE

La Belle Dame sans Merci

23

HARLEM, NEW YORK ; 19 H 15

Michael sort du métro de la 135e Rue. Des voitures passent en silence et les arbres, balayés en tous sens par le vent incessant, oscillent soit dans la prière, soit dans la rédemption. Marchant sur Frederick Douglass Boulevard, il sent l'histoire de ces rues dans la moelle de ses os. Il va bientôt retrouver Elle et commence à ressentir toutes les traces de cette fille invoquées dans la mémoire de ses sens : son odeur comme un champ de fleurs sans nom, son contact comme celui d'un chamane guérissant une âme affligée, sa voix telles les trompettes abattant les murailles de son cœur sur ses gardes, et son visage, son visage comme l'on dépose les armes ; une déclaration de paix inattendue.

La paix, c'est ce qu'il ressent ici, il en est plus proche. Il marche dans les rues et se fond au milieu des gens. Il ressent la paix parce qu'ici, ils ne connaissent pas son nom, ils ne connaissent pas son visage ; ici, il est inconnu, l'enfant d'aucune mère, l'ami de personne. Ici, il ne porte aucun poids. Il est soufflé dans le vent comme des semences de pissenlit. Ici, il se sent saisi et sa présence souhaitée. Il est une étoile filante, invisible dans les cieux de cette ville lumineuse et éclatante.

Alors que les instants de leur rencontre se rapprochent, comme celle du Soleil et de la Lune pour une éclipse, il ressent une vague d'émotion, cet acte de pure ablution, une nage dans la plus sacrée des rivières.

Il descend une rue, passe devant les boutiques et les types bruyants postés devant leurs tables où ils vendent des livres, des DVD et d'autres choses. Il aperçoit Elle, devant le Schomburg Center ; l'hôpital de Harlem est accroché de l'autre côté de la rue comme un tableau. Elle regarde vers l'au-delà ; une divinatrice, une devineresse du futur, une vagabonde ésotérique d'autres mondes. Si seulement il pouvait s'arrêter et la regarder, la regarder, et juste continuer de la regarder. Elle le voit et tente de masquer qu'elle est surprise de sa présence. Il remarque combien elle paraît différente, différente mais pas insolite.

« Je ne pensais pas que tu viendrais, dit Michael.

— Ni moi non plus », lui répond-elle.

Il ne sait pas au juste comment la saluer. Elle perçoit son incertitude et marmonne quelque chose à mi-voix. Elle lui tend la main comme s'ils avaient un rendez-vous professionnel. Ils se serrent la main et son seul contact provoque des tremblements jusqu'au tréfonds de lui-même.

« Tu as l'air... »

Ses cheveux ne cascadent plus sur ses épaules, elle les porte relevés, ses boucles nouées lui font un casque autour de la tête. Il la contemple de la tête aux pieds, s'imprègne d'elle : les anneaux créoles des boucles d'oreilles, l'ample foulard, la veste en jeans déchirée, la jupe assortie, les bas à résille et les bottines Dr Martens noires à lacets.

« J'ai l'air différente ? » Elle rit. « Pas ce que tu attendais venant de cette pt'ite nana que tu as rencontrée au club de strip-tease l'autre jour, je parie.

— J'allais dire que tu es belle », répond-il. Elle garde le

silence, n'offrant rien en retour. « J'aurais bien suggéré de t'emmener quelque part, mais franchement je ne connais pas du tout New York...

— Dans cette ville, tu ne pourrais m'emmener à aucun endroit que je ne connaisse déjà. Et de toute manière, New York t'avalerait. Tout entier. Allons juste... marcher. Tu disais que tu aimais bien marcher ? »

Alors ils marchent, ils passent sous les feux de circulation jaunes suspendus au milieu de la rue, devant les tours beiges avec des arbres alignés à leur pied, ils longent des immeubles, avec leurs escaliers métalliques extérieurs, passent devant un magasin d'alimentation, une onglerie, une échoppe de prêteur sur gage, un restaurant chinois, un magasin de produits de beauté, un pressing, un homme à l'angle d'une rue, qui mendie, une librairie, une église, une salle de sport, une jeune fille au coin, qui attend, attend, attend, devant la mosquée où, à distance, les silhouettes illuminées des gratte-ciel sur un ciel rouge cramoisi et violacé de film noir se dessinent peu à peu.

« C'est Malcolm X Boulevard ; tu sais qui est Malcolm X, n'est-ce pas ? » dit-elle, espiègle. Il n'honore pas sa question d'une réponse, mais son visage exprime une indignation feinte, à quoi elle rit et réplique : « Je vérifiais, juste.

— J'en connais un peu sur l'histoire des Noirs, mais pas assez, ajoute-t-il. Je veux dire, qui en sait réellement assez sur l'histoire des Noirs ? Aucun de nous n'en sait assez. Il y a, et il y a eu des Noirs depuis des siècles, partout dans le monde, depuis le commencement des temps, mais les gens n'en savent toujours pas assez. Les gens agissent comme si nous étions des extraterrestres qui auraient débarqué sur Terre hier, et il leur reste encore à comprendre qui nous sommes.

— OK, alors il faut que je te demande une chose. Je sais que tu es de Londres, mais tu es d'où ? » reprend-elle.

Ils rient tous les deux.

« Je suis du Congo. » Il répond ainsi à sa question. « Nous parlons le lingala. » Il sourit et elle reste silencieuse, comme pour lui laisser la place d'en dire plus – comme si elle savait qu'il n'aime pas parler de lui. « Je suis né au Congo, mais nous sommes venus à Londres peu de temps après.

— Nous ?

— Moi, ma mère... et mon père. Nous avons fui la guerre.

— Oh. Où sont-ils maintenant ? continue-t-elle, avec curiosité.

— Ma mère est à Londres... – il hésite, sa bouche est plus sèche que du bois calciné –, et mon père est mort.

— Je suis vraiment désolée.

— C'était il y a longtemps. J'étais jeune. Je m'en souviens à peine. Un jour il était là, et le lendemain il avait disparu. Tout ce que je sais c'est qu'il devait repartir... repartir au Congo. Il se passait quelque chose là-bas, et aujourd'hui encore je ne sais pas quoi. Mais il me manque, ou alors c'est peut-être simplement la place qu'il aurait pu occuper dans ma vie qui me manque. »

Des choses viennent souvent me rappeler que je viens d'un pays en guerre ; et que je vis dans un corps en guerre, dans un esprit en guerre. Je souffre de souvenirs.

« Tu vois ta mère...

— Oui ?

— Raccroche-toi à elle.

— Que veux-tu dire ?

— Tout ce que t'apportent tes parents, c'est seulement après que cela a disparu que tu t'aperçois que tu ne peux plus le ravoir.

— Nous ne sommes pas restés en bons termes.

— Il n'est jamais trop tard pour arranger les choses. »

Mais si, il est trop tard.

« Et tes parents à toi ?

— Je n'ai jamais connu mon père. Et je n'ai pas eu la chance de connaître ma mère. »

Ils marchent, un vent léger souffle et les frôle, passant là comme des esprits ancestraux.

« Je suis orpheline. Je n'ai pas de parents. »

Michael ne sait depuis combien de temps ils marchent, mais il lui semble n'avoir jamais fait un pas sans elle.

« J'ai envie de te montrer quelque chose... », dit-elle.

Il s'imagine se prêter à tout ceci avec elle comme si cela allait de soi : fréquenter des cafés, se promener dans Central Park, contempler les étoiles au planétarium Hayden, feuilleter les pages de leurs livres préférés au Strand, jouer aux échecs sur Union Square, aller voir jouer les Knicks, ou plus encore, l'équipe des visiteurs, et la regarder, elle, au lieu du match. Il glisse sa main dans la sienne et la retient. Cela semble aussi naturel que le passage des saisons, que le glissement du crépuscule à l'aube, qu'une vague dans l'océan. Il peut la voir dans son futur, plus qu'il ne peut même voir son propre futur ; un futur qui n'existe même pas.

« Tu sais que tu ne m'as pas encore dit ton nom... ton vrai nom.

— Je sais.

— Alors, tu as l'intention de ne jamais me le dire ?

— Probablement pas, si je veux être franche. » Elle rit.

« Et pourquoi non ?

— Parce que je ne te fais pas confiance. »

Elle continue de marcher devant lui, sans cesser de lui tenir la main.

« Je te demande pardon... ?

— Je. Ne. Te. Fais. Pas. Confiance. »

Il avance à sa hauteur, bouche bée, sans savoir quoi dire.

« En tout cas, sois attentif, nous y sommes presque. »

Ils sont dans la profondeur de la ville, entre des rangées et des rangées d'immeubles qui cherchent à attirer l'attention. Ils passent devant deux agents de police postés en patrouille.

« Tu sais où nous sommes ?

— Je pense, c'est là que... c'est Ground Zero..., dit-il en la suivant, d'un pas lent.

— Oui, c'est ça...

— Oh, mince. Tu te souviens de l'endroit où tu étais quand c'est arrivé ?

— J'étais à l'école. Le professeur est allé chercher une télévision et nous avons regardé. Nous avons regardé, mais cela se produisait à deux pas de là... le nuage de fumée qui s'est élevé, les immeubles qui sont tombés... cela semblait irréel, comme un film.

— Je me souviens que je rentrais de l'école et qu'un gamin de notre cité, Peter, courait en tous en sens en criant et en hurlant. Il était tout le temps à côté de ses pompes, alors je me suis dit qu'il débitait encore des conneries. Je suis rentré à la maison et j'ai allumé la télé, Mami était dans la cuisine, et ensuite nous nous sommes juste assis, et nous avons regardé, ensemble, dans un silence total. Nous savions tous les deux que cette journée allait changer le cours du monde pour toujours, et pas pour le meilleur. »

Ils ont fait silence pendant une minute.

« Mais je t'ai amené ici pour que tu voies ça..., dit-elle, en le prenant délicatement par la main et en le guidant. Tu sais ce que c'est ? »

Il contemple le monument gris avec une carte du monde gravée dans le sol de pierre en son centre. African Burial Ground National Monument. Il se sent le ventre retourné.

« C'est là que les restes de 410 Africains réduits à l'esclavage ont été exhumés. Certains de ces restes ont été trouvés avec des os brisés, des lacérations et d'autres blessures. Ils avaient également des ornements africains en leur possession. Et ils étaient enterrés ici, sous les immeubles où des gens venaient travailler, gagner leur vie et poursuivre le cours de leur existence, là, juste au-dessus. Pendant ce temps, les morts étaient enterrés au-dessous d'eux. C'est un genre de métaphore non poétique de l'Amérique, du monde, même, déclare-t-elle avec dans sa respiration une lassitude qu'il ne connaît que trop bien. Alors quand tu me demandes d'où je suis, c'est l'une des manières dont je peux te le montrer. »

Ils s'éloignent du monument avec une gravité trop lourde pour leurs cœurs.

« Il est tard. J'ai du travail dans la matinée », dit-elle. L'horloge sonne minuit, révélant que ce soir le temps a été un objet flottant, intraçable.

Il plonge profondément ses yeux dans les siens.

« Quoi ? fait-elle nerveusement, j'ai du travail. »

Elle se met à rire.

« Je pensais que tu... »

Il hésite, ne sachant pas au juste comment ordonner ses mots pour former une phrase.

— Dansais ? » Elle rit, plus fort qu'avant. « Oui, je danse. Et ?

— Pas de “et”, je veux dire... je... juste... », bredouille-t-il, et les mots lui manquent.

« Je danse. Parfois. C'est un boulot. Mais j'ai aussi un emploi de bureau pour lequel je dois me lever à six heures. Tu sais, on n'est pas obligé de n'être qu'une seule chose, tu vois ? »

Elle rit de sa naïveté et lui donne quelques petites tapes sur l'épaule comme pour le consoler de n'être pas en mesure de saisir une vérité aussi simple. Pourtant, elle a raison, et il se demande pourquoi il n'a jamais pensé qu'elle puisse être autre chose qu'une danseuse, pas juste cela. Ils montent dans le métro et, bien qu'il soit plein, ils réussissent à trouver une place au milieu d'un groupe de femmes éméchées sorties pour leur soirée d'enterrement de vie de jeune fille.

« Ah, ce qui me rappelle, tu as mon argent, hein ? lui demande Michael.

— Ton argent ?

— Oui. J'avais à peu près cinq cents dollars ce soir-là dans mes poches, et lorsque je me suis réveillé, ils avaient disparu.

— Holà. J'ai pas du tout ton argent. En fait, maintenant que j'y pense, c'est toi qui m'en dois.

— Tu m'as carrément pris mon argent...

— Tu ne m'as pas payée pour mon temps passé.

— C'est mon argent, bordel. J'ai besoin de le récupérer. J'ai des projets, avec cet argent. »

Il se souvient, il en a le souffle court, la poitrine serrée, les poumons oppressés.

« Stop, tu déconnes là, mon pote. Écoute, pourquoi je t'aurais volé, je t'aurais laissé mon numéro, et ensuite je te donnerais rendez-vous ? »

Elle rit.

Il se calme, comprenant qu'Elle a peut-être raison.

« Combien de temps tu as dormi après mon départ ? lui demande-t-elle.

— Je ne sais pas, je me souviens juste de m'être réveillé et que tu n'étais pas là, ensuite l'argent avait disparu. Par contre, mon téléphone était encore là.

— C'est parce que personne ne veut de ton espèce de brique de téléphone. » Elle rit, trouvant tout ceci de plus en plus amusant. « Ah ! Tu t'es fait voler par une des filles. Je crois savoir qui aurais pu te le prendre... la perruque blonde. Elle t'a bien eu, mon pote.

— Ouah ! Au moins, elle m'a laissé mon portefeuille. C'est là que je conserve la seule photo que j'ai de moi, de ma maman et de mon papa, au Congo, avant la guerre. Cela me rappelle une paix que je n'ai plus connue depuis. »

Une paix que je connaîtrai plus jamais.

« Elle t'a bien eu.

— Peu importe. De toute façon, je ne risque pas de retourner un jour dans un club de strip-tease ou je ne sais quoi. »

Elle rit à gorge déployée, presque aux larmes, et il garde cette expression stupéfaite.

« Je suis content que tu trouves cela amusant.

— Oh, eh bien, mon Dieu, s'écrie la femme assise juste en face d'eux, ses cheveux aux mèches roux-blonds retombant sur le côté de son visage, vous avez l'air si beaux tous les deux ». Elle avale à moitié ses mots. « Depuis combien de temps vous êtes ensemble ? »

Michael regarde Elle, assise à côté de lui, et c'est la première fois qu'il lui voit un air décontenancé.

« Nous ne sommes pas ensemble. Je suis célibataire, répond-elle à la femme.

— Oh, zut... vous avez l'air d'être ensemble depuis des années. Depuis combien d'temps vous vous connaissez tous les deux ?

— Pas longtemps. »

La femme lâche une exclamation, elle s'écrie « Chérie », puis elle se lève, se penche vers Elle et lui murmure quelque chose à l'oreille. La femme se rassied, lève les yeux et pointe le doigt. Le train s'arrête à la station suivante et la passagère s'en va avec sa bande de copines éméchées, mais elle se retourne, le sourcil encore haussé, le doigt encore pointé. Un autre groupe les remplace. Le bruit diminue et le monde disparaît jusqu'à ce qu'ils aient la sensation de n'être plus que tous les deux, voyageant en souterrain à bord d'un métro magique, vers la liberté.

« Tu es seule ? demande-t-il.

— Oui, dit-elle, froidement. Et toi ?

— Oui.

— Ce que je devrais te demander, j'imagine, puisque t'es un mec, c'est s'il y a quelqu'un quelque part qui se considère comme ta petite amie.

— Ouah ! Non. Je suis seul. Seul, ça veut dire seul, d'accord ? »

Elle s'esclaffe.

« On ne sait jamais, avec les hommes.

— Quoi ?

— Je ne me fie pas aux hommes. Tu pourrais très bien avoir une femme dans un autre pays, j'imagine.

— Maintenant que j'y pense, j'ai deux épouses au fin fond du Congo, dans un village.

— Pas drôle.

— Tout ceci me donne l'impression que tu projettes sur moi...

— Tu as de la chance que je sache ce que cela veut dire sans quoi j'aurais pu penser que tu m'insultais. Et non, je ne projette pas du tout.

— Alors, tu détestes tous les hommes à cause de ton ex ? Qu'est-ce qui s'est passé, il t'a trompée ?

— Non. Elle... ne m'a pas trompée.

— Oh.

— Nous allions nous marier, mais c'est devenu trop lourd. Je suis tombée dans la dépression, elle est devenue maltraitante, et nous nous sommes détruites mutuellement. Je ne la déteste pas ; c'était juste pas destiné à tenir. »

Elle baisse les yeux, regarde ses mains, les doigts lestés de bijoux, et les joint avec angoisse, en les frottant l'une contre l'autre.

« Je dois descendre à cette station », dit-elle, alors que le train s'immobilise en gare. Elle se lève rapidement et va sortir.

« Attends..., crie-t-il. Je ne connais toujours pas ton nom...

— Belle. »

1 631 dollars.

24

COLLÈGE GRACE HEART, LONDRES ; 9 H 17

Lundi matin, je suis arrivé au travail un peu plus tard que d'habitude. J'ai sauté la réunion d'équipe et ses bavardages importuns et je me suis rendu tout droit en salle de classe. Une matinée sans cours m'accordait la solitude temporaire dont j'avais cruellement besoin. J'étais assis à mon bureau. Je ne pouvais m'empêcher de penser à Mr Barnes ; l'image de sa tête heurtant le sol, le cognant à une ou deux reprises, me revenait en mémoire chaque fois que je me laissais aller. Cela m'était beaucoup arrivé ces derniers temps, de me laisser aller, d'enchaîner des gestes machinaux, de me sentir chaque jour un peu moins singulier que le précédent, un peu moins digne d'intérêt – un peu moins en vie.

J'ai consulté mes mails, en me figurant que plus je plongeais profondément en moi, plus je serais en mesure d'oublier cette sensation. Clic. Supprimer. Clic. Supprimer. Clic. Supprimer. *Annonce à l'équipe : Fête de Noël.* Supprimer. *Mr McCormack : Réunion – Important.* Clic. J'aurais aimé pouvoir les supprimer tous et réduire ma boîte mail à zéro. L'enfer doit certainement se composer d'une éternité de mails sans fin. L'heure de la pause approchait ; il n'y avait toujours aucun signe de Mr Barnes. D'ordinaire, les rumeurs se propageaient en ces lieux comme un feu de brousse, alors si quelqu'un avait entendu quoi que ce soit, à l'heure qu'il est, cela aurait circulé dans tout l'établissement. Je me souviens de la fois où un nouvel enseignant avait complètement perdu son calme et flanqué un coup de poing dans le mur de sa classe. La nouvelle s'était répercutée plus vite que la sonnerie de l'école. Et ce n'était même pas du fait des élèves. Je le suspecte d'avoir scruté ce mur pendant des semaines et d'avoir exactement su où frapper. Pour être honnête à son égard, j'avais souvent pensé à flanquer un coup de poing dans un mur, mais je n'en avais trouvé aucun qui mérite assez d'être frappé.

J'ai marché dans les couloirs, je suis passé devant le gymnase, la cantine, la bibliothèque, j'ai monté l'escalier, et refait ce circuit. Alors que je regagnais ma salle, j'ai vu Sandra qui marchait dans ma direction. Elle m'a regardé, elle a soutenu mon regard, mais sans manifester aucun signe de vouloir ralentir pour me parler. Cela lui était rarement arrivé, et peut-être même jamais. Nous nous arrêtions toujours dans les couloirs, pour bavarder, ou au moins pour plaisanter, ce qui amenait souvent les membres de l'équipe à nous observer avec une suspicion suggestive, ou les élèves à proférer des remarques. Les garçons disant : « C'est bien vous, monsieur ? Allez-y ! » Ou les filles demandant : « Madame, est-ce que Mr Kabongo est votre petit copain ? »

Mes yeux ont crié à Sandra de s'arrêter. J'avais envie de parler, de tout lui raconter, mais elle a continué de marcher. Je suis retourné dans ma classe, je me suis effondré dans mon siège et j'ai attendu la sonnerie.

« Est-ce que ça va, mon vieux ? »

Mr McCormack est entré. J'ai manipulé quelques papiers sur

mon bureau, de manière assez peu convaincante, afin de donner l'impression d'être au travail. Il s'est assis sur la table en face de mon bureau, l'air décontenancé.

« Dites, est-ce que tout va bien ? » a-t-il insisté, avec une nuance d'inquiétude. J'ai été pris au dépourvu, interloqué par sa question, non par sa question en soi, mais par le fait qu'il me la pose.

« Oui ? ai-je répliqué, plus une question en réaction à la sienne qu'une réponse.

— C'est juste que vous n'étiez plus vous-même ces derniers temps, en réalité même plus du tout, dans le courant de cette année. Je voulais juste que vous sachiez bien, vous pouvez venir me voir si jamais vous aviez envie de parler de... » Ce ton de sincérité me faisait horreur. Comme si les formules « ma porte vous est toujours ouverte » ou « si vous avez besoin de vous appuyer sur quelqu'un » étaient sincères. En l'occurrence, ça l'était, en effet, et cela m'attristait. Mr McCormack trouvait toujours le temps – de vous parler, de vous écouter. C'était un homme marié, avec trois enfants, et il trouvait toujours le temps. Pourtant, j'étais là, seul et vivant avec ma mère, à peine capable d'empêcher l'effondrement de chaque instant dans l'instant d'après. J'avais envie de lui dire que c'était moi, que j'étais cet objet empoisonné. Mais mon esprit m'a figé la bouche avant que je ne puisse parler, et j'ai simplement marmonné : « Ça va », alors que la sonnerie retentissait, signalant la fin de la pause.

La journée a passé. Mes pensées sont devenues de plus en plus pesantes. Je n'ai pas quitté ma salle de classe. La question de Mr McCormack m'avait envoyé dans une autre dérive, faite cette fois d'isolement et de doute, considérant l'inévitable vacuité de mon avenir. Je n'ai même pas pris la peine de m'interrompre pour penser à Mr Barnes, pas avant que Sandra n'entre et ne dise : « Tu as appris ce qui s'est passé ?

— Quoi ? ai-je répliqué, surpris.

— Apparemment, Mr Barnes s'est fait voler ou je ne sais quoi. Il est à l'hôpital. Il était sorti pour une soirée avec des amis, il s'est trouvé séparé de son groupe et ensuite il s'est fait agresser, voler...

— Oh, non... où as-tu entendu ça ?

— Gina me l'a raconté.

— Séparé de son groupe... ?

— Oui.

— Ah, c'est plus clair maintenant...

— Attends, qu'est-ce que tu veux dire, c'est plus clair ?

— Ne te tracasse pas.

— Tu vas aller lui rendre visite ?

— Je ne sais pas. Je viens littéralement de l'apprendre.

— Attends, tu ne savais pas ? »

J'ai fait non de la tête.

« Et alors, tu n'iras pas le voir ? »

J'ai réfléchi à la meilleure façon de répondre à cette question, sans mentir. J'en étais incapable.

« Si. J'irai. »

Elle s'est lancée dans une diatribe sur le degré d'insécurité à l'heure actuelle, sur la violence omniprésente dans la ville, les gangs, les couteaux, et sur l'impossibilité désormais de sortir tranquillement pour une soirée, j'ai écouté et confirmé ses doléances – non parce qu'elle avait raison, c'était sans importance, mais parce que je voulais qu'elle reste. Elle est partie dès que la conversation a pris fin.

J'ai entendu un ballon de basket rebondir et des chaussures de sport à semelle de caoutchouc couiner contre le sol en bois. Je suis entré dans le gymnase. Un match de basketball était en cours. L'équipe des visiteurs venait d'une école adverse, et l'uniforme quelconque, rouge et blanc, de ces joueurs faisait peine à voir à côté du nôtre, bleu chrome et or. Je me suis adossé au mur, j'ai regardé Mr Black agiter les bras en l'air en criant ses instructions. À chacun de ses mouvements, il semblait de plus en plus grand, et bouger en synchronie avec ses joueurs, comme s'il était leur marionnettiste. Duwayne était assis sur le banc, complètement absorbé par le match ; il poussait des cris, des bravos, des hourras, soutenait ses coéquipiers. Je l'ai observé et me suis demandé combien de facettes possédait ce garçon.

Il restait moins d'une minute dans le troisième quart-temps. Mr Black a appelé Duwayne du banc de touche, et il est allé se poster en bordure de ligne de touche, se préparant au changement. Il a frappé dans la paume de son équipier qui sortait du terrain et il est allé se placer en défense, face au numéro cinq de l'équipe rouge et blanc, qui déboulait avec le ballon. Duwayne lui a collé au train. L'équipe rouge a fait tourner la balle, récupérant en dribble, contournant la défense. Duwayne leur a subtilisé le ballon et il a couru avec, fonçant à toute vitesse vers le panier, les défenseurs à ses trousses telle une patrouille de police. Ils l'ont ralenti dans sa course, et quelques secondes seulement restant à l'horloge, il a fait deux pas d'écart et exécuté son lancer d'une main avant de s'écrouler au sol. La balle a flotté très haut en décrivant un grand arc de cercle, une étoile filante suivie de sa longue queue, avant d'atterrir dans le panier, comme un caillou jeté dans une rivière : tir direct. À l'instant où la sirène retentissait, Duwayne a brandi son poing serré. Ses coéquipiers se sont rués vers lui. Il m'a lancé un regard au passage, un bref coup d'œil, ses yeux cherchant quelqu'un qui soit fier de lui. Je suis sorti du gymnase en silence.

La semaine a été longue et laborieuse, certains jours étaient une ascension en pente raide, d'autres une dégringolade. En milieu de semaine, je me suis dirigé vers l'église. L'espace central était désert. J'ai suivi le bruit émanant d'une pièce latérale. Je savais que Mami n'y serait pas, ce jour-là. Heureusement, elle était au travail. Je n'ignorais pas que si elle me voyait là, elle considérerait cela comme une marque d'approbation, alors qu'on en était très loin. En fait, je ne sais même pas exactement ce que c'était, mais j'étais là, franchissant en silence la porte latérale ouverte sur une pièce à moitié vide, avec le pasteur Baptiste devant son auditoire.

Il m'a vu, il a sursauté, mais a réussi à masquer sa réaction et à la convertir en l'un de ces nombreux mouvements naturels qu'il avait en prêchant et qui font dire aux gens : « Il est si énergique et si passionné ». Il a pris acte de ma présence avec un hochement de tête, et j'ai pris acte de la sienne en ne réagissant pas.

« Que votre cœur ne se trouble point. Croyez en Dieu, et croyez en moi. Il y a plusieurs demeures dans la maison de mon Père. Si cela n'était pas, je vous l'aurais dit. Je vais vous préparer une place. Et, lorsque je m'en serai allé, et que je vous aurai préparé une place, je reviendrai, et je vous prendrai avec moi, afin que là où je suis vous soyez aussi. »

Le pasteur Baptiste a très délicatement fermé la bible dans laquelle il lisait et a pris la parole comme s'il s'adressait à une congrégation de plusieurs milliers de personnes. J'ai essayé d'écouter ce qu'il disait, mais chacun des mots qui sortait de sa bouche m'emplissait d'indignation ; sa voix était un combustible ajouté au feu rageur de mon cœur enflammé. Après une demi-heure d'intense prière, d'où je m'étais éclipsé, je suis revenu, j'ai constaté que la séance du soir était terminée et que le pasteur, resté seul, rangeait les chaises.

« Michael, je salue ta présence, mais pour être honnête, je ne m'attendais pas à te voir ici ce soir.

— Pourquoi ?

— Eh bien, c'est juste que tu n'assistes pas souvent à l'office, donc je ne pensais pas...

— Non. Ce n'est pas ce que je vous demande. »

Il s'est interrompu net et s'est redressé.

« Alors, que voulais-tu me demander ? a-t-il fait, en regardant dans ma direction, l'air sévère, concentré.

— Pourquoi ? Pourquoi faites-vous cela ? Tout cela ? » lui ai-je répliqué, en désignant la pièce d'un geste de la main.

Il a eu un petit rire, puis il a continué de ranger les chaises.

« Nous aurons cette conversation un autre jour.

— Eh bien, je vous pose la question, maintenant. Je mérite de savoir, vous ne croyez pas ? Surtout parce que vous avez l'intention d'épouser ma mère.

— Elle m'a parlé des propos que tu lui as tenus, de ton ultimatum, Michael.

— Et ?

— Et tu penses que c'est juste ?

— Je ne sais pas si c'est juste, je sais seulement ce qui est censé advenir.

— Et ce qui est censé advenir adviendra.

— Alors répondez à ma question. Pourquoi ?

— Pourquoi ? Tu veux savoir pourquoi ? Je le fais parce que j'aime le Seigneur... et parce que les gens ont besoin d'espoir. Sans cela, nous n'avons rien. »

Il achevait sa phrase comme un sermon.

Son ingénuité et sa dérobade m'ont agacé. Il n'avait rien de magnifique ou d'ésotérique. Il était simple. J'ai soupiré.

« Michael, je sens beaucoup de douleur en toi. Tu dois

apprendre à lâcher prise, sans quoi cela te dévorera de l'intérieur. Crois-moi, je le sais. »

Ses paroles m'ont précipité dans une crise de colère intérieure. Le pasteur Baptiste s'est lentement éloigné et je suis resté planté là, tel un immeuble délabré, qui s'écroule brique après brique.

25

COLINDALE, LONDRES NORD ; 19 H 17

« Où es-tu ? m'a demandé un Jalil saisi de panique dès que j'ai répondu au téléphone.

— Est-ce que tout va bien ?

— J'ai besoin que tu viennes, vite.

— Okay, bien sûr. J'arrive. »

> Je suis désolé. Il s'est passé quelque chose. C'est urgent. On peut reporter, s'il te plaît ?

Dès que j'ai raccroché, j'ai envoyé un message à Sandra. Nous étions supposés « parler ». Je ne suis pas tout à fait sûr de ce que cela signifiait, mais j'ai eu la sensation d'un millier d'araignées nichées sur ma tête. Après une semaine sans se parler, elle m'avait envoyé un mail me disant qu'elle avait besoin de se décharger de quelque chose qu'elle avait sur le cœur. Elle ne m'envoie de mails que si c'est grave, comme lorsqu'elle avait été convoquée en entretien par Mrs Sundermeyer et avait eu peur de se faire virer, mais avait fini par s'entendre proposer une nouvelle fonction, ou quand elle me soupçonnait de m'introduire en douce dans sa salle de classe et de chiper dans son « tiroir à sucreries secrètes », ce qui m'arrivait, en effet, mais ce n'est pas le sujet. J'ai filé en vitesse du travail et traversé la ville jusqu'à Jalil.

« Que se passe-t-il ? » me suis-je écrié dès qu'il m'a ouvert la porte et m'a laissé entrer.

Il m'a petitement accueilli.

« Saluuut. Tu es arrivé vite.

— Je sais. Tu m'as dit de venir vite. C'est Baba ? Il va bien ? » ai-je demandé en entrant au salon, et j'ai trouvé Aminah assise là, bras croisés, jambes croisées.

« Baba va bien », m'a-t-elle répondu. Sa voix, deux accords discordants tentant de s'harmoniser.

« Je croyais que c'était une urgence ? »

Ils ont tous deux hésité à répondre. J'ai regardé Aminah, elle restait assise comme si la chaleur de son corps la quittait. Jalil a regardé dans la pièce, l'air nerveux, les yeux fuyants, jusqu'à ce qu'ils croisent les miens.

« C'est urgent, mon frère..., a-t-il dit, d'un ton implorant. Écoute, tu sais que Baba est dans un sale état, il n'a pas l'air bien. Et j'essaie d'expliquer ça à Aminah.

— Non. En tout cas, tu ne vas pas recourir à l'un de tes préambules pour faire croire que...

— Je peux terminer ?

— ... que ce que tu exiges est justifié.

— Mais je peux terminer, putain ? » a hurlé Jalil, plongeant la pièce dans un puits de silence.

Il s'est raclé la gorge avant de continuer.

« Désolé. Comme je disais, c'est une période difficile. » Il a repris sur son ton implorant. « Et tu sais que Baba tient à ce que je me marie... »

Sa voix s'est alors brisée, et une larme a roulé sur sa joue.

« Il m'a demandé si je voulais l'épouser, est intervenue Aminah, mais pas pour de vrai, juste une sorte de mariage arrangé pour…

— Baba souffre d'une grave arythmie cardiaque. Il n'a pas l'air bien. J'ai passé toutes mes journées à l'hôpital. J'aurais dû te le dire.

— Ce n'est pas juste. Tu ne peux pas te servir de la maladie de ton père pour me manipuler et me pousser à un mariage blanc.

— Ce n'est pas de la manipulation, *habibti*. J'essaie d'exaucer les souhaits de mon père, je veux le rendre heureux.

— J'aurais plus de respect pour toi si tu me demandais réellement de t'épouser.

— Nous n'en sommes pas encore là, nous ne sommes pas encore prêts.

— Mais pour ça nous sommes prêts ?

— Quelle différence ça fait, si on finit par se marier de toute manière ?

— La différence, c'est que je ne vais pas suivre ton plan stupide comme une idiote de femme. Tu me prends pour qui ?

— Mais je t'aime.

— Je te demande d'abord de me respecter, avant de m'aimer. Tu ne demanderais pas ça à quelqu'un que tu respectes. »

Jalil a baissé la tête.

« Tu as quelque chose à dire pour défendre ton ami ? » m'a demandé Aminah.

Je suis resté devant Aminah la bouche entrouverte, la fureur de ses yeux me transperçant de sa brûlure. Elle a eu un soupir excédé.

« Oh, je m'en vais », a-t-elle annoncé, avant de se diriger vers la porte à grands pas et de la claquer assez fort pour secouer les murs. Jalil m'a regardé, l'air amèrement déçu.

« Pourquoi tu n'as rien dit, merde ? »

Il a arpenté la pièce, s'empoignant les cheveux, se les arrachant presque.

« Qu'est-ce que j'étais censé dire ? Lui conseiller de t'épouser ?

— Mon frère, je vais tout perdre. Tout !

— Qu'est-ce que tu racontes ?

— Je suis fauché, mec. Fauché. Je n'ai pas d'argent, plus un sou. Et me trouver un boulot, un vrai boulot, c'est dur, alors j'ai fait un peu tout et n'importe quoi. Tu sais, acheter et vendre des trucs...

— Qu'est-ce que tu veux dire ?

— Non, rien de ce genre. Tout réglo. Enfin, plus ou moins. »

Il a soupiré, parce que je le regardais d'un œil suspicieux, sans savoir que croire.

« Et maintenant, Baba s'imagine que je mène une vie débridée, a-t-il continué. Il m'explique qu'il ne me fait plus confiance, il ne me croit plus capable de tout gérer tout seul, alors il va faire don de la totalité, la maison et mon héritage, sauf si je me marie. Il affirme qu'une femme et une famille me rendront meilleur. M'aideront à comprendre ce qu'est le but véritable de mon existence. En réalité, je le sais, ce qu'il veut, c'est me voir en costume cravate. Il considère que c'est cela, se montrer responsable.

— Je ne saisis pas. Enfin, pourquoi tu ne demandes pas vraiment Aminah en mariage ?

— Parce que je ne suis pas prêt. J'ai peur, d'accord ? J'ai peur. Et maintenant qu'il s'est passé tout ça, c'est trop de pression. Et puis c'est trop tôt. Tu épouserais quelqu'un que tu as rencontré depuis trois mois ?

— Peut-être. Je le ferais si je savais que j'allais épouser la personne de toute façon. »

Il s'est tu, il a baissé la tête, les deux mains à la taille.

« Il n'est pas trop tard. Tu l'aimes ?

— Je crois. » Il a rapidement cligné des yeux, un battement de ses cils fournis. « Je veux dire, oui, je l'aime. Je n'ai pas envie de la perdre. Elle est incroyable.

— Tu es sûr ?

— Oui.

— À t'entendre, ce n'est pas l'impression que tu donnes.

— Qu'est-ce que tu veux dire, mec ?

— Mon frère, qu'est-ce que tu veux ?

— Quoi ?

— Au fond, tu attends quoi de la vie ? lui ai-je demandé, comme si je me posais la question à moi-même.

— Je n'en sais rien, je crois que je n'ai jamais réellement eu à y penser. Ça me convenait de passer d'un truc à un autre, sans prendre les choses trop au sérieux. Je me suis servi du fait d'être à l'université, c'était une manière de donner l'impression de m'engager dans quelque chose, mais en réalité tout ça je m'en moque. J'ai juste envie d'être bien, tu vois ? » Il a détourné la tête, rompant l'échange de nos regards. « J'ai envie que tout aille au mieux. Mais je ne sais pas ce que j'ai envie d'être ou de faire.

— Eh bien, c'est ce que tu vas devoir tirer au clair, tu ne peux pas juste continuer de laisser la vie te tomber dessus, sinon elle va te bouffer de l'intérieur. » Il m'a écouté parler en hochant la tête, et dès que ces mots ont franchi mes lèvres je me suis demandé si c'était à lui ou à moi que je parlais. « Ensuite, il n'est pas trop tard pour faire ce qu'il faut. »

J'ai clos mon propos sur le ton du conseiller toujours sûr de lui, présent pour les autres, pour tout le monde sauf lui-même.

S'il y eut jamais moment pour regarder le poids du monde tomber sur les épaules d'un homme et le faire s'effondrer, ce fut celui-là. C'était vraiment le problème idéal : épouser l'amour de sa vie pour toucher la manne de l'argent paternel. Quel privilège ce peut être même de voir votre père mourir. De savoir où il est enterré, de savoir où vous pourrez le trouver. Quel privilège c'est d'hériter d'autre chose que de sa seule absence, d'autre chose que de la perte et du trauma. Mais nous portons tous notre fardeau, quel qu'en soit le poids. Ces fardeaux sont pesants parce qu'ils sont sur nos épaules. Qui parmi nous troquerait son fardeau pour celui d'un autre, si nous en ignorions le poids ?

Jalil a reniflé et laissé tomber sa tête dans ses mains, puis il a fondu en larmes. Je l'ai rassuré, en le prenant dans mes bras comme un enfant orphelin que l'on adopte, un vagabond à qui l'on offre un toit.

Je suis entré dans ma salle de classe et j'ai jeté mon manteau, mon écharpe, mes gants, mes sacs, tous les fardeaux que je portais avec moi, sur le sol, et je me suis affalé dans mon siège. J'ai senti mon corps, raidi, mes articulations craquer et grincer comme du métal rouillé, mes membres sur le point de claquer comme un élastique trop tendu, et une migraine me cognant les tempes. Pourtant, plus en profondeur, je ressentais une fatigue fondamentale, pas seulement du corps, au-delà de l'esprit, et plus profond que l'âme ; une fatigue qu'il restait à nommer. Heureusement, pour les enseignants, c'était une journée pédagogique, les élèves étaient donc absents. Le silence et la paix s'imposaient dans tout le bâtiment. J'ai décidé d'éviter les activités de team building et de passer la journée entière là, dans ma classe ; une prison ou un sanctuaire à l'abri du monde

– par des journées comme celle-ci, je ne savais pas si c'était l'un ou l'autre.

Je suis désolé d'avoir dû annuler hier. Je sais que tu avais envie de parler et combien c'était important pour toi. Tu es par là aujourd'hui ? Biz. J'ai répondu au mail de Sandra. Je savais qu'elle était là, non parce que je l'avais vue, mais parce que si elle n'avait pas été là, d'autres personnes seraient venues me voir pour avoir des nouvelles.

J'ai passé l'essentiel de la journée à fixer le mur du fond, à regarder les aiguilles de l'horloge bouger mais sans du tout avancer. Les minutes s'écoulaient, mais l'instant semblait rester le même. J'ai imprimé ce que j'avais écrit, j'ai fourré la feuille dans une enveloppe et dans ma poche. J'ai traversé les couloirs de l'école, cette fois avec une sensation différente, d'ambivalence, et d'hésitation, entre deux états d'esprit, entre deux mondes.

J'ai frappé à la porte de Mrs Sundermeyer avant d'entrer. Son visage est resté sérieux, comme si elle posait pour un portrait. Elle avait déjà commencé d'écouter avant que je n'aie parlé.

« Si vous avez une minute, je voulais juste vous dire un mot et vous faire savoir...

— Bien sûr, a-t-elle fait, rassurante.

— Je ne sais pas comment vous dire cela mais... je m'en vais. Je démissionne de mon poste. »

J'ai sorti l'enveloppe de ma poche et l'ai glissée sur la table.

« Je ne m'en sors plus. Chaque jour où je viens ici, ça s'aggrave. J'ai l'impression de respirer du brouillard, sa noirceur et sa grisaille. Je ne le vois pas. Mais je sens qu'il est là. Je le sens sur ma peau, dans mes poumons. Je le tousse, je le crache. Ça ne s'en va jamais. C'est toujours là, certains jours plus que d'autres, mais c'est tout le temps là. Dernièrement, il était de plus en plus là : quand je me réveille, avant de m'endormir, au milieu d'un cours, tout le temps. Je finis par fixer le néant, au hasard, je me sens vide, et je ne sais plus combien de temps s'est écoulé, parfois une minute, parfois une heure. Je peux passer la journée entière à seulement fixer le néant.

« Je prends de longs bains rien que pour sentir la chaleur, mais assez vite j'ai l'impression de me noyer. Je ne sais pas quoi faire, mais je sais que je suis incapable de rester ici, parce que cela ne peut qu'aggraver cet état.

« Imaginez que vous ayez une créature enfermée en vous, un animal aux griffes acérées, et qu'il étouffe, alors il griffe pour sortir, pour tenter de se libérer. Et plus il manque d'air, plus il vous griffe, de l'intérieur, en tentant de s'échapper, et cela fait de plus en plus mal. Et tout ce que vous pouvez faire, de l'extérieur, c'est juste garder votre calme, parce que personne ne sait que vous portez cette créature en vous ; personne ne le sait, et quelquefois vous ne le savez pas vous-même. »

J'étais stupéfait de m'entendre lui confier tout cela. Je l'ai regretté instantanément. J'ai essayé de me retenir, mais je n'ai pas pu ; chaque souvenir, chaque douleur, chaque serrement de cœur, chaque élancement de l'âme, chaque larme de l'esprit revenait m'assaillir. Même les souvenirs heureux, la joie, le rire, les sourires me faisaient pleurer encore un peu plus, car je savais que je ne les reverrais plus ; ce navire avait appareillé, et on m'avait laissé seul sur une île. Mrs Sundermeyer est demeurée dans la même position qu'elle avait à mon entrée, celle d'un portrait, comme si elle était insensible, indifférente, ou comme si elle devait encore intégrer ce que j'avais dit. Elle s'en moque.

« Donc, je dois m'en aller. Je partirai à la fin du trimestre. C'est ma notification. Mais je ne veux qu'on en informe personne, aucun de mes élèves, aucun de mes collègues. Personne. Je ne veux pas de cartes d'adieu, de gâteau, d'au revoir, et rien d'autre. Je veux juste disparaître discrètement, passer à la suite et faire ce que j'ai besoin de faire. »

26

BROOKLYN, NEW YORK ; 8 H 08

Les yeux de Michael s'ouvrent sur un silence solennel. Il est allongé sur un lit d'une personne, entouré de murs blancs, dans la chambre sans fenêtres d'un appartement de Brooklyn. Il y a un canapé deux places à côté du lit, un bureau en face, quelques objets d'art, ce qui confère à la pièce une allure moins temporaire.

Il est assis dans le lit, les jambes étendues sur le sol en acajou stratifié. De l'autre côté de la porte, il n'y a aucun bruit, il se peut donc que les gens avec lesquels il partage ce logement soient tous partis au travail. Il en a rencontré deux hier, un homme et une femme, dont il ne s'est pas donné la peine de mémoriser le nom. L'homme était petit et n'arrêtait pas de vouloir compenser sa taille modeste par des blagues maladroites, auxquelles Michael avait acquiescé d'un rire gêné, et la femme n'arrêtait pas de parler de son ex-amant, avec lequel elle couchait encore ; ces deux conversations l'avaient forcé à entrer dans un rêve éveillé, où il était surtout question de Belle. Il peut le dire, maintenant, Belle. Il connaît son nom, qui l'emplit d'une sensation semblable au battement d'ailes d'un oiseau contre la corniche de son cœur.

Le salon est si spacieux qu'il pourrait y courir. Il se rend à la fenêtre, pour contempler la vue, mais elle est barrée par l'immeuble voisin, au mur latéral décoré d'une fresque murale peinte à la bombe, et il est tombé sur le trottoir une neige pure, molle et blanche. Il s'assied dans le canapé avec une tasse de thé, et la guitare dans l'angle de la pièce lui fait regretter de n'avoir pas continué d'en jouer. Il éprouve ici une sérénité qui lui a longtemps échappé. C'est peut-être le lieu ; c'est peut-être elle.

Il sort de l'appartement et marche vers la station de métro de Morgan Avenue. La neige est molle et délicate sous ses pieds, mais elle lui gèle rapidement les orteils. Il passe devant l'alignement d'immeubles d'habitation reconvertis, d'anciens bâtiments industriels, devant un terrain de basket enneigé, et se demande à quoi cela ressemblerait de jouer un match à cet endroit. S'asseoir dans le train, au milieu de la journée, et se diriger vers le nord de la ville, paraît irréel. Il lui semble effectuer un trajet ordinaire qui fait partie de sa routine hebdomadaire habituelle. Il regarde autour de lui les autres passagers dans le wagon, et ils ne le regardent absolument pas différemment.

Le métro de New York est compliqué, le plan ressemble au diagramme du système nerveux central des humains. Seuls les New-Yorkais savent s'y repérer sans se perdre. Il descend du train et change pour la Red Line, direction la 135e Rue. Il appelle les lignes par leur couleur : Red Line pour Harlem, Green Line pour le Bronx, Grey Line pour Brooklyn. Belle l'a averti que c'était une manière ridicule de se remémorer les lignes, quand il lui avait demandé lesquelles prendre pour rejoindre la sienne, et elle avait plutôt essayé de lui expliquer le système de désignation par lettres, qu'il avait jugé encore plus ridicule, en particulier quand elle lui avait vaguement mentionné le fait que les trains étaient au niveau « local ».

Il descend d'abord sur la 116e Rue et regarde autour de lui.

Il se souvient de ce que Belle lui a dit, quand ils ont fait leur longue et mystérieuse promenade, qu'un restaurant afro dans cette rue propose un gâteau incroyable, et il pensait que ce serait une bonne idée d'en acheter un peu. Chocolat, sa préférence à elle, et carotte, sa préférence à lui. Alors qu'il emprunte la rue du restaurant, il aperçoit un distributeur de billets. Il s'arrête, insère sa carte et vérifie son solde : 1 452 dollars. Il respire à fond. Il n'éprouve ni panique ni calme, une simple acceptation de ce qui est et de ce qui va suivre. *Je ne peux oublier pourquoi je suis venu ici.* Il se procure ce qu'il souhaite au restaurant, puis il retourne au métro et reprend la Blue Line jusqu'à ce qu'il arrive enfin à la station de la 135e Rue.

« Tu ne peux pas le manquer. C'est un immeuble marron, à trois rues de la station. » Ses instructions étaient claires, et simples, pourtant, il se perd quand même. Il lève les yeux vers les tours d'habitation. En fin de compte, il arrive là-bas en s'aidant des plans dans son téléphone. Il prend l'ascenseur et frappe à sa porte couleur lie-de-vin. Elle ouvre.

« Salut, toi, s'écrie-t-elle, d'une voix chantante. Tu y es arrivé.

— Je me suis pas mal débrouillé. » Il sourit.

Elle est habillée d'une longue robe imprimée ample et flottante qui tombe droit contre la minceur de son corps. Ses cheveux sont enveloppés d'un foulard en soie. Elle se retourne, en laissant la porte ouverte, et dit « Entre », alors qu'il traverse le salon jusque dans la cuisine attenante.

« Je donnais justement à manger à mon chat », ajoute-t-elle, et il regarde autour de lui, s'assied dans le canapé en cuir, en essayant de se faire le plus petit possible. La télévision grand écran devant lui est éteinte. Sa bibliothèque sur la gauche attire son attention. Il y a là des tableaux, certains sur toile, d'autres accrochés au mur, de figures représentées en silhouettes, ésotériques, divines, ailées, chacune d'elles ressemblant plus ou moins à Belle.

« Tu as un joli appartement. »

Le chat surgit de derrière un grand objet décoratif extrême-oriental posé au sol. Il claudique bizarrement et une clochette tinte à son collier.

« Je lui ai attaché une clochette parce qu'elle sortait tout le temps vagabonder et se perdait. Elle a été heurtée par une voiture et le vétérinaire a dû lui amputer la patte.

— Oh, c'est triste, remarque-t-il, espérant que sa préoccupation paraisse sincère.

— C'était avant moi. Je l'ai prise au refuge. Le coup de foudre instantané. » Elle rit. « Elle s'appelle Monica.

— Oh, comme Monica dans *Friends* ?

— Raté.

— Monica Seles ?

— Nan.

— Monica Lewinsky ?

— Non...

— OK, j'ai épuisé toutes les Monica.

— Comme Monica la chanteuse.

— Ah. Bien sûr. »

Elle soulève la chatte et la caresse.

« Tu t'entends avec les chats, non ?

— Oui, complètement », fait-il, en tâchant de s'en convaincre plus encore qu'elle. Elle tend les bras et pousse la bête vers lui comme s'il devait s'en approcher et la prendre.

« Peut-être la prochaine fois », dit-il, et il sourit nerveusement. Bien que ce soit un après-midi lumineux, dehors, à l'intérieur, Belle a tiré les rideaux, allumé les bougies et fait brûler de la sauge, ce qui donne à la pièce une atmosphère de séance nocturne de spiritisme.

« Tu peux retirer ton manteau, tu sais, rit-elle, et te mettre à l'aise. »

Son rire le rassérène. Il se détend et retire en effet son manteau, son écharpe et ses bottes, et il s'installe à son aise dans le canapé, en y occupant un peu plus d'espace qu'auparavant.

« Ok, mais n'en rajoute pas non plus, s'amuse-t-elle encore avec un petit rire, en s'approchant et en lui tendant une tasse d'un breuvage chaud.

— Du thé ? » Il sourit, et puis elle sourit, ce qui lui rappelle le temps écoulé depuis qu'un sourire lui a été adressé.

« J'ai apporté des gâteaux. »

Il lui tend la boîte, qu'elle prend avec enthousiasme, et elle revient avec les pâtisseries disposées dans une assiette. Elle s'assied à côté de lui dans le canapé, les pieds pelotonnés sous les jambes. La musique acoustique d'un chanteur de folk à la voix éraillée les berce à l'arrière-plan. Ils boivent du thé, mangent du gâteau et se délectent de leur solitude de l'instant.

« Michael, dit-elle après avoir avalé une gorgée de thé, nous avons déjà passé plusieurs moments ensemble, et je n'en sais pas assez sur toi.

— Qu'est-ce que tu veux savoir ?

— Tu ne parles jamais de toi.

— D'accord, alors qu'est-ce que tu veux savoir ?

— Ce n'est pas le propos, ne m'oblige pas à te poser des questions.

— Alors, je suis censé me mettre à parler ?

— Ben oui !

— De moi ?

— C'est exact.

— Je ne sais pas. Je n'ai pas l'habitude. Je n'ai jamais eu personne à qui parler. Je veux dire, il y a eu des gens, mais je me sentais seul, quelle que soit la personne.

— Je me suis sentie seule, moi aussi. Enfin, du moins, presque toujours. » Elle s'interrompt, elle soupire, regarde dans sa tasse de thé. « J'ai eu une grande famille élargie. J'ai grandi avec mes cousins et mes grands-parents, ensuite on m'a placée, mais tu sais tout ça. Enfin, c'est parce que moi, je parle vraiment.

— Oui, mais pour toi c'est plus facile parce que tu es une...

— Parce que je suis une quoi ?

— Rien.

— Tu allais dire une femme, n'est-ce pas ?

— Non.

— Mais si, bien sûr. Tu allais dire que parce que je suis une femme, je parle beaucoup plus.

— Pas du tout ! J'allais dire parce que tu es... tu es... une artiste ; tu es plus créative et plus expressive que je ne le suis. Tu peins et tout et tout.

— Alors, non seulement tu te montres patriarcal, sexiste et misogyne, mais tu es aussi un sale menteur. Beurk. Les mecs sont vraiment nuls. »

Elle lui flanque un coup de poing espiègle à l'épaule et il feint d'avoir mal.

« Et toi tu es une androphobe ; c'était un geste de violence fondée sur le genre.

— Non, c'était de la violence fondée sur le fait que tu es un pauvre naze. »

Elle lui bondit dessus avec une agilité féline, mais il anticipe, l'arrête en plein vol et la ramène vers le canapé, où ils s'empoignent. Il l'entoure de ses bras et la bloque.

« Tu as compris que je te tiens, hein ?

— Peut-être. Ou peut-être que tu m'as amenée exactement là où je voulais que tu m'amènes.

— Ah !

— Peut-être que je suis une masochiste et qu'il ne me reste plus que les menottes, le fouet et les chaînes que j'ai cachés sous ce fauteuil. »

Il dénoue lentement son emprise.

« N'empêche, cela me semble assez excitant, ricane-t-il.

— Espèce de sale type. »

Elle retourne à son extrémité de son canapé, prend son thé, étend les jambes sur son ventre, avec un sourire de mauvais augure. *Je me délecte du moindre moment avec elle ; de toute cette joie et de tous ces rires. De chaque instant.* Il la regarde, il regarde en elle.

« Quoi ? fait-elle, à l'évidence se sentant mal à l'aise.

— Rien.

— Je veux quand même en savoir davantage sur toi... du genre où tu as grandi ?

— Eh bien, j'ai grandi dans une résidence... celle où nous habitons maintenant, la même.

— Attends, dans une résidence ?

— Oui.

— Avec des chevaux et des champs et tout ce merdier ?

— Quoi ? Non. » Il rit.

« Un domaine, quoi ?

— Enfin, non, une cité. Tu sais, des logements sociaux, la zone, quoi, comment vous les appelez, la Section 8, les barres ?

— Ah ! Ouah ! Ici, le terme désigne quelque chose de complètement différent.

— J'ai cru comprendre.

— Et c'était comment ?

— Tu sais, rien que des histoires complètement stéréotypées, on naît, on grandit pauvre... et noir, mais tout n'était pas entièrement négatif. Il y avait tellement de choses que j'adorais. Je me souviens qu'on me répétait tout le temps de prendre exemple sur mon père, alors c'est ce que j'ai fait. Même après, quand il n'était plus là.

« Et puis tu sais, on s'habillait en FUBU, la totale, et en Fat Albert, en Sean John, en Rocawear, en jeans baggy quadruple-XL, taille super basse, et des Air Force One...

— TOI ? glapit-elle. J'y crois pas. » Elle explose de rire. « Je peux pas imaginer, là.

— Crois-moi, ça ne te plairait pas. Dieu merci, on n'avait pas de smartphones avec appareil photo, à cette époque.

— Je sais, d'accord.

— Et toi alors ? Tu ressemblais à quoi ?

— J'étais une petite déesse punk, avec collier de chien en métal, les cheveux en épis, des T-shirts anarchistes, et j'organisais des fausses séances de spiritisme pour jeter la malédiction sur les harceleurs du lycée en écoutant du death metal.

— Donc tu n'as pas changé, alors ? » lance-t-il, et il regarde son sourire se muer en rire. Il aimerait réussir à l'enfermer dans un bocal et l'emporter avec lui partout où il va ; peut-être multiplier ce sourire par des milliers et le répandre dans les prisons, à des coins de rue infestés de drogue, dans des lieux de conflit et de guerre, dans des familles abusives et d'autres endroits où l'on a besoin d'espoir.

« Il ne t'arrive jamais de penser que ta vie aurait pu être très différente ? lui demande-t-il.

— Tout le temps. Je m'interroge sans arrêt : est-ce que j'ai effectué les bons choix, ou fait ce qu'il fallait faire, même si je n'y peux plus rien.

— Parfois, on est juste obligé d'accepter son destin, non ?

— Son destin ? Rien à foutre de ces conneries, lui répond-elle sans détour. Dans ce monde, je crois que rien n'est voué à exister. Regarde-le, ce monde. Toute cette mort et cette destruction, il y a quelque part un bébé nouveau-né qui va mourir, des familles qui seront séparées aux frontières d'un pays, toutes ces guerres absurdes, des centaines de personnes vont crever dans une région du monde qui ne fera même pas les news, et tout le monde continuera de vivre sa vie comme si c'était normal.

« Et je suis censé dire que c'est le destin parce que j'ai une nouvelle voiture ou un nouveau boulot, une hausse de salaire, ou parce que je me suis prise d'un amour réciproque pour un autre membre écervelé de notre espèce ?

— Pourtant, il y a un peu de beauté en ce monde.

— Malgré tout, cela nécessite-t-il l'existence de toute cette laideur ? Tu sais, nous autres humains, nous sommes supposés être la plus intelligente des espèces, créée à l'image d'un dieu omniscient, cossard, trop glandeur pour user de ses pouvoirs, un dieu qui préfère assister aux guerres plutôt que d'y mettre un terme, et nous n'arrivons toujours pas à intégrer la chose fondamentale que nous savons tous : nous n'avons aucune idée de ce que nous foutons ici et un jour nous ne serons même plus là pour essayer de comprendre.

« Nous vivons sur un caillou, qui tourne autour d'un autre caillou plus grand qui est en feu, dans un univers si vaste, rempli de milliards et de trillions de cailloux, et pourtant nous avons l'arrogance de croire que nos vie ont un poids.

« Nous bombons le torse, pleins d'importance, mais nous oublions que c'est dans notre insignifiance que nous puisons toute notre valeur, c'est dans la conscience que rien de tout ceci ne compte que nous découvrons ce qui compte. C'est là que réside la beauté. C'est là que nous nous trouvons nous-mêmes. »

Michael dévisage Belle. Il est envoûté par ses sortilèges : reine vaudou, chamane, prêtresse. Elle soutient son regard, et ses yeux le transportent vers des destinations d'outre-monde.

« Désolée, dit-elle. J'ai tendance à me lancer dans de longs délires.

— Tendance ? »

Elle le regarde, légèrement gênée.

« Il ne faut jamais s'excuser de ce qu'on est. »

Elle baisse les yeux. Il la regarde disparaître en elle-même un moment. Elle est calme et paisible, en surface, mais au-dessous, le tonnerre gronde.

« Il y a un documentaire qu'on devrait regarder. Tu aimes bien les documentaires ?

— J'adore ! » s'exclame-t-il avec gaieté, transformant l'atmosphère de la pièce. Le soleil entame son coucher dans le ciel, emportant avec lui sa coupole mêlée d'azur et d'écarlate.

1 426 dollars.

27

HARLEM, NEW YORK ; 3 H 33

« DNR, fait Belle, en remarquant le tatouage sur la cage thoracique de Michael, juste au-dessous de sa poitrine. Qu'est-ce que c'est ?

— Oh, euh, c'est juste les initiales de quelqu'un... un souvenir.

— C'est pour ça que le tatouage est près du cœur ?

— Quelque chose comme ça.

— Tu mens, c'est évident, mais c'est bon, je vais pas insister.

— Tu es trop intelligente, cela te nuit.

— Mon intelligence nuirait à n'importe qui. »

Ils sont allongés dans un silence confortable, le genre de silence qui se partage entre amants.

« Je pensais que cela te poserait un problème », fait Belle, la tête sur sa poitrine, lui caressant le ventre, et la main de Michael remonte, entortille ses mèches de cheveux. Le clair de lune brille à travers la fenêtre, transformant les murs blancs en un bleu sombre et fluorescent, comme la couleur la plus sombre de la peau, l'opposé du péché. Sa chambre est un sanctuaire, un répit face au froid mordant de ce monde.

« C'est pour cette raison que je suis descendue du train l'autre fois quand je te l'ai dit. Ce n'était même pas ma station. Et pour être sincère, je ne pensais pas te revoir un jour. »

Il continue d'entortiller ses mèches, en la regardant respirer profondément, en observant le battement de ses cils, en comptant chacun d'eux à la lumière frémissante des bougies.

« Tu n'avais pas à t'inquiéter, dit-il, tentant de la rassurer.

— Mais si, je m'inquiète. Tu ne saisis pas. Un tas de types changent d'avis sur toi une fois qu'ils ont compris. Au début, ce ne sont que des blagues sur des plans à trois, mais ensuite, au bout d'un moment, ils se sentent sous pression. Ils finissent par se demander ce que vont dire leurs mecs, leurs amis ou leur famille.

— Écoute, tu as aimé quelqu'un, ça n'a pas marché. Tu n'as pas à laisser le passé envahir le futur.

— C'est difficile de l'éviter...

— Je comprends.

— Surtout avec les hommes. » Elle hésite et lâche un long et lourd soupir, avant de reprendre la parole. « Je suis attirée par vous tous. Mais je ne vous apprécie pas tous. Je n'ai pas été avec un homme depuis longtemps.

— Je ne sais pas ce qu'il faut que j'en pense.

— Tu devrais te sentir chanceux, lui réplique Belle, comme interdite. Tu es juste différent, une énergie paisible. »

Un silence passe entre eux, lourd, affligé. Il se tait et attend qu'elle parle à nouveau.

« Je ne comprends pas pourquoi les hommes agissent ainsi, c'est tout. Pourquoi le monde est ainsi. Une fille au collège dans le Bronx se fait siffler par des types parce que son corps commence à être formé, des femmes immigrées d'Afrique de l'Ouest font le trottoir dans les rues de Paris parce qu'elles doivent vendre leur corps rien que pour gagner un peu plus d'argent et aider leur famille au pays, des femmes violées en Afrique du Sud, violées au Congo, violées au Soudan, violées à Crenshaw, violées au Honduras, violées à Bahia, violées au Myanmar, violées en Inde, violées en Espagne, violées en Irlande, violées, violées, violées, violées, violées, violées, violées, violées, violées, violées, violées, violées, violées, violées…

« Que devient un mot que l'on utilise sans arrêt, sans arrêt ? Perd-il toute signification ? Le poison se transforme-t-il en nectar si suave qu'il devient normal ? Au point que nous ne voyons plus qu'il nous tue ? Que ce poison tue toutes les femmes ? Les femmes gays, les femmes bi, les femmes trans, alors être noire, en plus de tout ça, tu comprends ? Tu comprends vraiment ?

« Sais-tu ce que cela fait de voir et de savoir tout ceci, mais d'être encore obligée de continuer, d'avancer encore en ce monde en sachant qu'il n'y a rien d'autre pour toi que toi-même ? Je préférerais jeter ce monde dans le feu où ils ont l'habitude de brûler l'effigie qu'ils ont créée de la femme, qu'ils ont créée de la Noire, qu'ils ont créée des gays, regarder le monde dévoré par les flammes et laisser tout cela derrière moi. »

Michael attire Belle contre lui. Il sent ses larmes. Il sait qu'elle pleure, bien qu'il ne puisse le voir. Et à cet instant, cet instant de synchronie émotionnelle débridée, il ne fait qu'un avec elle. Il sent combien elle a été obligée de se montrer forte toute sa vie, tout ce qu'elle a été contrainte d'endurer, sans aucune chance de répit. *Je ne souhaite pas lui donner le monde ; au contraire, je souhaite le lui soustraire, le soustraire de ses épaules, et le déposer à terre. Je souhaite arriver à lui souffler qu'il peut y avoir une existence sans fardeau, une vie sans souffrance, une vie où chaque jour n'est pas une épreuve, un test d'endurance ou un obstacle à surmonter. Je voudrais réussir à introduire l'espoir des générations futures dans cet instant, et lui montrer qu'un jour, tout prendra sens. Toute la douleur subie, toute la souffrance, et qu'un jour nous vivrons en équilibre sur les mains tendus de ceux qui se déclarent libres. Mais je ne peux pas, tout ce que je peux, c'est être ici ; je n'ai rien à lui donner, et rien qui reste que je puisse me donner à moi-même. Mes mains sont plus vides que mon cœur, ce cœur qui s'est saigné à blanc.*

Belle lève les yeux vers lui, ses larmes coulent comme les cascades de Cressida ; amante ailé infidèle au monde, qui s'envole vers le soleil brûlant. Si seulement ils pouvaient quitter cet endroit pour toujours. Ils s'embrassent. Ses lèvres, si douces et tendres, évoquent des souvenirs oubliés de ce que l'on ressent quand on est vivant. Michael sent le nuage noir, le brouillard qui l'entoure se lever peu à peu. Il roule au bord du chemin, reflue dans l'inconnu d'où il était venu. Elle se couche sur lui. Sa chaleur est éternelle. Son cœur est un phare et il est un navire perdu sur l'océan.

Elle marmonne des mots dans une langue inconnue à ses oreilles et glisse sa main, délicatement, avec tendresse, du bout des doigts, de son nombril jusqu'à ses abdominaux et sa poitrine, et elle étend sa main comme si elle explorait le territoire de son corps.

Belle soulève sa jambe au-dessus du ventre de Michael, et place ses cuisses au-dessus des siennes, qu'elles caressent doucement. Il se sent durcir, une bûche, et son membre se frotte doucement à elle. Elle se met à le caresser et lui embrasse le cou. Une petite poche d'air s'échappe de sa bouche. Elle l'embrasse encore. Son souffle se transforme en folle palpitation. Il regarde sa poitrine se soulever et s'abaisser, chaque respiration plus rapide que la précédente. Il entend son gémissement feutré. Ils se font écho dans la chambre au clair de lune.

Ses baisers remontent jusqu'à sa joue. Il se tourne et fait face à elle, sa bouche sur sa bouche ; leurs lèvres partagent la danse du sacré. Il bascule au-dessus d'elle. Elle enveloppe son corps de ses bras, de ses jambes. Ils sont à la merci l'un de l'autre, à la liberté l'un de l'autre. Il dépose ses baisers dans son cou, elle gémit sur une note plus élevée et il entoure son sein de sa paume. Elle se déploie lorsqu'il fait passer sa robe imprimée et flottante par-dessus sa tête et la lance à l'autre bout de la pièce. Il embrasse ses tétons et s'imprègne de la douce étoffe de son sein. Ses baisers descendent plus bas, sa bouche se déplace en nomade sur le territoire de son corps ; plus bas, du sein au sternum, du sternum au ventre, du ventre au nombril, et encore plus bas vers son entrecuisses. Leurs mains se nouent, leurs doigts entrecroisés, alors qu'elle relève les jambes au-dessus de ses épaules. Il se baisse et baise ses lèvres, les sépare avec sa langue, cherche le joyau de sa couronne. Une reine sans empire ; un royaume jamais vaincu par la guerre. Bénis soient les saints qui siègent parmi nous ; bénis soient ceux qui sont assez bénis pour toucher, assez bénis pour aimer.

Tu es une énigme, un mystère, l'aurore boréale de mes cieux assombris, l'imaginaire enfantin de mon esprit adulte. Tu es l'harmonie de la lune, composée dans la clef de la tranquillité, un orchestre de violons jouant dans dix soleils brûlants ; tu es les larmes du dernier soleil qui brille. Tu es un kalpa, saisi dans un seul souffle, mon cœur trouve le repos, cette sensation insensée, tu me transmets des vibrations comme les mains de l'ancêtre sur un tambour djembe.

Sans jambes, vers toi je courrais ; sans yeux, ton visage je verrais ; sans oreilles, ta voix j'entendrais ; sans mains, ta peau je toucherais ; sans bouche, ton bijou je goûterais ; sans nez, ton parfum je sentirais ; sans cœur, c'est toi que j'aimerais. Tu es ma personne.

L'apogée des gémissements de Belle s'élève comme un raz-de-marée océanique et retombe sur eux, les nettoyant comme une ablution de la grande prêtresse ; ils sont aimés, ils sont aimés, ils sont l'amour.

Sur le trajet du retour de Michael vers Brooklyn, le train s'arrête à toutes les stations. Il est assis et observe les visages fatigués et usés qui sont avec lui. Il est quatre heures du matin, une heure qu'il ne connaît que trop bien. Il descend à Morgan Avenue et regagne l'appartement à pied. Les rues sont silencieuses, froides et insolites ; la neige fondue ressemble à une mare liquide d'une autre planète.

Il ouvre la grande et lourde porte rouge de l'appartement aussi silencieusement que possible, et s'aventure jusque dans sa chambre, dans l'obscurité. Il ferme la porte, et retire lentement toutes ses couches de vêtements. Il s'assied sur le bord du lit, le regard fixe, fixe, fixe.

1 351 dollars.

28

GARE DE PECKHAM RYE, LONDRES SUD ; 19 H 58

Une pluie torrentielle se déversait des nuages gris couvrant le ciel. J'ai attendu à la gare. Quelques rares courageux se sont risqués à sortir. Quand ma patience s'est retrouvée périmée comme du lait caillé, j'ai marché vers la gauche en sortant de Peckham Rye et jusqu'à la rue principale, je suis passé devant le McDonald's, devant Poundland, devant la boutique de dépôt-vente, devant le salon de coiffure.

« Je n'arrive pas à croire qu'il vive par ici », ai-je marmonné, alors que la pluie s'infiltrait à travers l'écharpe dont je me servais pour me couvrir. Il y a quinze ans, ou même dix, quelqu'un comme Mr Barnes n'aurait jamais vécu à Peckham. Il aurait été trop intimidé par le nombre de langues que parlaient les gens, qu'il ne comprenait pas, par le tapage des églises les dimanches après-midi ou le nombre de jeunes garçons qui se baladaient capuches rabattues avec leur bas de survêtement baggy. J'ai longtemps été l'un de ces garçons. Nous finissions par nous bagarrer au McDonald's, ou dans des ruelles je ne sais où, seuls les plus athlétiques d'entre nous étaient en mesure de s'échapper pour raconter l'épisode, et c'était tout ce que nous cherchions – faire savoir à d'autres qu'il se passait quelque chose dans nos vies. Mais certains jours nous venions par ici avec nos parents, nos oncles et nos tantes, acheter des denrées que nous seuls connaissions, parler un langage que nous seuls entendions, et prier le Seigneur comme nous seuls le pouvions. Nous nous amusions, nous nous faisions des amis et sans que ce soit parfait, tout cela nous appartenait.

J'ai à peine reconnu cet endroit. J'ai marché jusqu'au bout de la rue, puis j'ai pris à droite, je suis passé devant la bibliothèque, devant le Prince of Peckham. J'ai continué dans un dédale de ruelles jusqu'à tomber devant sa porte. 276. Je suis resté devant la porte, en m'accordant un bref répit à l'abri de la pluie qui refusait de se dissiper. J'ai frappé trois fois, en hésitant. Des pas ont fait craquer les marches de l'escalier en bois puis ont glissé lentement sur le plancher avant qu'une lumière s'allume et que la porte s'ouvre. Mr Barnes. Son visage était une toile composée de couleurs primaires : le bleu des hématomes au niveau des pommettes, le rouge du sang qui suintait de sa lèvre fendue, et le vert de la rancœur dans ses yeux qui semblait ne jamais refluer. Il m'a dévisagé, comme incapable d'aligner une phrase cohérente.

« Qu'est-ce que vous faites ici ?

— Je suis venu vous rendre visite », ai-je répondu, en m'avançant, une manière de lui suggérer qu'il me laisse entrer. Mr Barnes a hésité puis m'a fait signe de franchir son seuil. J'ai pris place dans son salon et regardé autour de moi les murs peints d'une couleur située entre le blanc et le crème, et le mobilier Ikea.

« Puis-je vous servir à boire ?

— Un thé, s'il vous plaît. »

Il est revenu avec une tasse de thé pour moi, un verre d'autre chose pour lui. Je l'ai regardé, mais il n'a pas cessé de regarder devant lui, la télé sur le mur, qui était éteinte.

« Vous n'allez rien dire ?

— Dire quoi ? a-t-il répondu.

— Vous allez me raconter ce qui s'est passé ?

— Pourquoi ? Vous avez bien dû en entendre parler. Alors vous savez déjà. C'est pour ça que vous êtes venu jusqu'ici.

— Tout le monde au travail était tellement triste pour vous... "Mr Barnes s'est fait attaquer, il s'est fait voler", mais je sais qui vous êtes, en réalité. Alors j'ai besoin d'entendre la vérité.

— Pour quoi faire ? Enfin, en quoi ça vous regarde ? Ce n'était rien. »

Il avait un peu élevé la voix, en me dévisageant.

« Vous mentez. Je le sais parce que je vous ai vu ! Je vous ai vu, d'accord. Je vous ai vu sur ce pont.

— Quoi ! »

Il s'est levé.

« Qu'est-ce que vous foutiez là-bas ?

— Vous étiez là ?!

— La question, c'est pourquoi vous y étiez. Vous savez que cet endroit ne sert qu'à une chose. Vous vouliez vous procurer votre dernier fix ou quoi ?

— Oh, allez vous faire foutre. Vous ne savez rien de rien, vous les avez vus m'agresser et vous êtes resté passif...

— Vous vous achetiez de la drogue, qu'est-ce que j'étais censé faire, bordel ?

— Appeler la police.

— Et me faire arrêter à leur arrivée ? Vous êtes un idiot. Vous ne savez pas comment les choses marchent, dans cette ville ? »

Il est resté silencieux.

« Et c'était des élèves de notre lycée, là-bas.

— Non, pas du tout.

— De notre putain de lycée.

— Est-ce qu'ils m'ont vu... ? Merde. Je pourrais perdre mon boulot.

— Il y a plus important que votre boulot, ils pourraient perdre leur avenir ! Vous ne comprenez pas que vous les piégez dans ce cycle infernal de merde ?

— Mais j'étais juste...

— Pour vous, c'était une soirée comme une autre, mais eux, ils ne voient aucun moyen d'en sortir.

— Et c'est ma faute ? Vous étiez là, et vous n'avez rien fait.

— Il n'empêche, vous êtes une partie du problème.

— Du problème ? Pour qui vous vous prenez, merde ? Vous ne savez rien de moi, d'où je viens, et comment j'ai grandi. Qui êtes-vous pour juger ? Dois-je vous parler de mon père qui me maltraitait, ou de ma mère alcoolique ? Ou êtes-vous venu jusqu'ici pour me faire la morale ? Vous vous en fichez. Vous êtes un connard, vous venez ici en jouant les grands sages, en vous donnant de grands airs vertueux, mais vous n'êtes pas différent de moi. Vous n'êtes ici que pour vous-même. Vous êtes ici parce que vous vous sentiez coupable, et vous ne supportiez pas. La différence entre vous et moi, c'est que moi, je supporte. »

D'une gorgée, Mr Barnes a avalé le liquide translucide qui remplissait son verre.

Il avait raison. Je m'en fichais, ce n'était pas de lui qu'il s'agissait. J'étais venu ici parce que la culpabilité que j'éprouvais me pesait trop, et rien que par ma présence ici, ma petite voix dans ma tête allègerait ce fardeau en me soufflant que j'avais agi comme il fallait.

« Si je découvre qui était ce garçon, a-t-il continué en rugissant, je le dénonce aux flics. Et je vous dénonce, la totale, a-t-il ajouté, en pointant son doigt sur ma poitrine.

— Pauvre type, allez-vous faire foutre. »

J'avais envie de lui mettre mon poing dans la figure, mais à la place, j'ai balayé sa main et je suis parti, en claquant la porte derrière moi.

Je n'avais pas revu Sandra depuis un moment, peut-être qu'elle m'évitait. Ou que je l'évitais. En tout cas, c'était ce que je ressentais, mais en marchant dans les couloirs, je tournais la tête en tous sens en espérant la voir. Je me suis dirigé vers ma salle de classe, où j'ai découvert quelques élèves déjà en rang, avec Alex l'As des A+ en tête de la file. Je leur ai ouvert la porte, pour les faire entrer, et le reste a suivi, chacun se rendant à sa place alors que la seconde sonnerie retentissait. Duwayne est apparu au bout du couloir, il courait vers moi.

« Désolé, monsieur, je suis en retard », a-t-il fait, essoufflé, avec un regard quêtant l'approbation. Ses excuses m'ont surpris ; au vu de ses habitudes, ce n'était absolument pas du retard. Un jour, il était arrivé si tard que c'était la fin du cours, il avait pointé une tête en me glissant : « Sain et sauf, monsieur », avant de s'adresser à l'un de ses amis dans la classe et de le prier de venir avec lui. Son audace de cette fois-là m'avait autant surpris que ses excuses à cet instant. D'un signe de tête, je l'ai invité à entrer. Il a franchi le seuil d'un pas hésitant, avec une expression de soulagement poli.

« Aujourd'hui, nous allons nous pencher sur le livre *Les cerfs-volants de Kaboul*, mais avant de continuer, combien d'entre vous ont effectué des recherches ? » leur ai-je demandé, sans beaucoup d'espoir. Les clients habituels ont levé la main.

Duwayne a aussi lentement levé la sienne. Je l'ai observé d'un œil suspicieux, dans un silence incrédule.

« D'accord, alors qui peut me dire ce qu'est un réfugié ? »

Du fond de la classe, Duwayne a encore levé la main. J'ai remarqué un changement dans son langage corporel, sa position assise, bien droit, la main franchement pointée en l'air, toute son attitude, méconnaissable par rapport à son ancien personnage. J'ai balayé la salle du regard dans l'espoir que quelqu'un d'autre lèverait la main pour me répondre. J'ai fixé des yeux Alex, assis au premier rang, en l'implorant presque de prendre la parole à la place de son camarade. Il l'a en effet levée, non sans réticence.

« Alex !

— C'est du genre comme quand quelqu'un part dans un autre pays en quête de nouvelles opportunités ?

— Eh bien, tentative louable, mais ce n'est pas tout à fait exact. »

J'ai hésité avant de reposer la question. Duwayne n'a pas bougé, il a gardé la position. J'étais bien obligé.

« Oui, Duwayne ?

— Monsieur, je pense qu'un réfugié est quelqu'un qui est forcé de s'enfuir de son pays d'origine en raison de la situation politique, comme une guerre, un conflit, des combats, ou à cause de la persécution.

— Bonne réponse. »

J'ai essayé de modérer ma surprise. Au fond de moi, je lui en voulais. Je savais que c'était mal de ma part, mais j'avais décidé qu'il lui faudrait consentir de plus gros efforts pour regagner ma faveur.

« Bien, passons à la suite, je voudrais que vous fassiez un simple exercice d'écriture. Je voudrais que vous imaginiez la vie d'un réfugié, ce que ce serait si vous étiez forcés de partir de

Londres pour vous rendre dans une autre ville ou un autre pays à cause d'un conflit ou de persécutions. Que ressentiriez-vous ? Qu'emporteriez-vous avec vous ? »

Ils ont baissé la tête et se sont mis à écrire dans leurs cahiers. J'observais Duwayne.

Il travaillait comme s'il avançait deux fois plus vite que les autres. Sa concentration était incommensurable. Tandis qu'il travaillait, je ne cessais de revoir des images éclair de son ancien personnage, affalé contre le dossier de sa chaise, les mains dans le fond de son pantalon, les yeux rivés au plafond.

« Posez vos stylos. Et maintenant, quelqu'un veut-il lire ce qu'il a écrit ? »

Une main a jailli en l'air.

« Vas-y.

— J'aurais peur. Londres est ma ville, le seul endroit que j'aie jamais connu. Mes souvenirs et les gens que j'aime sont ici. Ma famille est ennuyeuse, je me dispute avec eux tout le temps, mais si nous étions séparés, je pleurerais et ils me manqueraient. Où que j'aille, je voudrais qu'on m'accepte et qu'on me traite correctement parce que cela me ferait trop de mal.

— Merci, Johnson.

« Bon, à toute la classe, j'ai relevé cette citation intéressante, relative à l'identité et aux stéréotypes, similaire à ce dont nous discutions l'autre jour : "Ils créent l'Autre et ils lui en veulent d'être ce qu'il est." D'après vous, qu'entend-on par là ? Qu'essaie-t-on de dire ? » leur ai-je demandé en écrivant au tableau. Les élèves sont restés mains baissées, l'hésitation et une discrète résignation étaient palpables.

« Il est peut-être question de peur... monsieur. »

J'ai reconnu la voix. Je me suis lentement retourné et c'était lui, Duwayne, la main levée, prêt à exposer sa réponse.

« Vas-y, ai-je dit, curieux.

— Eh bien, les gens craignent ce qu'ils ne comprennent pas. Et donc, s'ils n'essaient jamais de comprendre une chose, ils peuvent faire comme si elle n'existait pas. De la sorte, ils peuvent l'ignorer et espérer qu'elle ne leur arrive jamais. Du genre, les sans-abris qu'on ignore dans les rues, c'est pareil que les réfugiés du monde qu'on ignore. Nous les voyons, mais nous espérons que cela ne nous arrive jamais. »

Duwayne a lentement baissé la main, comme si c'était une arme. La sonnerie a retenti fort à propos, dans mon moment de silence après sa réponse. Je ne me suis pas rendu compte du temps écoulé. Je les ai rapidement libérés.

« Duwayne. » Je l'ai appelé alors qu'il était à la porte et allait partir. D'un signe de tête, je l'ai prié de venir à mon bureau et il a laissé ses amis pour s'avancer vers moi, l'air penaud.

« Super réponses, aujourd'hui, ai-je remarqué, sur un ton aussi décontracté que possible. D'où est-ce que ça venait ?

— Je lis un paquet, vous savez.

— Tu lis... un paquet ?

— Beaucoup. Je lis beaucoup. Vous nous répétez tout le temps de lire, et d'acquérir du savoir, alors je me suis dit que j'allais essayer. C'est sidérant ce qu'on peut apprendre par soi-même.

— Sérieusement. C'est très bien.

— Merci, monsieur ». Il m'a salué de la tête, levé la main pour un check du poing. J'ai baissé les yeux sur le poing qu'il me tendait, les ai de nouveau relevés vers lui. On a fait ce check. Il m'a souri, d'un sourire que je n'avais encore jamais vu sur son visage, d'acceptation et de joie. Cela tient à si peu de choses.

« Au fait, Duwayne, vous l'avez gagné, ce match de basket ?

— Ouais, monsieur. On est en finale de la coupe.

— Oh, félicitations ! »

Il allait s'éloigner, mais subitement il s'est arrêté, s'est retourné et m'a dit :

« Monsieur, je veux juste vous remercier.

— De quoi ?

— Vous savez, de m'avoir encouragé à étudier. Et de ne pas m'avoir parlé comme si j'étais un idiot ou encore un de ces djeunes perturbés. » La frustration dans sa voix était palpable. « Les gens agissent comme s'ils se souciaient de vous, et en réalité, non, mais avec vous, c'est différent.

— Cela signifie beaucoup à mes yeux, Duwayne, j'apprécie.

— Ouais, ouais, me kiffez pas trop quand même. »

J'ai explosé de rire devant sa désinvolture.

« Je vais vous prouver que vous aviez raison.

— Qu'est-ce que tu veux dire ?

— Un jour, après un de ces longs discours de dingue que vous aviez prononcés, comme si vous étiez le président d'un pays, vous m'avez dit “Nous sommes tous des étoiles filantes, pourquoi ne brillerions-nous pas ?”... Je vais vous prouver que vous aviez raison. Je vais réussir en classe. Je vais remonter mes notes. Et je vais briller. »

Il s'est dirigé vers la porte pour s'en aller.

« Monsieur... a-t-il ajouté, en se retournant vers moi.

— Oui, Duwayne ?

— Vous allez venir voir la finale ?

— Quand ?

— La semaine prochaine...

— Ouah ! Bien sûr, je serai là. »

J'ai senti un courant de fierté remonter de mes plantes de pieds jusqu'à la pointe de mes cheveux. Duwayne venait de franchir la porte en un éclair. À mon bureau, j'en ai littéralement pleuré des larmes de joie. Je suis vite passé à mes mails, que j'ai consultés pour me distraire de cette émotion qui me submergeait.

Michael,

J'ai beaucoup pensé à toi ces derniers temps... plus que beaucoup. Je ne sais pas trop comment te dire ça autrement. C'est bizarre parce que chaque fois que quelqu'un essayait de faire allusion à toi, ou de suggérer qu'il y a ou pourrait y avoir quelque chose entre nous, j'en riais comme si c'était l'idée la plus ridicule qui soit : « Ah ! Qui, Michael ? Cette grosse tête ? Non. » Au début, je pensais juste que ces gens essayaient d'inventer quelque chose à partir de rien parce qu'ils nous voyaient beaucoup nous parler, ou parce que nous étions les deux seuls Noirs de notre département, alors évidemment, nous devions nous marier. Mais ensuite, le temps passant, j'ai commencé peu à peu à voir les choses différemment. Et j'ai commencé à te voir différemment. J'ai fini par te remarquer, ta manière de t'adresser aux autres, aux élèves, aux collègues. J'ai remarqué ta manière de marcher dans les couloirs, ton absence tel ou tel jour ; tes absences me rendaient triste, mais ta présence me remontait le moral. J'ai conçu des sentiments à ton égard. J'ai découvert que j'avais envie d'être à tes côtés, de marcher jusque chez nous à pied après le travail, avec toi. J'imaginais que nous rentrions au même endroit – tu cuisinerais et j'irais travailler le bois dans l'appentis – et du coup cela me rendait triste d'être arrachée subitement à ce rêve quand nous rentrions chez nous, chacun de notre côté, et je ne savais même pas pourquoi.

J'ai compris que je t'appréciais le jour où... enfin, je ne dirai même pas quand c'était. Si tu as déjà oublié, cela démontre le peu que je signifie pour toi, et cela ne sert à rien de continuer. Cette journée m'en a révélé beaucoup, beaucoup sur toi, mais aussi sur moi. Et la semaine

qui s'est écoulée depuis, tu n'as même pas essayé de me contacter, aucun appel, aucun SMS, tu n'es même pas venu me voir, tu n'as même pas suggéré qu'on se parle et qu'on tire cette histoire au clair. Je ne sais pas trop comment le dire autrement, mais tu m'as franchement déçue. Tu n'avais pas l'air d'être le genre de type à manipuler l'autre ou à jouer au con, mais si c'est ça que tu cherches, je préfère que tu me laisses tranquille.
Sandra

À peine ai-je fini de lire son mail, j'ai appuyé sur le bouton d'extinction de l'ordinateur. Si j'avais pu crier, j'aurais crié assez fort pour fracasser les vitres en mille morceaux. Je sentais la colère se propager dans mon cœur comme un feu de forêt. Elle frémissait dans mes veines, prête à éclater. Lorsque j'ai marché dans les couloirs avant de sortir du bâtiment, mon visage, en surface, paraissait calme, mais intérieurement je rêvais d'empoigner le plus brutal des instruments de violence, capable de semer la dévastation dans le monde. Je me sentais lésé. Je me sentais trahi. Je me sentais violent. Je me sentais rageur. J'ai retourné ces émotions contre moi-même. Cette colère ne visait pas seulement Sandra, elle tenait au poids croissant des fardeaux qui s'accumulaient dans ma vie : Mami et le pasteur, Jalil, Duwayne, le travail et moi-même. Exister, même à l'intérieur de mon propre corps, me pesait ; j'avais envie de m'en échapper, de me défaire de tout ; j'avais envie de m'en libérer. J'avais envie de vivre en un lieu où rien n'aurait de conséquence sur ce corps, où je ne serais pas nommé, où je ne serais pas connu. Là où je passe, aussi invisible que la brise, ou qu'une douce rafale de vent, légère à travers les fenêtres brisées, d'une vie à la suivante. Je n'avais aucune envie de connaître les autres. Je ne voulais même pas me connaître moi-même.

29

CITÉ PECKRIVER, LONDRES ; 22 H 17

Je suis entré dans mon immeuble et, dès que j'ai ouvert la porte, j'ai été accueilli par le même groupe de jeunes assis, qui fumaient, des nuages cumuliformes planant au-dessus d'eux, qui écoutaient de la musique, hurlant de rire et braillant des propos orduriers. Ils m'ont vu, le vacarme s'est mué en silence, j'ai rivé les yeux sur chacun d'eux. Je me suis dirigé vers la gauche pour prendre l'ascenseur, mais il était hors service. Je me suis défoulé sur le bouton « Appel ». Monter par l'escalier jusqu'au sixième étage me semblait une tâche colossale, comme si l'on m'avait infligé la damnation éternelle de Sisyphe.

J'ai frappé sur le bouton encore plus fort. L'écho de mon poing a retenti dans l'air ambiant.

Je me suis retourné, j'ai vu toutes leurs paires d'yeux me dévisager, immobiles – eux et moi, figés un instant. Ils me barraient l'accès à l'étroit escalier qui montait dans les étages : l'un d'eux était appuyé sur la rambarde métallique gris poussière, un autre occupait les deux premières marches, un autre encore se tenait juste derrière lui, et il y en avait deux de plus plantés sur les marches du fond. Personne n'a bougé. Je me suis dirigé vers eux, en frôlant les deux premiers dans l'escalier. Je me suis encore avancé d'un pas vers les deux derniers, qui étaient debout. Le premier donnait l'impression d'avoir gagné en largeur. J'ai continué, posé le pied sur la marche suivante, et celle d'après, et nos épaules sont entrées en collision, le poids de mon corps s'imposant, l'obligeant à se renverser en arrière contre la rembarde, alors que je montais encore d'une marche. J'ai senti une main m'agripper l'épaule avec fermeté, et j'ai entendu une voix sourde et profonde : « Eh, frérot. » J'ai serré les poings, prêt à cogner. En un sens, ce moment semblait prévisible, et je m'en félicitais. Je suis entré dans cette violence, cette destruction, comme si c'était une croix que j'avais choisi de porter. Mes yeux ont été saisis de réflexes, remplis d'un débordement aqueux. Mon cœur battait comme deux poings martelant leur propre corps.

« Frérot », a répété la voix. Je me suis retourné pour faire face à son visage. Il était couvert d'un bonnet de laine enfoncé juste au-dessus des yeux, une capuche rabattue par-dessus, un bandana noir et blanc sur la bouche. Tout ce que je voyais, c'était ses yeux, et j'ai vu à travers ces yeux-là un autre monde, un monde dans lequel je vivais aussi et duquel il me fallait encore véritablement m'échapper. Il a baissé le bandana qui lui couvrait la bouche.

« Tout va bien, frérot. Tout va bien », a-t-il répété, et sa main s'est faite légère sur mon épaule, exprimant une compassion que je croyais absente de son âme. La compassion que j'avais recherchée dans une multitude d'endroits et qu'il me restait encore à trouver. Je n'avais rien à lui offrir en échange, pas même des paroles, car à lui seul son geste m'avait réduit au silence. C'est un mystère de la vie qu'un simple contact puisse vous faire vous sentir humain, que vous êtes quelque part, à votre place. Vous faire sentir que les gens qui sont les plus proches de vous sont aussi ceux qui vous comprennent le moins, mais que ceux que vous connaissez le moins sont capables de vous comprendre le mieux.

Je lui ai répondu d'un hochement de tête, un signe discret de reconnaissance et de lassitude, en continuant de monter les marches de cet étroit escalier. J'ai ouvert la porte de l'appartement, silencieux et vide. Ensuite, sans allumer aucune lumière, je suis entré dans ma chambre et je me suis allongé sur le lit.

Cette tristesse, comme elle vous tombe dessus, comme une brume ou un brouillard, elle n'est pas là et soudain, tout à coup, cette grisaille vous enveloppe, vous submerge, vous êtes sous l'eau. Cette tristesse dans vos os, plus pesante à chaque pas qu'au précédent, soulève des questions : combien de temps va encore durer ce voyage ? Combien de temps encore pourrai-je marcher ? Les jours se muent en semaines, en mois, en années, et votre envol se transforme, vous courez, vous marchez, vous rampez, vous vous couchez, immobile, incapable de bouger, sans aucune autre raison que cette pesanteur sur vous. Cette tristesse, vous vous demandez pourquoi elle vous hante comme un fantôme, comme si vous étiez responsable d'une autre mort que la vôtre. Cette tristesse, ce tiraillement, sa manière de murmurer à votre oreille et de parler le langage de la mélancolie que vous connaissez si bien vous berce dans un sommeil éternel. Oh Dieu, je me sens si seul ! La solitude est l'espace vide entre le cœur et la poitrine, l'espace dont vous êtes assez proche pour le sentir, mais pas assez pour le toucher, cet espace qui grandit, grandit et se mue toujours en gouffre, en abysse de vacuité, un goulet d'étranglement où s'insinue le désespoir. La solitude, c'est être présent pour tout le monde, pour chacun, dans l'espoir que quelqu'un soit présent pour vous. Mais personne n'est jamais présent. Tu es le soleil, tu illumines le monde de l'autre, tout en incendiant le tien. Et ils se contentent de t'observer, assis dans ton obscurité, dans ta solitude et ta brûlure. Cet isolement, c'est une solitude affamée. Une solitude vide de tout contact, vide de toute douceur, une existence terne, vide d'amour, l'amour que tu donnes aux autres et qui n'est jamais suivi de retour. Te voilà, ensuite, entité non réapprovisionnée, fleur flétrie dans l'obscurité glaciale où tu as grandi, attendant une percée de lumière à travers la crevasse.

Nous sommes assis, dans un quasi-silence, à l'intérieur de sa grotte, moi, perturbé par les nouveaux tableaux et Jalil, par je ne sais trop quelle vidéo qu'il regardait sur son ordinateur portable. Tout cela semblait bien terne et contraint, comme s'il se conformait à une obligation d'amitié en étant là.

J'ai continué d'observer ces nouveaux tableaux : une étoile filante traversant un ciel nocturne de constellations, huit phases de la Lune, et la silhouette d'un homme marchant vers un horizon de nuages rompu par la traînée lumineuse d'un soleil éclatant. J'avais envie de demander qui était l'homme du tableau, si c'était lui ou Baba. Il n'avait rien dit, et je n'avais pas posé la question, car nous n'étions ni l'un ni l'autre à l'aise avec le poids inhérent à cette conversation. Je supposais que rien n'avait changé dernièrement, mais avec Jalil, tellement passé maître dans la dissimulation des régions les plus troublées de sa personne, c'était difficile à dire. C'était peut-être pour cela que nous étions si bons amis ; nous dissimulions les pires facettes de nous-mêmes et nous comblions ce que nous pensions être le besoin de l'autre. C'était le style d'amitié qui flottait dans les airs, un air raréfié inévitablement destiné à se tarir.

« Est-ce que ça va ? » ai-je fini par lui demander, alors qu'il levait les yeux vers moi, me surprenant à le regarder. Il a haussé les sourcils, une confirmation peu convaincante.

« Je vais bien », m'a-t-il répliqué.

D'un signe de tête, j'ai désigné l'ordinateur qu'il tenait en main.

« Oh. »

Il a hésité.

« Tu essaies encore de te trouver une bonne épouse musulmane, c'est ça ? »

Il n'a pas ri, pas même un discret ricanement. J'avais touché une corde sensible, une corde mise à nu, exposée. Il a essayé de ne rien laisser paraître, mais j'ai bien vu que je l'avais désarçonné.

« En fait, je lisais cet article. »

Il a retourné l'écran de son ordinateur pour me le montrer.

« En gros, en Amérique, un homme avec ce message tatoué – "Ne Pas Réanimer" – a été conduit à l'hôpital après avoir été retrouvé inconscient, et les médecins ont débattu pour savoir s'il était éthique ou non de lui sauver la vie...

— Qu'est-il arrivé, en fin de compte ?

— Les médecins ont obéi à la demande du tatouage et l'ont laissé. Il est mort.

— Ouah !

— Je ne sais pas au juste comment il a fini là-bas, je pense qu'il a essayé de se suicider d'une balle et ça n'a pas marché.

— Vraiment ?

— Probablement, je veux dire, c'est comme ça dans ce pays, il y a des armes à feu partout.

— Où est-ce que tu as entendu cette histoire ?

— Oh, je reçois ces mails de mes anciens camarades de classe de philosophie où nous discutions de sujets différents comme l'euthanasie, la pauvreté, le capitalisme, tout ça. La dernière fois c'était le véganisme : un type n'arrêtait pas de vanter les bienfaits d'un régime à base de plantes.

« Tous les autres s'en prenaient à lui mais moi je suis resté sans réponse, il avait sûrement raison, c'était plus éthique, meilleur pour l'environnement. Le fait est, je sais que je ne renoncerai jamais à la viande parce que j'aime avoir mon petit poulet, tu vois ce que je veux dire ? »

Il a ri, en quête d'approbation. Je l'ai regardé d'un œil vide, pinçant les lèvres pour ne former ni sourire ni rictus.

« Ces chawarmas, je peux pas m'en passer, a-t-il continué, gêné, avant de revenir à son écran.

— Tu sais, tu ne m'as pas parlé de ce qui s'est passé avec Am... », ai-je dit, sans pouvoir achever ma phrase. Il a brusquement redressé le cou et m'a lancé un regard intense qui mettait un terme à la question.

« Rien, ne t'inquiète pas là-dessus.

— D'accord. »

Il n'était pas lui-même, mais essayait désespérément de l'être. Tout comme vous essaieriez de resserrer votre emprise sur une chose dont vous étiez en train de perdre le contrôle.

« Écoute Jalil, je tiens vraiment à toi, enfin, vraiment », ai-je dit. Il a cessé de taper et m'a regardé.

« C'est étrange de dire ça, comme ça, tout d'un coup.

— Je voulais juste te le dire.

— D'accord, mais j'ignore pourquoi tu me le dis. »

Nous sommes retombés dans un quasi-silence. La pièce était vide de bruit, mais lourde était l'émotion dans nos cœurs. J'ai détaillé les traits de son visage, sachant que ce serait la dernière fois que je le verrais. Et avec lui et Baba à l'esprit, ainsi qu'Aminah, j'ai fini par lâcher prise et par faire la paix avec tout cela, comme un fidèle en pèlerinage, un moine qui jeûne ou un prêtre en abstinence, avançant dans mon périple d'un pas léger.

J'étais de permanence au bout du terrain de football, je regardais les garçons plus âgés jouer à leurs jeux comme si c'était une question de vie ou de mort, ou plutôt de gloire, ou d'humiliation. Les bourrades, les coups, les disputes, tandis que les filles suivaient le tout en bordure de terrain, en envoyant des SMS et en prenant des selfies avec leurs téléphones qui n'auraient pas dû être allumés, excepté l'une d'elles, qui allait entrer sur le terrain pour jouer avec les garçons. Je n'avais pas l'énergie de les arrêter. Deux élèves m'ont lancé un coup d'œil, s'attendant à ce que je me précipite comme je l'aurais fait d'habitude, pour ensuite les sermonner, mais je me suis contenté de hausser les épaules – l'apathie s'était depuis longtemps sédimentée au fond de mes os.

Je me rappelais les fois où Sandra se joignait à moi. Et nous éclations de rire pendant tout le reste de l'après-midi, jusqu'à la sonnerie. C'était un pacte informel que nous avions conclu tous les deux, afin d'entretenir nos espérances, loin de l'abattement qui s'emparait de nous au travail. Mais je ne l'avais pas encore vue. La cloche a retenti. Mr Barnes était devant la porte de sa classe, au bout du couloir, tâchant de mettre les gamins en rang. Son attitude était si rigide, cela me surprenait de même imaginer qu'il puisse agir autrement. Il a regardé vers moi. Nos yeux se sont croisés un instant. Il m'a dévisagé comme si sa dureté allait me réduire en miettes. J'ai soutenu ce regard, le mettant au défi. Il a de nouveau tourné son attention vers ses élèves, qui entraient en classe. Sandra a fait son apparition à l'extrémité du couloir. Je me suis senti plein d'un petit espoir, comme la poche d'air entre deux paumes jointes en prière.

Elle s'est approchée de moi d'un pas régulier. Je me suis arrêté, espérant lui parler. Elle semblait simultanément me regarder et me traverser de son regard, j'étais incapable de dire ce qu'il en était au juste. Elle se trouvait de plus en plus près, elle a accéléré l'allure, jusqu'à passer devant moi d'un pas martial. J'ai eu l'impression qu'un objet tranchant venait de découper l'air que je respirais, ainsi que moi.

Je suis entré dans ma salle de classe et me suis affalé sur mon siège. J'avais le souffle de plus en plus court. Une vague de chaleur s'est emparée de moi. Je sentais la transpiration dégouliner sur mon front, des fourmis me courir sur la peau. Mon cœur cognait contre ma poitrine, chaque battement plus fort que le précédent. J'ai fermé les yeux, je me suis pris la tête dans les mains pour échapper à l'assaut du malaise et du vertige. J'ai respiré à fond, inspiré, expiré, inspiré, expiré, inspiré, expiré, inspiré, expiré, inspiré, expiré, inspiré, expiré, inspiré, expiré, inspiré, expiré, inspiré, expiré, inspiré.

J'ai rouvert les yeux sur la lumière éclatante du jour. Je sentais mon crâne palpiter. Mon téléphone a vibré sur la table.

[SMS] PFF, Tu ne t'es même pas arrêté pour me dire bonjour.

Sandra. J'ai senti un nouvel afflux de sang remonter dans mes veines vers ma tête, comme un troupeau d'éléphants martelant la terre, un coup de poing en pleine face. J'ai commencé de lui taper une réponse.

> Si tu as besoin de savoir, j'ai dû affronter pas mal de choses et je ne sais pas quoi faire. En surface, tout semble aller bien. Je viens travailler, je souris, on échange des plaisanteries, des SMS, des mails, on participe à des réunions, et tout ça, mais ce que les gens ne savent pas c'est que chaque fois que je suis dans une pièce, chaque fois que je suis debout au fond d'une classe, c'est étouffant. J'ai

l'impression d'escalader une montagne dans un air qui se raréfie, au point d'avoir la tête qui tourne et de risquer de m'évanouir. Je dois tellement lutter rien que pour faire le minimum, sortir de mon lit me prend tellement d'énergie, parfois je ne sais pas si je vais arriver au bout de ma journée. Et ensuite, la nuit, je n'arrive pas à dormir parce je ne pense qu'à une chose, c'est que je vais devoir recommencer tout ça le lendemain. Cela affecte tous les aspects de ma vie, mon travail, mes amitiés et mes relations, ma famille, à tous égards, même une chose aussi simple que de répondre au téléphone, envoyer un mail ou être avec d'autres personnes. Je ne sais pas pourquoi je me sens comme ça, je ne sais pas ce qui s'est passé, je ne comprends pas ce que c'est, mais je déteste, je déteste tout ça et j'ai envie que ça s'arrête.

Je suis assis ici à mon bureau et je pleure en t'écrivant, parce que cela devient à ce point écrasant. Et donc oui, c'était pour ces raisons que je ne pouvais même pas venir te dire bonjour. Certains jours, je ne sais pas quoi faire. Certains jours, je n'ai envie de rien faire. Ce genre de journée devient de plus en plus fréquente. J'aurais préféré ne pas garder tout ça enfermé en moi et aller de l'avant, comme cela m'arrive d'habitude, mais cela ne m'a pas fait du bien, et j'ai besoin de trouver un moyen de régler cette histoire. En réalité, j'ai trouvé un moyen. Et je vais régler ça, une fois pour toute.

J'ai relu mon message, plusieurs fois.

CTRL+A.

Mes doigts hésitent au-dessus de la touche retour, des larmes tombent sur le clavier.

30

HARLEM, NEW YORK ; 8 H 03

Michael se réveille aux accents symphoniques des travaux de voirie et des klaxons. La lumière éclatante du soleil lui lance des éclairs dans les yeux, transformant l'intérieur de ses paupières en lueur orangée. Il est allongé sur le lit de Belle. Il est submergé par son odeur, qui baigne chaque partie de lui-même comme si on le conduisait à la rivière pour le baptiser. Il étend les bras vers la place de l'autre côté du lit et se souvient qu'elle n'est pas là. Il se rappelle l'avoir regardée de ses yeux flous alors qu'elle s'habillait dans la matinée, sa tenue en soie qui flottait sur sa peau, ses boucles libres et sauvages, sa transformation d'une entité divine en quelque chose d'humain, revêtant la forme de ceux parmi lesquels elle marche. Elle s'est arrêtée pour le dévisager, au-dessus de lui, au-dessus du lit, comme une visitation d'un autre monde, avant de ne finalement plus être là.

La nuit dernière était un brouillard, mais tout ce qu'il voit dans son esprit, c'est elle ; une image d'elle, telle un tableau de la Renaissance, étalée sur le lit avec les draps auparavant propres et blancs enroulés autour d'elle. La nuit dernière était un brouillard, à part le moment où les sens ont pris vie grâce à la chaleur de son toucher, à l'harmonie de ses sonorités, à l'intensité de son regard alors qu'il s'inclinait à genoux devant elle, alors qu'il la couvrait, comme les constellations là-haut nous couvrent. Belle. Il aimerait que le temps s'arrête. Il préférerait qu'il n'existe plus du tout, qu'il puisse rester suspendu sur ce moment, et se répéter encore, encore et encore.

Michael se réveille à nouveau et se sent s'enfoncer plus profond dans le confort du matelas, son corps comme du bois flottant à la surface de l'eau, dérivant en morceaux. Après un long bain, il s'habille et se prépare un petit déjeuner. Il finit de manger, s'assied dans le canapé du salon, et il attend. Il imagine un renversement des rôles, un « Chéri, je suis rentré » au retour de Belle, il se lève d'un bond, tout excité, pour lui demander comment s'est déroulée sa journée et lui faire savoir que le dîner sera bientôt prêt. Il lui semble qu'il pourrait vite s'y habituer.

Il choisit un livre au hasard dans sa bibliothèque. Et il voit quelques ouvrages qu'il se remémore du temps de ses études universitaires. C'était pour lui une période étrange, l'université. Alors que tout le monde sortait se saouler et baiser, il passait l'essentiel de son temps dans sa chambre à fixer le plafond et à réfléchir à sa vie et à son insignifiance, en définitive. Au cours des trois années qu'il a passées là-bas, la seule fille qui lui avait prêté un peu d'attention s'en était lassée. Elle venait tout le temps dans sa piaule pour voir comment il allait, surtout parce qu'il restait des mois sans sortir de son lit, en manquant des cours. C'est à peine s'il se souvient de son nom, maintenant, il sait juste qu'il était plutôt assez courant. Stephanie ou Tiffany, un prénom qui ne cherchait pas à rester dans les mémoires.

Ensemble, ils regardaient fixement le plafond, ils se posaient des questions, ils se lançaient dans des débats philosophiques qui l'amenaient à lui dire combien il se satisferait de mourir, en cet instant, et elle avait réagi en riant, en riant, et en riant, et par lui confier : « C'est drôle parce que tu t'exprimes comme si tu étais complètement sérieux », jusqu'à ce qu'un jour il lui réponde : « Je le suis », et il avait vu son visage pâlir, comme si elle avait été témoin d'une mort.

À compter de ce jour-là, il avait appris à tout garder pour lui. Il n'était pas sûr de savoir combien de temps cette épée était restée suspendue au-dessus de sa tête, mais il savait qu'il avait préféré couper la corde qui la retenait plutôt que d'attendre qu'elle tombe.

Il ouvre le livre quelconque qu'il a choisi arbitrairement, une page au hasard, et entame sa lecture de l'histoire d'un homme, un dénommé Gaspar Yanga, un Africain réduit à l'esclavage qui a combattu pour la liberté contre ses maîtres en 1570, qui a pu s'affranchir, ainsi que son peuple, et instaurer une ville libre au Mexique, qui a pris son nom.

Yanga. Ce nom sonne extrêmement familier à ses oreilles, il fait écho en lui, vibre de toute sa résonance. Il se demande d'où Yanga était originaire, ce qui l'a conduit à poursuivre le combat, et à lutter, lutter pour une liberté, sans être certain de survivre pour en voir l'avènement. Yanga. Cela ressemble à un mot dans une langue qu'il devrait connaître, une langue qu'on ne lui a jamais enseignée, mais qu'il a vu sa mère et les anciens parler entre eux. Il se souvient de leur rire chaque fois qu'il essayait de la parler, lui disant qu'il prononçait mal sa langue, qu'il parlait comme un *mundele*, que c'était une honte d'être incapable de parler la langue de son pays, comme si ce n'étaient pas eux qui la lui avaient enseignée. Il se demande ensuite ce que nous perdons quand nos noms et nos langues ne nous sont pas restitués, il se demande quelle partie de nous demeure dormante quand elle devrait se déverser dans le monde.

Des heures s'écoulent telles des minutes, Michael reste assis dans le canapé, captivé par ce livre. Il entend le cliquetis métallique de la clef dans la porte. Il s'arrête de lire, se redresse, plein d'attente, tout en essayant simultanément de rester calme et posé. La porte s'ouvre d'un coup et Belle entre avec dans les bras tout un chargement de sacs de courses.

« Tu es assis dans le noir ? » dit-elle, en actionnant un interrupteur. Il se rend alors compte qu'il était en effet assis dans l'obscurité. Pendant qu'il lisait, le jour a dû se muer en soir, et emporter la lumière avec lui.

« Pourquoi ne m'as-tu pas appelé ? » demande-t-il en se précipitant pour l'aider avec les courses. Il s'immobilise devant elle et l'embrasse sur les lèvres tandis qu'elle tend le cou pour se rapprocher de son visage. Il l'enveloppe de ses bras et explore sa bouche.

« Mhhh, gémit-elle, d'accord, mais ces sacs sont lourds.

— Désolé. »

Ils rient. Alors qu'il prend les sacs et les emporte dans la cuisine, il songe combien tout ceci lui paraît d'une familiarité obsédante, sidéré qu'une situation aussi étrangère puisse si vite sembler aussi intime.

« Tu as acheté tous ces trucs ?

— Oui...

— Pourquoi ?

— Pour qu'on puisse manger, c'est quoi, cette question ? »

Elle a un petit rire.

« Je veux dire, tu n'étais pas obligée.

— Tu es mon invité, j'ai envie de cuisiner.

— Tu vas cuisiner ?

— Oui.

— Ouah !

— Quoi ?

— C'est juste que tu n'avais pas...

— Ce style ? s'esclaffe-t-elle en rangeant les commissions. Tu as nettoyé... ?

— Oui.

— Oh !

— Quoi ?

— C'est juste que tu n'avais pas...

— Ce style, disent-ils en même temps, et ils rient.

— Tu n'aurais pas dû, tu étais mon invité.

— Eh bien, j'allais nettoyer et cuisiner, mais tu ne m'as pas encore passé la bague au doigt, alors je ne peux pas trop te laisser prendre tes aises. »

Belle lui flanque une tape espiègle sur les bras, et il fait mine d'avoir mal. Elle l'attire à lui et l'enlace. Il se sent plus grand, de la regarder de haut, en un sens comme s'il avait grandi, pas seulement en taille mais en esprit. Ils s'embrassent dans le petit espace de la cuisine, les lèvres de Belle font monter sa pression sanguine.

« Va te détendre, laisse-moi m'occuper du dîner.

— Je pourrais te donner un coup de main », suggère-t-il, mais elle le dévisage comme s'il venait d'émettre une proposition absurde.

Il s'assied dans le canapé et reprend sa lecture. Les arômes de la cuisine de Belle flottent dans les airs. Elle le regarde, leurs yeux se croisent, leurs brefs coups d'œil envoyant des petits messages de bonheur.

« Alors comment ça a marché, au travail ?

— Tu sais, les trucs habituels. Je déteste travailler avec des incompétents, et c'est encore pire quand l'enfoiré d'incompétent est ton patron, tu vois ?

— Oui.

— Et encore, ce n'est pas le plus grave. Je marchais depuis la station de métro jusqu'ici, un type a voulu me brancher, il m'a sorti "Houlà, t'es bonne toi", ce putain de bla-bla, et il m'a suivi genre sur cinq pâtés de maisons.

— Quoi ? Vraiment ?

— Sérieux. J'en ai eu marre, j'ai dû me retourner et l'engueuler. Il m'a dévisagée comme un gosse qui se fait gronder et il n'a plus rien répondu.

— Oh, je suis franchement désolé. Je ne sais pas quoi dire.

— J'ai dû marcher encore trois rues rien que pour être sûre qu'il ne continuait pas de me suivre.

— Merde.

— Désolée, je ne voulais pas t'embêter avec ça. C'est juste exaspérant.

— C'est bon. Je peux imaginer...

— Je veux dire, certaines femmes se font tuer pour des conneries de ce genre. »

Il la regarde avec le visage le plus attristé dont il se sente capable et d'un geste lui fait signe de venir s'asseoir à côté de lui. Elle s'arrête de cuisiner et le rejoint dans le canapé, en apportant deux tasses de thé.

« Comment tu as su que j'aimais le thé vert ?

— Tu m'as l'air d'un buveur de thé, tu as sans doute aussi une bibliothèque où tu peux t'asseoir.

— Ah, j'aimerais ! Je suis peut-être aussi amateur de cou-fé.

— Café.

— Cor-fé.

— Café.

— Cau-fé.

— Tu essaies de prendre l'accent newyorkais ?

— Vous êtes beaucoup à le prononcer comme ça. Coo-fé.

— Mon garçon, si tu piges pas... »

Elle lui flanque plusieurs petits coups espiègles, qui se transforment à moitié en combat de catch car elle l'enserre de ses bras et maintient sa prise. Elle baisse la tête, la pose contre sa poitrine, et il la regarde se soulever et s'abaisser au rythme de sa respiration.

« Je suis mal élevée. Je ne t'ai même pas demandé comment s'est passée ta journée, dit-elle, en relevant la tête pour le regarder, avant de la reposer.

— Ça allait, je n'ai pas fait grand-chose. Je suis resté dans l'appartement toute la journée. Oh, et j'ai lu un peu. Tu as un tas de livres en espagnol, tu le parles ?

— Pourquoi, oui, je le parle.

— Vraiment ? Dis-moi quelque chose.

— *Tú tienes una gran cabeza.*

— Ouah ! Ça sonne super sexy !

— Tu ne veux pas savoir ce que j'ai dit ?

— Qu'est-ce que tu as dit ?

— Tu as une grosse tête.

— Oh flûte ! » s'exclame-t-il, et il éclate de rire. Il tente de la chasser du canapé, en la laissant suspendue dans le vide au-dessus de l'accoudoir, et elle se débat, se cramponne. Elle pousse un cri perçant, elle rit, jusqu'à ce qu'il la laisse remonter et grimper sur lui.

« Je plaisantais juste.

— Je sais.

— Crétin.

— Moi aussi, je sais un peu d'espagnol.

— Ah, vraiment ?

— *Guapa.*

— Quelle fille tu essayais d'impressionner quand tu as appris ce mot-là ?

— J'en connais quelques autres... "*Bailamos*, laisse le rythme t'entraîner, *Bailamos, te quiero, amor mío*".

— Alors, tu ne vas me chanter que des paroles de chansons d'Enrique Iglesias ? C'est ça que tu me fais ? Trouduc.

— Je peux être ton héros, bébé !

— OK. Ouah ! Je l'avais pas vue venir, celle-là. En anglais aussi. Tu n'essaies même plus vraiment.

— Je ne crois pas que tu apprécies tous mes efforts, pour être franc.

— Il n'y a rien à apprécier. Tu ne sais vraiment pas chanter.

— Je ne t'ai pas entendue essayer...

— Et de toute façon ce n'est pas mon style d'espagnol.

— J-Lo ? Shakira ?

— Mon espagnol est plus, je sais pas, dans le genre d'Amara La Negra. »

Ils gardent tous deux le silence un instant.

« Le dîner ! »

Avec une rapidité de féline, elle bondit, s'écarte de lui et fonce dans la cuisine. L'air se remplit du bruit des casseroles et des poêles qui s'entrechoquent et des placards qui se ferment.

« C'est du *hudut* », fait Belle, alors qu'il engloutit bouchée après bouchée, sans prendre trop de temps pour mastiquer. Il lève brièvement les yeux, le regard vide.

« C'est un plat du peuple Garifuna. »

Le visage de Michael reste dénué d'expression.

« Avec toi, tout devient une leçon d'histoire, hein ?

— Euh, manifestement, j'ai beaucoup de choses à t'apprendre, constate-t-elle.

— Eh bien, en tout cas, c'est incroyable », s'extasie-t-il, la bouche pleine. Belle le regarde avec ravissement et satisfaction.

« Juste un plat que j'ai préparé à la dernière minute. Cela me fait plaisir que tu aies apprécié. »

Il opine et l'observe avec le même regard ébahi qu'un enfant devant une magicienne.

« Vas-y », dit-elle, sachant combien il a envie de se resservir. Il revient précipitamment de la cuisine avec une assiette remplie.

Ils sont assis chacun à une extrémité du canapé, l'un face à l'autre, échangent des regards de désir et d'étonnement. Elle fait tournoyer un verre de vin rouge et il boit une gorgée de tisane à la camomille. Une musique acoustique mélodieuse est audible à l'arrière-plan, le chanteur a la voix de mille cœurs brisés qui tentent de guérir.

« Tu as une queue.

— Quoi ! réagit-il, en crachant son thé.

— Tu as... un pénis, dit-elle, en agitant la main comme pour lui fournir une explication plus élaborée.

— Je suis à peu près convaincu que ce n'est pas la première fois que tu le remarques. »

Il lui glisse un regard complaisant et narquois.

« Ce que tu peux être différent. Parfois, je suis sidérée que tu ne sois pas une femme.

— D'accord... je suis à peu près certain d'être un homme, mais vas-y.

— Eh bien, de toute manière, le genre est une construction sociale, mais boucle-la et laisse-moi terminer. C'est juste que je me sens tellement à l'aise avec toi, et si vite. Un homme. Un super mec. Chromosome Y. Un organe phallique mâle. Un pénis. Des couilles.

— Aux dernières nouvelles, je confirme.

— Cette histoire évolue vite, c'est comme une relation entre lesbiennes.

— Que veux-tu dire ?

— Si on continue comme ça, d'ici quelques semaines, on pourrait se retrouver mariés. »

Il hausse les épaules.

« Pourquoi pas ? » répond-il, mais ensuite il est vite rattrapé par la réalité : dans quelques semaines, il ne sera plus là. Cela ne l'effraie pas, et cela fait rire Belle.

« Tu ne vois pas du tout, n'est-ce pas ? C'est drôle, que les hétéros n'aient aucune idée de ce qui se passe en dehors de leurs propres relations, en particulier les hommes.

— Et pourtant tu es bien là.

— Un homme. J'ai l'impression de me trahir, j'avais juré de ne plus jamais recommencer. J'en avais vraiment assez.

— Ah, tu es déjà sorti avec des hommes, avant ?

— Ouais.

— C'était quand, la dernière fois ?

— Il y a des années, je parle vraiment d'années. J'étais sans doute à la fac...

— C'était comment ?

— La fac ou le type ? Eh bien, disons juste que l'un et l'autre ont été une déconvenue. » Et elle répond aussitôt à sa propre question. « Beurk. C'est comment, quand un homme s'imagine qu'il t'apporte un truc grandiose, alors qu'en réalité, c'est juste une déception ? »

Il hausse les épaules.

« Quand on baisait, lui, il avait fini, ensuite il restait allongé, et moi je passais dans la salle de bains et je me faisais jouir toute seule. Mais toi..., continue-t-elle, tu es comme une femme, ta façon de toucher, la manière qu'a ton corps d'entendre et d'écouter.

— C'est sûr, tous les hommes ou toutes les femmes ne sont pas...

— Chut, ça, je sais. Laisse-moi juste parler.

— C'est toi qui parles, ou le vin ?

— Ah ! Tu es vraiment marrant, mon garçon. Tu as déjà été amoureux ?

— Amoureux ?

— Ouais, amoureux. Tu m'as bien entendue, je le sais.

— Alors toi d'abord, hein ?

— Très bien, je vais te dire. Ouais, je l'ai déjà été. Cela ne me gêne pas de l'admettre. À ton tour...

— Eh bien, je ne sais pas. » Il hésite, s'égare dans un monde de souvenirs. « Parfois, je crois que oui, et puis d'autres fois, je n'en suis pas sûr. Je ne sais pas si j'ai été amoureux ou si j'ai été aimé. J'ai plus l'impression que les autres se sentaient une obligation envers moi.

— Que veux-tu dire ? demande-t-elle, sincèrement intriguée.

— Comme s'il fallait qu'elles soient avec moi, liées par un devoir plutôt que par un désir... je n'ai jamais été choisi. Je n'ai jamais eu la sensation d'avoir été aimé comme j'aurais envie d'être aimé, ou de la manière dont je conçois l'amour.

— Et c'est quelle manière ?

— Eh bien, pour moi, c'est un foyer, le foyer que tu construis pour toi et ton amour. C'est du style, dans ma langue, on dit "*na lingui yo*", ce qui signifie je t'aime, mais cela veut aussi dire je t'aime bien. C'est comme une personne qui te dit qu'elle sera avec toi pour l'éternité, mais aussi pour aujourd'hui. C'est comme de dire que je suis ton amour, mais que je suis aussi ton ami. Et je ne pense pas avoir été jamais l'un ou l'autre. Peut-être que j'ai été amoureux d'une personne. Mais je me suis toujours senti seul.

— Oh, Michael... »

Belle se lève et lui tend la main. Il la prend et elle le conduit vers sa chambre. Ils s'embrassent passionnément, dès le seuil. Il la soulève et la porte jusqu'au lit. Pour retirer ses vêtements, il se retourne, déboutonne sa chemise, retire son jeans, avec la ceinture ; un choix de tenue peu judicieux, pour une journée passée à flemmarder dans un appartement. Les lumières sont éteintes, la lune et les dieux sont leurs seuls témoins. Il la rejoint dans le lit, sous les couvertures. Il se glisse derrière elle et l'embrasse dans le cou. Il entend sa respiration âpre, son corps se soulever et se baisser, son souffle qui forme une petite poche de vent. Elle s'endort. Elle réagit et se rapproche de lui, le guide pour qu'il puisse reposer sa tête sur sa poitrine. Et à cet instant, elle est partie, dans un sommeil gorgé de doux rêves, et de santé, et d'une respiration paisible. Il la retient délicatement, lui caresse les cheveux et le soyeux de sa peau. S'il y a un dieu, c'est peut-être simplement la fusion de moments comme celui-ci.

31

HARLEM, NEW YORK ; 6 H 30

Michael est réveillé par le bruit que fait Belle en arpentant la chambre, les portes de son placard grandes ouvertes, des affaires jetées sur la commode, des vêtements jonchant le sol. Il perçoit un sentiment d'urgence, de panique, quelque chose d'insolite qu'il n'avait encore jamais vu en elle auparavant. Il se redresse dans le lit, en position assise, et continue de la regarder.

« Tu ne vas pas travailler, aujourd'hui ? » demande-t-il. Elle le regarde.

« Non », répond-elle, avec un lourd et profond soupir. Elle s'assied au bord du lit. « Ils ne m'ont pas convoquée, ils m'ont dit qu'ils n'auront pas besoin de moi, ni aujourd'hui, ni toute la semaine prochaine.

— Ah ? D'accord, alors tu as un peu de temps libre.

— Oui, mais je préférerais toucher cet argent. »

Elle s'immobilise un moment, elle baisse les yeux, longuement, comme si elle se plongeait dans un autre monde.

« Écoute, prends-toi d'abord un petit déjeuner. On pourra régler les questions de la vie plus tard. » Il s'approche d'elle et la prend dans ses bras. Elle se laisse aller contre son corps, et il l'embrasse sur la joue. Il éprouve une sensation de soulagement, de soulagement doux et silencieux.

Il est dans la cuisine, il fait cuire des œufs, prépare son mélange spécial d'avocat, de tomate et d'oignon qu'il étalera dans un wrap. Belle est assise dans le canapé, les genoux repliés contre la poitrine, elle se réchauffe les mains autour d'une tasse de café dont elle n'a pas encore bu une gorgée, en contemplant fixement la télévision alors qu'elle est éteinte. Il lui apporte son plat dans une assiette. Elle semble surprise de le voir, ainsi que cette nourriture.

« Ah, tu n'étais pas obligé, dit-elle, la voix assourdie par le poids de son propre corps.

— Je sais. J'en avais envie », dit-il, guilleret et enthousiaste, alors qu'il prend place à côté d'elle. Elle touche à peine à son wrap. Elle l'ouvre avec sa fourchette et prend une bouchée, puis elle chipote avec le reste.

« Plus tard, je dois sortir, dit-elle, et régler deux ou trois choses.

— D'accord. Je peux t'accompagner ?

— Quoi ?

— Oui, je vais venir avec toi. Après, on pourrait déjeuner.

— Ah, d'accord, dit-elle, en bredouillant un peu. D'accord. Tu pourrais faire ça. Merci.

— Bien sûr. »

Ils sortent de l'appartement et marchent vers la station de la 135ᵉ Rue. L'air froid lui rappelle quel privilège c'est d'avoir connu la chaleur. Le soleil brille dans le ciel. Belle marche devant lui, ses petits pas staccato toujours avec deux pas d'avance sur lui. Ils entrent dans le métro et montent dans la rame, étrangement vide pour un après-midi de semaine. Ils descendent à la 116e Rue. Il entre derrière elle dans une pharmacie de la chaîne CVS. Elle en ressort avec quelques articles et les fourre dans sa grande besace portée à l'épaule. Il la suit dehors.

Ils marchent, ils sont au bord du trottoir, vont passer de l'autre côté de la rue. Elle le retient et lui dit : « Attends », jusqu'à ce que ce soit le moment de traverser. Ils traversent et se dirigent vers la banque. Il lui dit qu'il va l'attendre dehors. Elle entre. Il regarde la rue, suit la multitude de passants, indifférents à son existence. Il leur ressemble peut-être plus qu'il ne le croyait ; une mère et un enfant, des adolescents tout joyeux, des hommes qui se tiennent à l'angle. Dans les endroits qu'il connaît le moins, il se fond, disparaît et se sent plus à l'aise. *J'imagine que l'on est chez soi partout où l'on est accueilli comme si l'on n'était jamais parti, partout où l'on voit un reflet de soi-même.*

Elle sort de la banque, la tête baissée, en désarroi. Il la rattrape, passe son bras autour d'elle et, par gestes, suggère d'aller manger. Elle acquiesce. Ils entrent dans un restaurant de cuisine afro-américaine avec ambiance musicale, des titres de rythm'n blues des années 90. La tête de Michael oscille sur la musique, mais à côté de lui Belle demeure immobile. Ils sont assis à une table d'angle près de la fenêtre.

« Vous êtes prêts à passer commande ? » demande Jackie, la serveuse, une étincelle dans le sourire. Il lève les yeux vers elle, puis revient à Belle, qui n'a rien répondu.

« Hellooooo ? » fait-il, et il agite la main devant elle, avec de l'agacement dans la voix.

« Quoi ? réplique-t-elle sèchement.

— Prête à commander ? »

Ils passent leur commande. Les plats arrivent, accueillis par leur silence.

« Tu ne vas rien manger ? »

Elle lève les yeux avec lui, puis les baisse sur son assiette.

« Est-ce que ça va, votre plat ? demande la serveuse en passant.

— Tout est parfait, merci, répond Michael pour lui et pour Belle, qui ne bouge même pas.

— Bon, alors, tu vas me dire ce qui t'arrive, bon Dieu ? »

Il laisse tombe son couteau et sa fourchette dans son assiette, le fracas des couverts se répercute.

« Qu'est-ce que tu veux dire ?

— Depuis ce matin tu boudes et tu n'as rien avalé de toute la journée. C'est comme si tu étais devenue une autre, quelqu'un de complètement différent.

— ET ALORS ? rugit-elle, ce qui fait se tourner quelques têtes.

— Je ne sais pas ce qui t'arrive, mais il faut que tu me parles, bébé. »

Il tend la main au-dessus de la table. Elle la retire dès qu'il la touche.

« Ouah. Alors, c'est comme ça.

— Ce n'est comme rien du tout. Tu ne comprendrais pas. »

Elle soupire profondément et se plaque le visage dans la paume.

« Dis-moi.

— Écoute, je suis fauchée. Il faut que je paie mon loyer ce mois-ci, j'ai déjà du retard et je pourrais finir par me faire éjecter de mon appartement. Ensuite, mon boulot m'appelle et me dit qu'ils n'ont pas besoin de moi. Ça fait trop.

— Quoi ? Pourquoi tu ne m'as rien dit ?

— Pour faire quoi ?

— Pour que je puisse t'aider. »

Elle ne dit rien et détourne de nouveau le regard.

« Je n'ai pas besoin de ça. Je peux me débrouiller.

— De combien tu as besoin ?

— J'ai dit que je pouvais m'en charger.

— Et moi, j'ai dit combien ?

— Au moins mille boules.

— Combien ? »

Il en tousse presque le jus d'orange qu'il buvait.

« Mille dollars... cela me permettrait de gagner un peu de temps.

— Oh, merde.

— Et peut-être une centaine de dollars en plus parce que j'ai chopé une amende, j'ai sauté par-dessus une merde de portillon de métro l'autre jour », soupire-t-elle, narquoise, et elle continue : « De toute façon, j'ai pas besoin que tu viennes jouer les Superman. Je gagnerai mon fric toute seule comme j'ai toujours fait.

— Attends, alors tu vas aller...

— Quoi, il y a un problème ?

— Et nous alors ?

— Quoi, nous ?

— Je veux dire, on n'est pas ensemble ?

— C'est quoi ces conneries ? Alors ça veut dire que je peux plus aller...

— Faire tes strip-teases ? Non. Bien sûr que non.

— Je fais pas de strip-teases, je danse.

— Oh, putain, quoi !

— Écoute, je ne sais pas pour qui tu te prends, à débouler de nulle part, à essayer de me contrôler. Je ne t'appartiens pas.

— Tu as raison. Tu ne m'appartiens pas, Belle... mais je ne compte pas pour toi ? » demande-t-il, presque implorant. Le restaurant tombe dans un silence synchronisé ; les conversations, les serveurs, la musique à l'arrière-plan, tout se tient sur la même note, comme si un point d'orgue planait au-dessus d'eux.

« Mec, va te faire foutre, avec ta sale culpabilisation. Pauvre cul, l'autre jour, tu pleurais après cinq cents dollars, et tu te crois capable de m'aider ? »

Elle se lève, en heurtant sa chaise qui se renverse au sol... les gens autour d'eux restent interloqués, et elle sort par la porte en courant.

« Belle ! »

Désespéré, il l'appelle par son nom, mais elle a déjà franchi la porte avant qu'il ait pu finir. Il laisse cinquante dollars sur la table et se lance à sa poursuite.

Il entraperçoit son manteau luisant rouge bordeaux, sa capuche rabattue, elle descend l'escalier du métro. Il dévale les marches d'une seule enjambée de géant.

« Belle », hurle-t-il, et il la voit franchir les portillons. Il fouille ses poches pour en sortir un ticket, puis il court et saute par-dessus.

« Belle ! »

Il la voit au bout du quai et se dirige vers elle.

« Belle », répète-t-il, plus calmement, plus doucement. Il pose ses mains sur ses épaules et scrute ses yeux, vides.

1 230 dollars.

« Je ne comprends pas, Belle, pourquoi tu refuses que je t'aide ?

— Tu ne pourrais pas comprendre, Michael. Tu ne viens pas d'où je viens. Tu ne sais pas ce que j'ai subi.

— Mais cela ne veut pas dire que je ne peux pas t'aider. »

Elle a un rire sarcastique et elle passe devant lui, marche en direction de l'autre extrémité du quai, alors que le faisceau du phare du train surgit de l'obscurité béante du tunnel. Il s'approche à pas rapides pour la rattraper et se plante devant elle, lui barrant le passage. Il tente de lui parler mais le fracas du train et le crissement quand la rame ralentit sont trop forts pour qu'il puisse proférer un mot. Ils se tiennent l'un en face de l'autre, leurs yeux plongés dans les profondeurs l'un de l'autre. Les portes s'ouvrent et les passagers sortent, flottant près d'eux comme s'il s'agissait de fantômes, et Belle et Michael sont les seules créatures vivantes en ce monde. Le train repart, et le silence s'ensuit.

« Je veux juste faire en sorte que tout aille bien pour toi..., dit-il d'une voix tremblante.

— Mais tu ne peux pas, tu n'es pas venu ici pour moi. Je ne suis PAS ta responsabilité, soupire-t-elle, et je refuse de devenir un poids pour toi.

— Je peux arranger les choses...

— Tu ne peux pas ! Tu crois que ça s'arrête là, juste sur une question d'argent. Il y a trop de choses. Et je ne peux pas te laisser intervenir, je refuse. J'ai assumé tout ce merdier toute seule, d'une manière ou d'une autre, depuis des années, et j'assumerai cette histoire moi-même...

— Tu n'es pas toujours obligée d'être forte...

— Je n'ai pas d'autre choix. Ma mère était obligée de l'être, et sa mère avant elle. Ma fille sera obligée, elle aussi. Ce merdier ne changera pas. Depuis toutes ces années, s'il y a une chose que j'ai apprise, c'est de ne compter sur personne, surtout pas sur un homme. Les gens te déçoivent toujours, au bout du compte, et je ne te laisserai pas cette chance. Déjà, et d'une, je n'aurais jamais dû te laisser aller si loin. »

Elle passe devant lui, cette fois en l'écartant avec rancœur. L'écho de ses pas se répercute dans le souterrain. Les pas lourds de Michael la suivent. Le grondement d'un autre train qui fait son apparition les avale tous les deux.

« Qu'est-ce que tu veux dire, putain ? » hurle-t-il, et il l'empoigne par l'épaule, la force à se retourner.

« Je veux dire que tout ce bordel n'aurait dû jamais arriver. Nous. Ce qui se passe ici, je sais pas trop quoi. J'ai laissé tout ça aller trop loin, et j'en ai marre.

— Je n'y crois pas une seconde, marmonne-t-il avec amertume alors que les portes s'ouvrent et que les passagers descendent des wagons. Enfin, si tu en as vraiment marre, continue-t-il, alors tu vas monter dans ce train, et tu ne me reverras plus jamais. »

Les portes restent ouvertes, tentantes, en apparence plus longtemps que d'ordinaire. Michael ferme les yeux alors que Belle passe devant lui, il prononce même peut-être une prière, adressée à un dieu auquel il ne croit pas. Il se retourne pour la voir et elle a disparu. Il la voit dans le wagon, lorsque le train démarre. La rame se déplace au ralenti, une voiture défile, puis la suivante, et une autre, jusqu'à ce que le train tout entier disparaisse en grondant dans l'obscurité éternelle.

Il regagne l'appartement de Brooklyn. Il s'arrête à un distributeur de billets et vérifie son solde : 1 200 dollars. Il retire tout et fourre l'argent dans sa poche latérale, en le serrant encore dans sa main. *Je devrais peut-être tout jeter ou brûler cet argent et en finir avec tout ça tout de suite. Merde, parce que j'en ai assez. Je suis présent pour tout le monde, sauf pour moi. C'est toujours comme ça que ma vie se déroule, se délite. Pourtant personne ne le voit, personne ne sait ce que c'est que de porter ce poids, cette souffrance. Personne ne me croit jamais, ne croit ma tristesse. Dans tout ceci, je suis seul. Et je ne laisse jamais personne savoir toute la véritable ampleur de ce que je ressens, parce que c'est si profond que j'ai peur de ce que je vais m'infliger si jamais cela se rapproche trop de la surface. Et entre-temps, qu'est-ce que je fais ? J'observe, j'observe, comme si j'étais une proie, alors que les autres viennent, exploitent, éradiquent, morceau par morceau, tout semblant de joie, de paix auquel j'ai pu me raccrocher.*

J'ai dû combattre toutes sortes de folies rien que pour être ici, je ne peux marcher jusqu'au bout de la rue sans que cela me rappelle une douleur que j'ai ressentie ; ce gamin poignardé là-bas, cette personne abattue d'une balle, cette autre en prison, cette autre violée, et à l'autre bout de l'océan, j'ai une autre famille, que je connais à peine, mais que j'aime si profondément, trop grande pour être à la portée de mon cœur, mais qui en souffre d'autant plus. Je ne connais aucune paix, ici, là-bas ou nulle part ailleurs ; il n'y a pas un seul endroit de ma vie où je connaisse la paix ; j'ai beau essayer de cultiver un espace pour moi et mon être, en fin de compte, quand je laisse quelqu'un y entrer, ce quelqu'un le détruit, pas tout d'un coup, enfin, parfois peut-être, mais généralement petit à petit, et cela me fait tellement mal de devoir vivre de la sorte. Suis-je mieux seul ? Peut-être ? Pendant un temps, ou pour une vie entière ? Je ne sais pas. Alors peut-être vaut-il mieux que je ne sois pas ici, mais encore une fois, c'est la bataille, la bataille que j'ai menée toute ma vie et sans savoir encore combien de temps je serai capable de continuer de la mener. Alors, je vais retirer mes gants, et déposer les armes... Je ne me bas plus.

Il entre dans son appartement d'un pas titubant, son haleine d'alcool exsudant comme un mauvais parfum. Bouteille en main, couché sur son lit, fixant le plafond, il commence seulement à se rendre compte qu'il pleure à l'instant où il sent un ruisselet froid goutter du coin de son œil sur sa joue. Belle. C'est une décision qu'il doit prendre, un choix inévitable, mais c'est le sien. Chaque fois qu'il ferme les yeux, il voit son visage ; son visage le hante comme un spectre, un rêve récurrent. Il ne peut garder les yeux ouverts, mais il n'a pas envie de les fermer.

Il n'a pas envie de voir son visage ; il veut la sentir ; sa peau, son toucher, son souffle. Cette douleur insurmontable comme si quelque chose en lui mourait. C'est déjà le cas. C'est déjà mort. Et il doit l'enfouir. Le filet de larmes est devenu un déluge qui coule de son visage. Il est allongé dans le lit, sans un mouvement. Belle. Belle. Belle. Son nom fait écho dans sa tête jusqu'à ce qu'il s'endorme.

« Qui est là ?

— C'est moi.

— J'ai dit qui est-ce ?

— C'est moi, ouvre !

— Michael ! »

Belle est devant la porte, son doux visage a une expression de surprise.

« Pourquoi es-tu ici ? dit-elle alors qu'il passe devant elle pour entrer dans le salon et retirer son manteau.

— Il fallait que je te voie. »

Elle ferme sa porte d'entrée et s'avance vers lui à pas lourds, le visage baissé.

« S'il te plaît, ne t'en vas pas...

— Nous avons déjà eu cette conversation, Michael.

— S'il te plaît, Belle. Ce n'est pas forcé de se terminer comme ça. Tu ne peux pas attendre de moi que j'accepte ça. Imagine si tu étais à ma place.

— Eh bien, c'est quelque chose que tu vas devoir admettre. Je suis comme ça, d'accord ? Je ne vais pas changer.

— Changer ? Je ne te demande pas de changer. Ma vie a changé quand je t'ai rencontrée. Tu m'as fait oublier. Tu as fait s'en aller la douleur. Je n'ai jamais ressenti envers personne ce que je ressens pour toi. Et je sais que je ne sentirai jamais, plus jamais ça. Mais...

— Mais quoi ? s'insurge-t-elle. Après, il se passe quoi ? On va se marier ? Tu vas rester ? Ici ? Pour moi ? Ou rentrer à Londres ? Tu n'es pas venu ici pour moi, Michael, tu es venu ici pour toi. Ça n'allait jamais marcher.

— Ce n'est pas terminé. Je sais que tu as besoin d'argent, mais ça ira, on va trouver un moyen.

— Aaah ! gémit-elle, en levant les mains au-dessus de sa tête, pourquoi tu n'écoutes pas ?

— Écoute. » Il plonge la main dans sa poche. « Un, deux, trois, quatre, cinq... voilà... tiens. » Il les lui tend. « Mille dollars. »

Elle en reste bouche bée.

« Prends-les. » Il lui donne l'argent. « Et en voilà cent de plus, pour ton amende. »

Elle sanglote. Elle s'assied sur le canapé, la tête dans les paumes. Il la regarde et il aimerait pouvoir recueillir ses larmes et les transformer en diamants, puis les lui rendre toutes. La voir heureuse au milieu de toute cette souffrance qu'elle a traversée aurait plus de valeur à ses yeux que toutes les richesses du monde. Il l'enserre de ses bras.

« C'est bon, dit-il, en caressant le duvet sur son front, ça va aller. »

Elle le regarde, et ses yeux sont une tombe liquide. Il l'embrasse sur le front.

« Et Belle, j'ai déjà été amoureux... c'était de toi. »

Ils restent assis là, enchevêtrés l'un dans l'être de l'autre, respirant le même air, deux cœurs battant en synchronie. Tout est silence, même les rues de la ville se sont tues comme si elles ressentaient elles aussi ce qui se ressent dans cette pièce. Belle essuie ses larmes et se lève.

« Je vais quand même m'en aller.

— Quoi ? éclate-t-il.

— Je ne peux pas accepter cet argent. Je ne peux pas faire ça. »

Elle le lui tend sous le nez.

« Que veux-tu dire ? » Il se lève et la saisit par les épaules. « Belle ! Pourquoi fais-tu ça ? »

Son regard le traverse, ses yeux sont une chambre vide.

« Parce que je le dois, Michael. Je ne peux pas accepter ton argent.

— Ne t'inquiète pas pour l'argent, ça ne compte pas.

— Ça compte ! Je ne peux pas l'accepter. Je ne peux pas », continue-t-elle en se répétant, brandissant les billets devant elle.

Il arpente son salon, gagné par la panique.

« Belle », il l'appelle par son nom, la supplie. Elle reste silencieuse et fait non de la tête. Il s'assoit par terre, le visage enfoui dans les mains. À genoux, il rampe vers elle. « Belle, je t'en prie. » Il l'enveloppe de ses bras, pose la tête sur son nombril, sur son bas-ventre, la retient, respire contre elle, pour un instant qu'il sait être le dernier.

« Prends ton argent, dit-elle, en se tournant et en lui faisant face alors qu'il se dirige vers la porte.

— S'il te plaît, garde-le. C'est pour toi. Je pensais tout ce que je t'ai dit. »

Il ouvre la porte et se retourne pour la regarder. Elle baisse la main. Son visage est un morceau de blues... un poème. Il marche vers elle et l'embrasse sur les lèvres, éprouvant toutes ces sensations électriques pour la dernière fois.

« Au revoir, Belle. »

Il sort et ferme la porte.

100 dollars.

« AAAAH ! »

Il crie dans l'obscurité.

« Il n'y a que deux choses qui peuvent pousser un homme assis dehors dans le froid et le noir à crier », fait une voix, rauque et éraillée, qui surgit des ombres. « L'argent ou les femmes. »

L'homme éclate d'un rire tapageur.

« Et si c'était les deux ? » rétorque Michael, et il lève les yeux pour mieux voir un homme, avec une poussette, assis à côté de lui sur ce banc dans un parc oppressant. Les vêtements de l'homme sont usés et miteux, marron foncé, en plusieurs couches de saleté accumulée. Les cheveux sont dressés sur sa tête, la caricature d'un personnage qu'on viendrait d'électrocuter. L'homme s'étire et s'installe confortablement, trouvant une forme de répit sur ce banc dur et froid.

« Alors, tu veux pas me le dire ?

— Dire quoi ?

— Dire ce qui t'amène à t'asseoir ici dans le noir en beuglant.

— Eh bien, je ne suis pas le seul assis dans le noir. »

L'homme rigole de bon cœur.

« Je préfère ne rien dire. J'essaie d'oublier.

— Ça fait si mal que ça, hein ?

— Je préférerais bouffer un pneu. »

Michael laisse échapper un profond soupir et l'air froid forme une brume devant son visage.

« Ça peut pas être si méchant ; même moi j'aurais pas envie, et pourtant j'ai tout le temps faim.

— Je suis fatigué. Je suis juste trop fatigué. J'ai envie de m'allonger et de m'endormir, longtemps, en espérant ne plus me réveiller.

— Une vie qui ne s'examine pas ne mérite pas d'être vécue.

— Hein ?

— Il faut te demander pourquoi. Pourquoi ça t'arrive ? Demande-toi quel sens il y a, derrière ta souffrance.

— Il n'y en a aucun. Nous sommes nés, nous mourons, et entre les deux nous souffrons. C'est la vie, c'est ce qui m'arrive.

— La souffrance doit pouvoir s'exprimer, avoir un lieu d'où elle parle, c'est alors que la souffrance devient art et, à son tour, devient vérité.

— Je préférerais une vie sans souffrance.

— Montre-moi un homme qui n'a pas souffert, et je te montrerai un homme qui n'a pas vécu.

— Vivre, c'est souffrir. Nietzsche. J'ai pigé. J'ai un peu lu, et apparemment toi aussi. Mais au-delà de tes jolies petites citations piquées sur Tumblr et autres traits d'esprit, le monde est foutu. Quelque part dans le monde, à cet instant, il y a la guerre, il y a des réfugiés, un enfant va mourir parce qu'il est affamé, ou quelqu'un quelque part est juste solitaire, malheureux, déprimé, suicidaire. Je veux dire, tu es en train de me raconter que tu préfères être ici dans la rue que quelque part au chaud ?

— Ah ! Tu penses que je ne souffrirais plus si j'avais un toit au-dessus de ma tête ?! La souffrance, c'est notre langue commune, notre lien commun. L'une des deux choses qui nous rappelle, à nous tous, que nous sommes extrêmement, intensément en vie. Que nous sommes tous pareils. L'autre, c'est l'amour. » L'homme lâche un rire hystérique et il continue. « Mais la souffrance, c'est aussi la chose que nous nions tous, et nous agissons comme si nous n'y étions pas confrontés.

— Nous sommes des êtres en route vers la mort, nous roulons à tombeau ouvert vers notre perte.

— OK, là, tu n'arranges franchement rien. »

L'homme éclate de rire.

« En fait, c'est plutôt chez toi qu'un truc ne va pas, ajoute Michael en s'esclaffant.

— Quoi, tu pensais que j'allais être la pauvre nouille de sans-abri qui t'apporte une révélation profonde et un sens à ta vie ? Tu pensais que je te donnerais de l'espoir ? Que c'est romantique. La seule raison pour laquelle tu es assis là où tu es... bon Dieu, la seule raison qui fait que tu me parles, c'est parce qu'à cet instant, tu es un peu plus près de comprendre à quoi ça ressemble d'être comme moi, de savoir ce que ça fait de ne pas exister.

— J'ai envie de ne pas exister.

— Quoi ?

— J'ai envie de mourir.

— Tu n'as pas envie de mourir. Tu veux juste que ton désespoir ait une fin. »

Le vent hulule avec fureur. L'obscurité vide autour d'eux les consume comme si elle était vivante.

« Il aura une fin. Il aura une fin. »

Après un silence prolongé, l'homme rit de nouveau, fort, à ventre déployé, jusqu'à ce que son rire se transforme en toux et en crachotements.

« Quel est ton nom ? demande-t-il.

— Pourquoi ? Tu ne me reverras jamais.

— Là-dessus, tu as raison. »

Exaspéré et furieux, Michael se lève pour s'en aller, après avoir soutiré tout ce qu'il pouvait de ce type.

« Eh, mec, t'as pas un dollar ? lance l'autre. Le bonhomme, faut qu'y mange. »

Sans bouger de son banc, il lève les yeux vers Michael, qui le regarde.

« Et qu'est-ce que tu dirais de cent ? »

Il sort la main de sa poche et lui tend le billet.

« Ça c'est mon pote ! C'est mon jour de chance. »

Il se penche, attrape l'argent du bout de ses doigts calleux, les deux mains dans des mitaines. Son visage s'épanouit en un sourire qui révèle des dents jaunies et tachées. Il lève le poing, Michael tend le sien, et ils se font un check. L'homme se replie en boule sur son banc.

Michael est assis à son bureau, dans sa chambre, dans son appartement, il met sous enveloppe la lettre qu'il a écrite à sa mère, pour la dernière fois. Demain, il la lui enverra. Il supprime tout de lui sur Internet, tous ses contenus sur ses comptes de réseaux sociaux, alors même qu'il avait cessé de poster depuis longtemps. Il relève ses mails pour la dernière fois. Jalil. Il ouvre ce mail.

> Salut frère,
> J'ai essayé de t'appeler depuis un moment, ton téléphone est éteint ? En tout cas, sale nouvelle. Baba est mort. Mais, grâce à Dieu, avant son retour, il a pu assister à mon union.
> Et je suis heureux de te montrer ma belle épouse et moi. Je suis impatient que vous vous rencontriez, vous deux. Je t'aime, mon frère, j'attends de tes nouvelles.
> Jalil
> PS Tu avais raison

Michael ouvre la photo jointe. Jalil et sa femme, la bague à l'annulaire. La fille, ce n'est pas Aminah. Jalil est vêtu d'un élégant costume noir à la James Bond, et elle porte une robe moulante, blanc cassé, ajustée sur son corps élancé. C'est le genre de beauté qui inspire des poèmes. Ils ont l'air si beaux ensemble, comme si en un sens tout cela était écrit d'avance. Cela le met en colère, des yeux verts luisant dans leur reflet posent cette question : pourquoi la vie semble-t-elle aller dans le bon sens pour tout le monde sauf pour lui ? Il frappe du poing sur la table, il est secoué de tremblements incontrôlables. Il rampe jusque dans son lit, en frissonnant. Ses sanglots le plongent dans un sommeil douloureux et rageur.

Il ressent la paix, une sorte de paix étrange, une vision de coucher de soleil pendant une guerre. Il voit les visages des gens qu'il a profondément aimés, auxquels il a tenu. Il voit sa mère. Son père. Il voit Jalil. Il voit Belle, son visage éternellement gravé dans sa mémoire. Un acte comme celui-là se prépare dans le silence du cœur. La guerre est enfin terminée. La guerre a été gagnée.

En plein milieu de la nuit, il se réveillera. Résolu, il enfilera ses chaussures, son manteau, son chapeau, ses gants, et se dirigera vers la voiture qu'il a louée, réservoir rempli, en prévision, pour ceci, son ultime voyage. Il roulera dans les longues rues silencieuses qui s'étirent dans l'obscurité, jusqu'au parc naturel Harriman, jusqu'aux bois et aux terres inhabitées, vers les falaises en surplomb, les grands arbres, les étendues d'eaux profondes, que tout cela puisse l'emporter, que personne ne puisse l'entendre, ne puisse le voir. Que son corps ne puisse jamais être retrouvé.

J'ai résisté aussi longtemps que j'ai pu, je suis désolé.

Ces mains se sont simplement fatiguées de tenir, ce cœur, fatigué de battre, ces poumons, fatigués de respirer. Ce monde a été trop impitoyable avec moi, mais j'étais encore plus impitoyable avec moi-même ; je me suis détesté plus encore que quiconque ne m'a aimé. Malgré tout, peut-être existe-t-il dans l'au-delà une joie plus grande que ma tristesse, plus grande que toute la douleur que j'ai connue. La vie est un délitement délicat, un déversement de soi dans le monde. Et je n'ai plus rien de moi à donner. Alors, voilà, c'est la dernière heure, le dernier mètre. La route a été longue, mais finalement, me voici.

32

TEMPLE DE L'ÉGLISE DE NOTRE SEIGNEUR,
CENTRE DE LONDRES ; 14 H 11

Je suis entré et le service a débuté. L'église était pleine à ras bord. Des gens étaient debout, épaule contre épaule, le long des murs sur le côté, dans le fond et même dehors, certains essayaient d'entrer. J'ai trouvé une place contre le mur du fond, près du présentoir des bibles, m'efforçant de me fondre dans la masse. Dehors, je pouvais entendre la circulation, de plus en plus chargée.

« Nous trouverons la lecture de ce jour, annonça le pasteur Baptiste d'une voix basse et solennelle, au psaume 23, versets un à six. Nous commencerons notre lecture au nom du Père, et du Fils et du Saint-Esprit.

L'Éternel est mon berger, je ne manquerai de rien.
Il me fait reposer dans de verts pâturages :
il me conduit près des eaux paisibles.
Il restaure mon âme, il me conduit dans des sentiers de justice à cause de son nom.

Même si je marche dans la vallée de l'ombre de la mort,
je ne crains aucun mal, car tu es avec moi.
Ta houlette et ton bâton, ce sont eux qui me consolent.
Tu dresses devant moi une table en face de mes ennemis. Tu as oint ma tête d'huile, ma coupe déborde.
Oui, le bonheur et la bonté m'accompagneront tous les jours de ma vie, et j'habiterai dans la Maison de l'Éternel pour de longs jours.
Amen.

— Amen », a répété la congrégation à l'unisson.

Le pasteur Baptiste a regardé la salle pleine de monde. Après de longs moments de silence, il a pris la parole.

« Fidèles, frères et sœurs, amis, nous sommes tous réunis ici aujourd'hui, le cœur lourd, le cœur brisé et rempli de douleur.

« Aujourd'hui, avec toute la tristesse qui est dans nos cœurs, nous sommes venus nous remémorer et accompagner dans sa dernière demeure un jeune homme dont la vie aura été tragiquement écourtée. Un jeune qui a eu un impact sur nombre de nos vies, et le fait que cette salle soit aujourd'hui pleine en atteste. Un jeune homme qui était un fils pour sa mère, un frère pour ses frères et ses sœurs, un ami pour ses amis, un étudiant pour ses professeurs, un joueur de basketball pour son entraîneur et ses coéquipiers, et bien plus encore. C'était un jeune homme qui essayait de trouver sa voie dans le monde, fauché à l'âge tendre de quinze ans.

« C'est dans ces moments que nous sommes obligés d'interroger le sens de la vie, et de comprendre si cette vie a le moindre sens ; des moments où la tragédie nous frappe contre toute attente, et si soudainement. Pourtant, c'est aussi dans ces moments que nous sommes unis, en tant qu'église, famille, et communauté, et que nous trouvons du sens en chacun d'entre nous, en nous soutenant dans cette épreuve. Car en dépit de ce que la vie nous inflige, souvenez-vous que vous n'êtes jamais, jamais seuls.

— Amen, a répété la congrégation à l'unisson.

— Aujourd'hui, nous nous remémorons la vie de Duwayne Harvey Brown. »

La salle a été parcourue de reniflements et de sanglots.

« Le cercueil sera ouvert, de sorte que vous puissiez venir lui rendre un dernier hommage. Après quoi, nous nous dirigerons vers le cimetière, afin que Duwayne puisse reposer en paix pour l'éternité. »

Un porteur funéraire, vêtu d'un uniforme noir, gris et blanc, s'est avancé vers le cercueil dont il a lentement soulevé le couvercle. Un cri plaintif a déchiré l'air ; la mère de Duwayne, assise au premier rang, est tombé au sol en agitant les bras. Elle a été entourée par d'autres femmes s'efforçant de la consoler. Des gens sont venus devant le cercueil, la tête inclinée, rendre hommage. J'ai rejoint la file d'attente menant à la bière. Je ne l'avais pas encore vu, mais j'ai observé la réaction des autres lorsqu'ils baissaient les yeux. J'étais le suivant dans la file. Je me suis approché de l'angle du cercueil en acajou finement sculpté et adroitement gravé. J'ai pu voir le sommet du crâne de Duwayne ; ses cheveux noirs de jais semblaient coupés de frais, et soigneusement peignés, comme s'il venait de sortir du salon de coiffure. Je me suis approché, de deux pas. Ses bras étaient placés le long du corps. Sa peau était lumineuse, accentuant ses traits. J'ai observé son visage, son nez, ses yeux, sa bouche et l'immobilité de leur repos. J'ai revu des images fugaces de lui en classe, assis dans le fond, des images éclair de lui sur le pont avec sa capuche rabattue, des images éclair de lui et les mots qu'il m'a dits, quand il m'avait invité à venir voir son match de finale de basketball, et j'étais là, je le regardais. Oh, comment traiterions-nous les gens dans notre vie si nous savions quelle conversation serait la dernière ? Agirions-nous différemment ?

Apprécierions-nous chaque instant ? Leur dirions-nous que nous les aimons ?

Mes lèvres tremblaient, mon visage peinait à rester composé. Des larmes coulaient de mes yeux sur le sol. J'ai senti quelqu'un ébaucher un geste vers moi, poser sa main sur mon bras en me murmurant : « Ça ira, mon vieux. Ça va aller. » J'ai entendu ses mots, mais toute la foi que je conservais en de telles paroles avait perdu ses ailes. Je me suis dirigé vers la sortie, en passant devant Mr Black. Nous nous sommes salués d'un signe de tête ; ce signe était une embrassade, une étreinte. Sur le parking, j'ai levé les yeux vers le ciel d'un bleu éclatant, maudissant la vie, maudissant cette futilité et la douleur infinie que nous sommes forcés d'endurer.

« Monsieur ? » J'ai entendu une voix juvénile m'appeler de loin. Alors que le bruit des pas se rapprochait, j'en ai profité pour essuyer les larmes de mon visage avant de me retourner.

« Monsieur.

— Alex. »

Nous nous sommes regardés avec une résignation bienveillante. Je l'ai serré dans mes bras. Il croulait sous le poids de la culpabilité. Je lui ai donné une petite tape dans le dos, lui ai murmuré quelques mots de réconfort.

« J'ai l'impression que c'est ma faute, m'a-t-il avoué.

— Pourquoi ? Non. Ce n'est pas ta faute. Tu ne devrais absolument jamais penser ce genre de chose.

— Je regrette qu'on ait eu cette dispute. J'aurais dû essayer de l'aider plus... j'étais jaloux.

— Jaloux ?

— C'était lui le plus populaire. Tout le monde l'aimait bien.

Je faisais tout le boulot, tout comme il fallait, mais personne ne me remarquait jamais.

— C'est parfaitement normal d'éprouver des regrets, mais ne te rends pas responsable. Nous aurions tous pu tenter quelque chose, mais nous nous sommes limités à ce que nous pouvions, à ce moment-là.

— Monsieur, ils l'ont poignardé... douze fois. Ceux qui ont fait ça n'ont toujours pas été attrapés. Les gens savent qui a fait ça, mais ils n'ont pas envie de moucharder. »

Cela me rappelait combien je m'étais éloigné de mon travail, dernièrement, à quel point je m'étais éloigné de moi-même.

« Ce n'est pas juste, monsieur, ce n'est pas juste. »

Alex a fondu en larmes, son visage était l'image brisée du garçon intelligent, heureux que j'avais toujours connu. Alex l'As des A+ : Agressivité, Angoisse et Acrimonie.

« Où est sa bande ? Tous les types avec lesquels il traînait ? Tous ceux qui avaient l'habitude de venir le retrouver au portail du lycée. Je ne sais pas. Ils ne sont pas venus, ils s'en moquent. Il n'y avait que nous... certains de ses camarades d'école, qui le connaissaient du primaire, et sa famille, et des amis de la famille... » Alex s'est interrompu. « Vous allez venir à l'enterrement, monsieur ? m'a-t-il demandé, les yeux mouillés, en les levant vers moi.

— Je ne peux pas, Alex. Je suis désolé. Je dois y aller. »

Cette année-là, je n'ai pris la peine d'installer aucune décoration dans ma classe. Les élèves ont remarqué mon silence et mon irritabilité. J'étais de moins en moins moi-même, et c'est ainsi que j'ai entamé ma lente disparition, pour ne devenir que souvenir.

À la fin du dernier jour de ce trimestre, j'étais assis à mon bureau, regardant fixement l'horloge. Les élèves étaient depuis longtemps partis. L'équipe était allée se préparer à son pot de l'après-midi. J'avais peu à peu commencé de débarrasser mon bureau. Il ne me restait plus à emporter avec moi que ma petite boîte en carton que j'avais fermée, je donnais ainsi moins l'impression de partir pour de bon et plutôt d'emporter du travail à la maison, pour les congés, comme d'habitude. J'ai regardé le soleil se coucher, et le ciel se muer en ténèbres tumultueuses. J'ai attendu jusqu'à ce que les couloirs soient silencieux, avant de rassembler mes affaires pour m'en aller.

« Mr Kabongo, ai-je entendu, alors qu'on entrouvrait la porte, vous avez un moment ? » a fait Mrs Sundermeyer en passant la tête dans l'entrebâillement avant d'entrer. J'étais surpris de la voir, mais à bien des égards pas si surpris.

— Bien sûr, ai-je répondu. »

Elle s'est approchée, est venue face à moi, devant le bureau.

« Avez-vous réussi à suivre la finale de la coupe de basketball ? m'a-t-elle demandé.

— Non. Je n'ai pas pu, ai-je répondu, sans lui préciser la raison, et pourtant, elle avait compris.

— Malheureusement, nous avons perdu. »

Elle a marqué un temps de silence, puis m'a souri, un sourire aux lèvres fermes.

« Eh bien, je venais juste vous souhaitez le meilleur pour la suite de votre parcours. »

Sa voix avait pris un ton solennel.

« Merci.

— Je... euh... j'espère que vous n'êtes pas découragé, et que vous vous accorderez le temps de trouver ce qu'il vous faut. Vous avez eu une influence incroyable sur les existences de tant de jeunes gens, et je ne crois pas que ce soit la dernière fois.

— Merci. Mais je crois que si. »

Mrs Sundermeyer s'est assise sur la table face à moi, et s'est apparemment un peu relâchée.

« Vous savez, Mr Kabongo... Michael, si vous me permettez. » Elle a marqué un silence. « Je sais que je peux donner l'impression de ne me soucier que de mon travail, mon travail et encore mon travail. Mais non. Il y a dix-huit ans à peu près, on m'a diagnostiqué un cancer. Je venais de me marier et j'avais accouché d'une petite fille. J'allais entamer une sorte de vie idéale, et ensuite tout mon univers a basculé. Mes amis et ma famille, mon partenaire, tout le monde m'a soutenue de façon incroyable, en me répétant d'être forte, de continuer de lutter, que j'allais vaincre ce machin.

« Je n'en avais pas envie. J'avais jeté l'éponge avant même que le combat ait commencé. Pourtant, j'avais beau m'être complètement résignée à perdre face à ce monstre, quelque chose en moi m'a permis de tenir bon. Et j'ai surmonté la maladie. Je ne sais pas comment. Je ne sais pas pourquoi. Mais je me souviens de n'avoir eu aucune envie de la vaincre, et cela m'a vraiment appris une leçon : on a beau se répéter un nombre incalculable de fois que l'on veut une chose, cela ne suffit pas nécessairement pour qu'elle se réalise. Parfois, nous devrions écouter davantage ce que nous dit le silence, plutôt que cette petite voix dans notre tête. »

Elle s'est levée de la table et elle allait sortir de la salle.

« Vous ne pouvez pas sauver tout le monde, Michael. La vie n'est tout simplement pas faite ainsi. Vous devez trouver une ou deux personnes dans votre existence auxquelles vous tenez vraiment, que vous aimez vraiment, et vous consacrer à elles de tout votre cœur ; parfois, cette personne, c'est vous-même. Tout le reste finira par s'arranger tout seul. »

En sortant, elle s'est retournée une dernière fois et m'a adressé un regard empreint de compassion et de tolérance, très loin du domaine où j'avais l'habitude de la voir évoluer. Cela réduisait un peu la distance par rapport à avant, mais cette distance était encore de trop, elle se réduisait trop tard.

J'ai éteint mon ordinateur, rangé ma chaise sous le bureau, pris mon carton et quitté ma salle en éteignant la lumière à la sortie. Les couloirs que j'ai empruntés étaient faiblement éclairés et lugubres. J'ai atteint le portail où j'ai été accueilli par la pluie. J'ai jeté un dernier regard à ce bâtiment tout en hauteur, ce recueil de souvenirs qui glissaient dans le passé, que je ne vivrais plus jamais. J'ai tourné les talons et me suis éloigné.

33

CITÉ PECKRIVER, LONDRES ; 17 H 27

J'avais passé le plus clair de ma journée assis près de la fenêtre, à boire des tasses de thé, en regardant le monde extérieur depuis la paix silencieuse de ma chambre, en regardant le jour se transformer en nuit, les arbres osciller sous le vent, les nuages défiler, les oiseaux chanter, les gens aller et venir. Je pensais que tout cela continuerait de se dérouler sans moi ; sans relâche, une autre journée s'écoulera, sans relâche, un nouveau soleil se couchera, sans relâche, des vents souffleront, sans relâche, le monde continuera de tourner. C'était ma paix, la réconciliation de mon absence.

J'ai décidé de sortir me promener. J'ai marché dans la grande rue très animée, remplie de fêtards et de joyeux buveurs, c'était leur soirée, je suis passé devant la station de métro d'où ils se déversaient, devant une boutique, une autre, encore une autre, devant le marché, devant le gaillard tatoué qui distribuait des prospectus, devant un autre qui brandissait une pancarte illisible, devant les feux de circulation au carrefour, devant le chantier laissé à l'abandon pour la nuit, devant le pont où j'avais vu le même groupe de garçons, et un fantôme flotter parmi eux, devant le canal sombre et trouble, à l'eau lugubre, une créature vivante à part entière, devant les vastes maisons sur une rive et les cités de logements sociaux sur l'autre, devant les sans-abris qui dormaient entre les unes et les autres, dans des tentes, devant un souvenir, devant un souvenir, devant un souvenir, devant un souvenir, devant un souvenir.

J'ai marché vers la haute tour d'habitation où j'ai vécu presque toute ma vie, le seul endroit que j'avais jamais appris à appeler un foyer, qui n'était désormais plus du tout un foyer.

De retour dans ma chambre, il ne restait plus qu'à boucler mon sac. C'est une chose de partir en vacances ou en voyage quand on sait qu'on va revenir, mais qu'est-ce que cela suppose de plier bagage en sachant qu'on ne reviendra jamais ? Qu'emportez-vous avec vous ? Vos chaussures et vêtements préférés ? J'avais passé les dernières semaines à lentement faire don de mes possessions à des organismes caritatifs. En plus de ces objets, j'avais donné mes biens les plus chers : mes livres. Je m'étais retranché de tout attachement physique à mes possessions matérielles ; la seule chose qui restait, c'était l'attachement émotionnel qui, à son tour, avec le temps, s'effacerait. J'ai attrapé mon sac à dos et j'ai fourré dedans les fournitures les plus élémentaires dont j'aurais besoin, jusqu'à ce que je n'en aie plus besoin. Quelques vêtements et sous-vêtements de rechange, des affaires de toilettes et mon livre préféré, avec lequel j'avais toujours voyagé, quelle que soit la raison, quelle que soit la distance, près ou loin : *Two Thousand Seasons*, d'Ayi Kwei Armah. À chaque moment qui passait, je ressentais un mélange d'attente inquiète. Une frayeur insatiable qui montait et retombait comme une vague venue du tréfonds de moi-même.

Je me suis assis sur le sac à dos désormais bouclé, la main au menton, dans l'obscurité réconfortante. J'étais seul à l'intérieur de l'appartement. Je n'avais plus vu Mami depuis quelques jours, peut-être de toute la semaine ; elle passait plus de temps avec le pasteur Baptiste. J'avais accepté à contrecœur leur vœu d'être ensemble, tant que cela ne requérait aucune implication de ma part. Je l'avais résolument évitée, en rentrant plus tard que je ne l'aurais fait d'ordinaire, en sortant à la première heure le lendemain matin. Mami ne savait pas que je partais. J'en ai conclu que cela vaudrait mieux pour tous les deux que je ne la revoie pas avant et que rien ne se dise entre nous. Toutefois, j'ai décidé de lui écrire un mot :

Mami,
Je m'en vais. Ne t'inquiète pas. Ne me cherche pas.
Tout deviendra plus clair dans un certain temps.
Je t'embrasse,
Ton fils, Michael

Cette nuit-là, le sommeil m'a échappé. Je suis allongé dans mon lit, je fixe le plafond, je laisse chaque souvenir, douloureux et chargé, s'écouler comme un torrent taillant à travers des rochers déchiquetés. Je n'avais plus revu Sandra depuis ce mail. Je songeais à l'appeler, peut-être, à la rigueur, la revoir une dernière fois, mais ce n'était pas cette montagne que j'étais censé escalader. Jalil – je pensais beaucoup à lui, de manière particulière, et à Baba. Je songeais que souvent nous sabotons notre potentiel de bonheur dans la poursuite d'autre chose d'évanescent. Nous le croyons peut-être immérité, peut-être le malheur est-il un sentiment plus familier, et comme dans la plupart des matières, nous nous en tenons à ce que nous connaissons.

J'ai attrapé mon téléphone dans le noir pour vérifier d'éventuels messages et appels manqués. Il n'y en avait aucun. J'ai reposé le téléphone, me sentant plus résolu dans ma décision. Demain matin, je m'envolerai vers les États-Unis d'Amérique, d'abord vers San Francisco, et ensuite je voyagerai, libre de mes choix. Pourquoi l'Amérique ? Sans aucune autre raison que la romance, la poésie ; le seul pays que je connaisse qui se dit libre. Et je veux vivre libre. Mais qu'est-ce que cela signifie ? Vivre une vie débridée et excitante ? Peut-être, parfois, oui, aussi. Ou vivre une vie libre de tout fardeau, de toute attente, ne porter aucun poids, et ne pas porter d'armes ; vivre de manière authentique, en étant moi-même, si imparfait que ce soit ; faire ou non ce qui me plaît. Oh, l'Amérique ! C'est un territoire que j'avais observé en grandissant, un endroit où j'avais toujours eu envie de me perdre. Enfant, je rêvais d'être un vagabond sans but, menant une vie de liberté que je pouvais seulement imaginer, une vie où je répondais uniquement de moi-même. Car en fin de compte, je suis tout ce que j'ai ; et je suis tout ce que je peux être. Mourir, par conséquent, de mon propre gré, constitue la plus totale des libertés. Mourir. La mort. Plus je le disais, plus je me sentais à l'aise avec la chose, et plus je comprenais que c'était une décision que j'avais prise depuis longtemps. Elle avait germé tout au fond de mon cœur nu comme une belle fleur sauvage du désert.

Un tel acte se prépare toujours dans le silence du cœur.

J'avais réservé mes billets de longue date et arrangé tout le reste de ce qu'il me faudrait de la manière la plus discrète et la moins suspecte. Je vais emporter mes économies d'une vie – la somme de la valeur de ma vie dans ce monde. Et expérimenter un lieu où je me rends pour la première fois. Un endroit où je n'ai aucun souvenir, aucune association, aucun lien, où je ne connais aucune âme, où dépenser cet argent comme je le jugerai bon, jusqu'à ce qu'il s'épuise, et ensuite, après cela, je m'ôterai la vie. Je vais quitter le monde comme j'y suis venu, par la beauté merveilleuse de la nature. Je veux disparaître dans le monde en silence, invisible, à l'insu. Je veux m'en aller, avec le style de paix que je recherche ; une mort qui s'avance en silence dans la nuit.

34

RIDLEY ROAD, LONDRES ; 15 H 35

Mami traverse le marché de Dalston. Les couleurs vives des fruits et les jattes de légumes contrastent avec le ciel gris et menaçant. Des corps passent près d'elle, sur sa gauche et sur sa droite, comme si elle marchait au milieu d'une forêt, entre les arbres. La cacophonie des commerçants du marché retentit à l'arrière-plan comme un orchestre symphonique familier : « v'nez voir », « j'tez un œil s'il vous plaît », et « une liv' le bol, une liv' le bol », en *sol* majeur, les morceaux les plus populaires. Mami porte un sac de *makemba*, de *pondu* congelé, de *makayabu* et de *kwanga*, qu'elle préparera plus tard ce soir. Elle met le tout dans sa poussette; ses mains tremblent bien trop souvent maintenant pour qu'elle porte les sacs accrochés entre ses doigts comme elle le faisait auparavant.

Elle termine ses achats et se dirige vers la station de métro aérien, Dalston Kingsland. La rame suivante arrive dans quatre minutes. Elle a du mal à descendre les marches, à cause du poids de sa poussette. Une multitude de gens la dépassent en se précipitant, jusqu'à ce qu'un jeune garçon noir en pantalon de survêtement gris et sweatshirt à capuche s'approche d'elle et lui dise : « M'dame, je peux vous aider ? » Elle lui sourit. Son visage familier lui instille une tristesse dans le cœur. Il porte la poussette jusqu'en bas des marches et attend qu'elle arrive. Elle le remercie chaleureusement : « Dieu te bénisse, mon chéri. Dieu te bénisse. » Le jeune Noir remonte en bondissant, enjambant deux ou trois marches à la fois, l'air aussi léger qu'une gazelle.

Mami arrive à la maison, décharge ses courses et se met tout de suite à cuisiner en écoutant des chants religieux congolais ; *Tata Nzambe, sali sa biso, Tata Nzambe, sali sa biso, na ba mpasi oyo, toko monoka.* Elle prépare encore la même quantité de nourriture, suffisante pour de nombreuses bouches, et pourtant elle mange seule. Elle s'assoit pour regarder sa série du soir préférée, en maudissant la télévision, le jeune homme qui trompe sa femme avec la meilleure amie de sa femme, un scénario connu. Le soir tombe lentement, en silence. Mami s'endort d'abord dans le canapé, la tête en arrière, la bouche grande ouverte, et ronfle sous l'effet de la fatigue d'avoir à survivre encore une longue semaine. Elle se réveille au milieu de la nuit, se rend dans sa chambre où elle va encore passer une nuit nullement reposante, à s'agiter et à se retourner. L'insomnie réveille les frayeurs auxquelles elle croyait avoir échappé ; dans l'obscurité, elle entend les cris d'inconnus, les craquements des os sur le macadam, les chars qui les écrasent, des balles qui ricochent, des douilles tombées sur la chaussée comme des feuilles mortes ou des galets sur une plage, aussi luisants que les cadeaux que nous conservons, ou de bébés qui pleurent, couverts par des vents violents, des pluies violentes, de la violence, des arbres qui se balancent sur un fond de ciel d'incendie, tout cela défile puis s'enfonce, s'enfonce, s'enfonce dans le silence immuable.

Elle se réveille, les os aussi lourds que des briques. Elle

ouvre les rideaux, laisse la lumière percer. Elle s'endort de plus en plus souvent, dans la journée, certains jours sans du tout sortir de son lit. Même quand c'est très lumineux dehors, la pénombre sans vie de l'appartement demeure inchangée ; et c'est resté pareil depuis le départ de Michael. Elle essaie de ne pas penser à lui. Elle a couché toutes les photos de lui encadrées dans l'appartement, préparant son cœur à la nouvelle qu'elle sera incapable de supporter, elle le sait. Ne t'inquiète pas. C'est un jeune homme, il a besoin de temps pour tirer les choses au clair. Tout ira bien. D'autres lui disent cela, mais elle reste peu convaincue ; elle a les entrailles retournées, elle sait que cela va plus loin, plus profond. Elle a reçu ses lettres, elle les préserve dans un tiroir à côté de son lit. La dernière disait ceci :

> Mami,
>
> C'est la dernière lettre que je t'enverrai.
>
> Je t'écris pour te dire que je suis désolé. Je suis désolé de toute la douleur que je t'ai infligée. De ne pas avoir vu plus tôt tout ce que tu avais dû sacrifier pour moi, rien que pour me permettre d'avoir au moins le peu que j'ai eu. Je n'ai pas vu ton combat. Je n'ai pas réfléchi à ce que cela devait être, nuit après nuit, de se soucier de tant de choses, et ensuite de s'occuper de moi en plus.
>
> Je n'ai jamais eu l'intention de te causer de la peine. J'ai juste besoin de te faire savoir une chose. Je cherchais seulement un moyen d'avoir un peu de silence, un peu de paix. Et cela me blesse de savoir qu'encore maintenant, je te blesse, mais je n'y peux rien. Ce qui est fait ne peut être défait. Mais je te serai éternellement reconnaissant de tout ; j'espère que je ne t'ai pas déçue. J'espère que tu

pourras quand même trouver une place pour moi dans ton cœur. Et qu'un jour, nous nous retrouverons.

Avec tout mon amour,

Ton fils,

Michael

Mais tout ceci ne fait qu'accentuer sa peine, lui donne la sensation d'avoir un estomac baignant dans l'acide. C'est un défi vertigineux lancé à sa foi, comme si elle avait été perchée au sommet d'une tour et forcée de sauter par quelqu'un qui lui aurait promis, pour peu qu'elle y croit assez fermement, qu'elle réussirait à se faire pousser des ailes dans sa chute. Elle continue de se retenir.

La seule chose qu'elle n'a pas touchée, c'est la chambre de Michael, plus depuis la dernière fois qu'elle y est entrée en y trouvant le mot qu'il lui avait laissé. Elle a transformé sa chambre en sanctuaire, préservant chaque souvenir comme un objet ancien et sacré.

Elle passe dans la cuisine et se prépare le petit déjeuner qu'elle aurait dû manger des heures plus tôt; cette nourriture qu'elle n'a plus avalée dernièrement; pourtant les gens la complimentent, lui disent qu'elle a perdu du poids, sans savoir que c'est en raison du stress et de la tension qu'elle a endurés. Elle retourne dans le salon, allume la télévision pour suivre le défilé morne et monotone des visages à l'écran. Elle décroche, laisse le ronronnement de la télévision la transporter en un lieu vide de toute émotion; un lieu vidé de tout ce qu'elle est, un terrain vague dénudé de l'imaginaire – le lieu sûr du néant.

La sonnette retentit, en bas; quelqu'un essaie d'entrer dans l'immeuble.

Mami l'ignore. La sonnette retentit à nouveau, pour la deuxième fois, mais s'interrompt subitement. Au bout de quelques instants, on frappe à la porte. Elle met un moment à répondre, car les coups persistent. Elle traverse la pièce d'un pas traînant, chaque pas plus lourd que le précédent.

« Qui est-ce ? demande-t-elle.

— C'est l'inspecteur Peterson et l'officier de police Lawson, de la police de Londres. Pouvons-nous parler à Mrs Kabongo ? »

Elle regarde par le judas, les officiers de police – l'homme, Peterson, dans une tenue impeccable et terne, et la femme, Lawson, à côté de lui, en uniforme – attendent patiemment derrière la porte.

« Je suis Mrs Kabongo, dit Mami, et elle ouvre.

— Mrs Kabongo, pourrions-nous vous parler à l'intérieur ? » lui demande l'inspecteur Peterson.

Elle ne bouge pas.

« Je vous en prie, Mrs Kabongo. Il vaudrait mieux que nous entrions », insiste la femme, le visage empreint d'empathie. Mami lui fait confiance, elle se fie à son visage, plus qu'à celui de l'homme, elle a quelque chose d'honnête en elle, une douleur perceptible qui atteste que tout cela pour elle possède plus de sens qu'un simple travail. Elle s'efface et les laisse entrer. Ils s'assoient dans le salon, la télévision au son baissé en bruit de fond. L'inspecteur Peterson et l'officier de police Lawson dans le canapé attenant.

« Mrs Kabongo, merci de nous accueillir à votre domicile ». L'inspecteur Lawson s'exprime avec une légère appréhension. « Je regrette, mais nous avons une nouvelle à vous annoncer. »

Elle se redresse. Elle se penche pour prendre la télécommande et éteindre la télé. Elle entend son cœur battre, cogner comme si une grosse caisse résonnait au milieu de la pièce. Elle regarde l'inspecteur Peterson et l'officier de police Lawson, s'efforçant de déchiffrer l'expression de leurs visages, espérant pouvoir anticiper la nouvelle et peut-être ressentir un choc moins brutal.

« Le corps du pasteur Baptiste a été retrouvé pendu chez lui. Il semble que ce soit un suicide ; il s'est donné la mort. Il n'y avait pas de lettre, aucune indication. Il n'a rien laissé. »

Mami ne bouge pas. Ses yeux ne clignent pas, ses mains ne tremblent pas, ses lèvres ne frémissent pas, son corps ne tressaille pas. Le choc qu'elle éprouve la soumet à une immobilité immuable, à une paralysie dévorante.

« Nous sommes tout à fait désolés de vous annoncer une nouvelle aussi tragique. Nous avons travaillé aussi vite que possible pour identifier les proches parents, les membres de la famille et les amis intimes. Et donc, nous vous avons contactée aussi vite que les circonstances le permettaient. Nous savons que le pasteur était très aimé de sa congrégation, et que ce doit être pour vous un choc immense. Y a-t-il quelqu'un que vous pourriez appeler, qui aurait la possibilité de venir ici et de rester auprès de vous ? Un ami, de la famille ? » Mami songe à Michael. « C'est simplement qu'à notre avis, il ne vaut mieux pas que vous restiez seule.

— Non, ça ira. »

Elle se lève, leur fait signe de se lever aussi et les conduit à la porte.

« Ça va. Ça va aller, répète-t-elle, interrompant l'officier de police Lawson qui lui parlait.

— Si jamais vous avez besoin de vous adresser à quelqu'un, ou même simplement si vous avez des questions », ajoute encore l'officier Lawson en s'arrêtant à la porte, et elle sort de la poche intérieure de son blouson une carte qu'elle pose dans la main de Mami, « n'hésitez pas à me contacter directement ».

Elle se rassied dans le canapé, fixe le vide, le néant qui est devant elle. Le silence la consume comme une plaie. Elle tente de repenser à la dernière fois qu'elle a vu le pasteur Baptiste, mais son esprit est trop exténué pour se remémorer aucun souvenir. Elle se souvient seulement de la distance, qu'elle s'était lentement écartée de lui, mais seulement parce qu'elle s'écartait d'elle-même. Il aurait dû se trouver à la prière du vendredi, et elle aussi, mais voilà, ils étaient tous les deux là, mourant chacun d'une mort différente. Elle se lève pesamment du canapé. Elle traverse la pièce d'un pas lourd, vers sa chambre, en sanglotant, versant des larmes qui dégoulinent en chemin.

Le matin vient. Mami dort toute la matinée. La nuit lui a pesé ; elle l'a passée à pleurer le puits de son esprit asséché. Elle avait éteint son téléphone dès qu'elle avait reçu la nouvelle, afin que personne ne puisse l'atteindre. Elle sentait déjà les questions intrusives qu'on allait lui poser : tu ne savais pas ? tu ne voyais pas que quelque chose n'allait pas ? comment as-pu laisser une chose pareille arriver ?

Des questions qu'elle s'était déjà posées un millier de fois, comme si elle était responsable, en un sens.

Elle se réveille dans l'obscurité de sa chambre. Elle a du mal à savoir si ses yeux sont ouverts ou fermés. Alors qu'elle est allongée là, elle revoit le visage du pasteur Baptiste, encore et encore et encore, qui flotte dans l'obscurité à côté d'elle. Les souvenirs qu'elle conserve de cet homme l'envahissent : de longues promenades dans le parc au coucher du soleil, en se tenant par la main ou buvant des milkshakes ; des dîners dans des restaurants calmes, à l'éclairage tamisé ; les petits déjeuners le matin ; l'air vif et froid qu'elle n'avait ressenti jusque-là que sur le trajet vers son travail – autant de choses que les autres ne connaissaient pas de lui, et tout ce qui devait aller de pair. Elle entend sa voix, elle sent son contact ; cela se rapproche, de plus en plus, jusqu'à ce que, d'un seul coup, cela disparaisse.

Elle sort la bible du tiroir à côté d'elle, et elle la serre contre sa poitrine, y cherchant un réconfort qui ne vient pas. Sa foi est un air qui se raréfie et elle a du mal à respirer. Pour elle, le monde est devenu un terrain vague d'où rien ne peut émerger. Elle arrache les pages, jette la bible à l'autre bout de la pièce, fond en larmes. Elle lance des imprécations, des blasphèmes dans l'obscurité, elle crie : « Quelle espèce de Dieu ?! Quelle espèce de Dieu ? »

La matin s'écoule. Elle s'extrait du lit. Elle avance dans le couloir en traînant les pieds, aux toilettes, puis au salon, où elle restera assise presque toute la journée. Plus tard, on frappe à la porte. Elle se demande si ce sont des visiteurs de l'église. Ils sont venus la voir, en foule. Au lieu d'attendre ou de lui poser des questions au téléphone, ils ont décidé de lui déverser leurs questions à la figure, en feignant leur chagrin comme s'ils pouvaient eux aussi ressentir ce qu'elle ressent à l'instant. Un autre coup retentit à la porte, et se répète.

Elle sent l'irritation monter en elle, une réaction chimique explosive, entre sa tragédie et son chagrin. Elle crie : « Laissez-moi tranquille ! », mais sa voix n'est qu'un faible souffle de vent, inaudible. Elle gémit et laisse échapper un soupir d'exaspération. Les coups frappés à la porte se transforment en la migraine qu'elle sent cogner contre son front. Les cognements continuent. Elle pose les mains sur ses genoux et s'y appuie, pousse pour se lever. Elle noue son *kintambala* autour de la tête, ferme son cardigan ordinaire et douillet, et s'avance à contrecœur, à pas de plomb, vers la porte.

« OK. J'arrive. J'arrive », dit-elle en s'approchant. Elle ouvre.

Un homme se tient devant elle, qui a l'apparence d'un

fantôme, un homme dont le visage a changé mais qui reste toujours le même.

« Michael ! » Elle en a le souffle coupé, devant cette vision, elle écarquille les yeux. Elle éclate en sanglots, se tient le visage dans les mains.

« Je suis à la maison », dit-il, et il étreint Mami, la serre tendrement dans ses bras.

Elle sanglote debout, enveloppée dans sa présence.

« Michael, Michael », répète-t-elle encore, encore et encore, comme si ce ne pouvait être vrai.

Et c'est le périple d'une vie, bien que nous ne le comprenions pas. Nous avançons, à partir de notre immobilité, de la solitude, de l'isolement et de nos aspirations. Nous avançons, à partir de la peur, des moments où nous nous oublions, parce qu'il n'y a personne pour nous dire qui nous sommes. Nous avançons, d'avoir sombré, de nous être noyés, d'être pris au piège sous le poids des choses, pris au piège à l'intérieur des choses, jusqu'au moment où l'on se rend compte que rien n'oblige à ce qu'il en soit ainsi ; il y a toujours un autre moyen.

Toujours. Nous avançons, à partir de tout ceci, vers le fait d'aimer et d'être aimé, de mourir dans la nuit, et de se réveiller le matin, pour se rendre compte que l'on est d'une insignifiance minuscule dans l'immensité de l'univers, et sans jamais oublier ce qu'est notre véritable importance ; nous sommes toute chose dans cet univers, et toute chose de cet univers est en nous. Pour trouver de la joie dans le chagrin, de la beauté dans le désespoir ; la force de nos cœurs qui lâchent prise et la douceur de nos mains qui se tiennent. Cette mélodie inouïe ; oh, cette soif silencieuse, ce doux chagrin, cet art dans notre esprit, ces rêves de notre avenir. La palpitation du papillon en vol, le bégaiement de lèvres nerveuses proclamant leur joie. C'est la rédemption, la réconciliation et la renaissance. La révélation que vous n'êtes pas du petit bois flottant, mais que vous êtes l'océan. La chenille qui prend conscience qu'elle n'a pas besoin de changer pour être belle ; l'acceptation de soi, c'est là qu'est la vraie transformation ; l'embellissement, l'illumination, c'est vous tel que vous avez toujours été. Le nouveau commencement qui débute avec la fin, du jour à la nuit, de l'obscurité à la lumière. Et retour. C'est le nid de l'oiseau, les plumes de l'ange, la lune, le poète et le poème, la danse et le chant, la prière, l'hymne. C'est l'espoir radical ; notre conviction que le meilleur adviendra, quelle que soit la situation. Et surtout, c'est l'amour, cette étincelle de lumière vive, cette flamme éblouissante, éphémère ou éternelle, puisse-t-elle nous trouver, puisse-t-elle être avec nous, la volonté qui nous porte en avant, le lien qui nous ramène à nous-même, depuis l'au-delà de ce sentiment de solitude, vers la guérison ; la respiration généreuse.

REMERCIEMENTS

Je ne croyais pas possible d'écrire une telle histoire, et qu'elle soit publiée, mais je voudrais d'abord remercier mon agent, Maria Cardona, chez Pontas Agency, d'avoir vraiment cru en moi et en cette histoire – et d'avoir eu confiance en la vision qui était la mienne, même si tu n'as pas eu toi-même cette vision, Maria. Chaque écrivain, chaque artiste, chaque être humain, a besoin de quelqu'un pour le défendre afin de l'aider à porter ses idées et ses passions à leur plénitude, et ce que tu as fait est extraordinaire. Sharmaine Lovegrove, et l'équipe de Dialogue Books/Little, Brown, je vous remercie de votre travail inlassable, de votre dévouement et de votre passions pour les histoires qui représentent pleinement notre expérience humaine. Je ressens comme un privilège d'avoir été en mesure d'y contribuer.

À tous les individus si singuliers que j'ai rencontrés tout au long de ces années, qui ont contribué chacun à leur manière au déroulement de cette histoire. À ceux que j'aime, qui occupent une place dans mon cœur, tout comme ils me réservent une place dans le leur. Merci, vraiment, de m'aimer, au-delà de tout ce que vous pourriez imaginer.

Et enfin, à mes lecteurs, merci de me soutenir dans cet incroyable périple. Je prie pour que mes mots vous suffisent comme vous suffisez à ce monde. Avec toute mon affection, depuis toujours.

Composition : PCA/CMB Graphic
Achevé d'imprimer
par CPI Firmin-Didot
à Mesnil-sur-l'Estrée, en décembre 2022
Dépôt légal : décembre 2022
Numéro d'imprimeur : 173084

ISBN : 978-2-7152-5853-2/Imprimé en France

402612